Тайна любви

Николай Гейнце

Тайна любви

ISNB: 978-1-63637-696-7

СОДЕРЖАНИЕ

ТАЙНА ЛЮБВИ

ТАЙНА ЛЮБВИ

ЧАСТЬ ПЕРВАЯ

В ТАЙНИКЕ СЕРДЦА

I

ДРУГ ДЕТСТВА

Федор Дмитриевич Караулов нервною походкою расхаживал по небольшому и сравнительно дешевому номеру гостиницы "Гранд-Отель", на Малой Морской улице.

На дворе стоял октябрь 189* года.

Караулов, еще совсем молодой человек, был уже гордостью русского медицинского мира. С год тому назад он защитил блестящим образом докторскую диссертацию и вместо того, чтобы поехать за границу готовиться к профессуре, сам вызвался ехать на борьбу с посетившей его отечество страшной гостьей — холерой.

И он действительно выдержал эту борьбу.

В течение полугода он объехал страшные очаги заразы и с опасностью для собственной жизни вырывал из когтей смерти уже намеченные ею жертвы.

Газеты были полны корреспонденциями о его самоотверженной, гуманной деятельности, и имя его не только гремело в медицинских кружках, но было известно всей грамотной России не как врача, но, что гораздо почетнее как "друга человечества".

Прямо с поля битвы с ужасным бичом народов, над которым он одержал множество блестящих побед, Федор Дмитриевич прибыл в Петербург лишь на несколько дней, чтобы уехать за границу, к источникам знания и современных открытий в области той науки, изучению которой он посвятил не только все свои силы, но, казалось, и самую жизнь.

Он получил уже из медико-хирургической академии все бумаги, из казначейства назначенные ему прогонные деньги и не нынче, завтра должен был отправиться в путь на двухлетнюю разлуку со своим отечеством, чтобы возвратиться в него еще более полезным его слугою.

Для всех знавших даже близко Караулова, для его друзей, которых, впрочем, у него было немного, он казался бесстрастным человеком науки.

Товарищи его по одной из петербургских гимназий и по академии не могли передать не только ни одного романтического эпизода из его юности — этих блесток светлой, живительной росы на распускающемся цветке жизни, — но даже вспомнить о какой-либо мимолетной любовной интрижке, столь заурядного явления в жизни молодежи.

Около одинокой фигуры юноши и студента Караулова не было даже тени женского силуэта.

И на самом деде это было почти так.

С самых юных лет относившийся ко всему серьезно, он и на чувства к женщине не смотрел, как это принято в переживаемый нами "конец века", поверхностно, а следовательно, был разборчив в своих увлечениях, зная, что на почве этого увлечения вырастет в его сердце серьезное чувство.

Увы, он знал это по опыту!

В его сердце жила любовь, разрушенная роковыми обстоятельствами, заставившая его еще более сосредоточиться в самом себе, уединиться и даже стать нелюдимым.

Близко знавшие его сочли это естественным результатом его преданности науке и того сосредоточенного, необщительного характера, которым он отличался с самой юности, и не старались проникнуть в "святая святых" молодого доктора.

Он был доволен, но это отношение к нему и к его тайне окружающих имело и свою обратную сторону — сердечные чувства требуют излияния, сердечные раны требуют крика, умеряющего их боль.

Для сердечных страданий Федора Дмитриевича не было этого исхода.

Боль сердца не находила уврачевания.

Он отшатнулся от людей, которые не могли оказать ему помощи в исцелении его больного сердца, платя им за это тщательным изучением искусства исцеления их больных тел.

Горечь одиночества увеличивалась для Караулова разлукой с другом его детства и юности, графом Владимиром Петровичем Белавиным, с которым его связывало, по странной игре наших чувств, полное несходство их натур, взглядов и характеров.

И теперь мы застаем Федора Дмитриевича, с непривычным

для него волнением обдумывающего вопрос: идти ли, или не идти ему к графу Белавину с прощальным визитом?

Были причины, кроме мизантропии Караулова, по которым он со страхом и трепетом думал о визите к Владимиру Петровичу.

Но не будем забегать вперед, тем более, что размышления Федора Дмитриевича были прерваны стуком в дверь его номера.

— Войдите, — произнес Караулов своим грудным, мягким голосом.

Дверь отворилась и на его пороге появился предмет его настоящих дум — граф Белавин.

Это был красавец в полном смысле этого слова.

Высокий стройный брюнет, с волнистыми волосами и выхоленными усами и баками, оттенявшими матовую белизну лица, с правильными, точно выточенными, выразительными чертами и темно-карими большими глазами, менявшими свое выражение по настроению их обладателя, то сиявшими лучами притягательной силы мягкости, то блестевшими стальным блеском гордости и своеволия, то горевшими зеленым огнем гнева и ярости.

Таков был почти единственный друг Караулова, по самой внешности представлявший с ним разительный контраст.

Федор Дмитриевич был среднего роста светлый шатен, с светло-синими вдумчивыми ласковыми глазами, в которых ярко светился недюжинный ум; черты его лица не могли назваться правильными, но в общем это лицо, на котором лежала печать высшей интеллигентности, было очень привлекательно; небольшая русая борода и усы закрывали нижнюю часть лица и губы, на которых играла всегда приветливая, но далеко не льстивая улыбка.

Самый туалет Караулова был только скромен и чист, тогда как граф Белавин был одет всегда по последнему слову моды.

— Давно ли так водится, что о приезде друзей узнают по газетам? — воскликнул, входя и бросая на одно из кресел, крытых малиновым трипом, небольшую котиковую шапку Владимир Петрович.

— Как по газетам? — смущенный, застигнутый врасплох, спросил, видимо, чтобы только что-нибудь спросить, Караулов.

— Как по газетам? — передразнил его Белавин. — Он еще прикидывается невинностью... Да так. Жена моя вчера прочла в "Новом Времени" о твоем приезде в Петербург и о предполагаемом скором отъезде за границу... Я сегодня же бросился на поиски по гостиницам и вот в четвертой, наконец, нашел тебя... Но Бог с тобой, ты, погруженный весь в филантропию и науку, невменяем... Я прощаю тебя... Нет, не то! Боже, я, кажется, уже совсем перезабыл всю университетскую, юридическую премудрость... Признаю тебя невменяемым и

4

прощаю... Ведь я же не присяжный заседатель... Итак, я осуждаю тебя, но признаю тебя заслуживающим снисхождения и приговариваю тебя к наказанию пребывать до отъезда в моем обществе... Едем ко мне завтракать, обедать, ужинать, и...

Все это граф Белавин выговорил залпом, не переводя дыхания.

Караулов улыбался, слушая своего друга.

— Но прежде здравствуй! — перебил он, наконец, его тираду.

— Здравствуй, дружище, здравствуй... — схватил Владимир Петрович обе протянутые ему руки Караулова.

— Ты на самом деле скоро опять нас покидаешь или это пятачковая фантазия репортера? — спросил граф.

— На этот раз репортер прав. Я еду на днях...

— И уехал бы, не повидавшись со мной, — с упреком в голосе сказал Владимир Петрович.

— Нет, я собирался, все эти дни собирался... — смущенно отвечал Караулов. — Садись, гость будешь...

Приятели уселись.

Граф Белавин, не заметив смущения своего друга, и, видимо, удовлетворенный его объяснением, начал со свойственным ему остроумием и меткостью описывать новости наступившего петербургского сезона.

Владимир Петрович принадлежал к людям, которые служат сами себе слушателями и россказни которых больше всего забавляют их самих. Они упиваются своей собственной речью, не обращая внимания, что их собеседники далеко не находят ее интересной по самому свойству предмета, до которого она относится.

Они не допускают возможности, чтобы то, что обращает их, по их мнению, просвещенное внимание, могло казаться другим мелким, ничтожным, не заслуживающим ни малейшего интереса.

Светские и полусветские сплетни, имена флиртующих светских дам и звезд и звездочек полусвета, артисток и представителей чуждого совершенно Караулову "веселящегося Петербурга" так и сыпались с языка графа Белавина.

Федор Дмитриевич слушал своего приятеля сначала даже с улыбкой, вызываемой образностью его речи и оригинальными сравнениями, но вскоре улыбка эта приняла оттенок снисходительности и, наконец, в чертах доктора Караулова появилось не только выражение утомления, но прямо-таки внутреннего страдания.

Болтовня графа действовала на него положительно гипнотически.

Он делал попытки остановить поток этого светского красноречия, за которое граф Белавин был баловнем светских и полусветских гостиных, по приговору которых считался лучшим петербургским "козером", пробовал перевести разговор на домашнюю семейную жизнь своего приятеля, но безуспешно.

Казалось, жена и малютка дочь были для графа Владимира Петровича теми жизненными второстепенностями, занимать которыми даже своего друга, а не только посторонних лиц, было просто неприлично.

Эти-то неудачные попытки и причиняли страдание Караулову, отразившееся на его симпатичном лице.

Вскоре он совершенно перестал слушать графа, только что окончившего какую-то пикантную историю с известной артисткой и перешедшего к не менее пикантному приключению одной светской львицы, приключению, которое составляло злобу дня петербургских гостиных.

Героем этого приключения был "знаменитый тенор", а в роли простака являлся высокопоставленный и титулованный муж.

Отрывки из всей этой истории еще проникли в сознание Федора Дмитриевича, а затем мысли его перенеслись на четыре года назад, тоже к беседе с этим же баловнем судьбы и людей, графом Владимиром Петровичем Белавиным.

II

ПЕРВОЕ ГОРЕ

На лице Федора Дмитриевича появилось выражение мучительной боли.

Ему вспомнилось, что это было именно в тот год, когда умерла его мать.

Старушка, вдова полковника, жила в своем маленьком именьице в Калужской губернии, ведя зорко крохотное хозяйство и сколачивая деньги для своего ненаглядного Феди.

Федор Дмитриевич не брал от нее ничего с последних классов гимназии, живя уроками, и даже ухитрялся из своих грошовых заработков делать подарки "мамочке", как он называл ее, по привычке детства.

Без таких подарков не ездил он ни на рождественские, ни на летние каникулы в "Залетное", как называлось именьице, или, лучше сказать, хутор, где жила мать Караулова.

Он видел ее таким образом редко, два раза в год, всего по несколько дней, так как летние каникулы проводил на кондициях, лишь вначале заезжая навестить старушку-мать.

Эти редкие свидания не погасили, однако, в его сердце чувство горячей привязанности к существу, давшему ему жизнь; напротив, в разлуке это чувство теплилось ярче, подогретое светлыми воспоминаниями раннего детства, среди которых его мать представлялась ему в ореоле доброты, справедливости и даже мудрости.

Ее ласки и поцелуи жили в этих воспоминаниях, и в минуты житейских невзгод бедного студента смягчали горечь лишений и уколы самолюбия.

Образ ее — строгой исполнительницы материнского долга — вдохновлял юношу на труд, вселял энергию для борьбы с лишениями и поневоле заставлял его быть "образцовым сыном образцовой матери".

Таково влияние редко встречаемых в наши дни женщин, которые достойно и заслуженно носят святое имя "мать".

Известие о болезни матери Караулов получил в апреле. И в мае, отказавшись от выгодных кондиций, поскакал в Калужскую губернию.

Он застал старушку на ногах, но очень слабою.

Он был уже на последнем курсе, а потому, призвав на помощь все свои научные сведения, стал лечить свою первую и самую дорогую пациентку.

Скорее нежные попечения любимого сына, нежели его лекарства имели чудодейственную силу — она приободрилась, но, увы, ненадолго; в конце июля она снова слегла, и готовящийся выступить на практическое поприще врач в самых воротах этого поприща встретился с бессилием науки в деле восстановления гаснущей жизни.

В августе он опустил гроб с дорогим для него существом в могилу, близ церкви соседнего села, а сам с растерзанным глубокою печалью сердцем вернулся в Петербург и засел готовиться к выпускным экзаменам.

За книгами горечь утраты притуплялась, но когда он давал отдых себе от усиленной мозговой работы и оставался один, наплыв воспоминаний о последних минутах дорогой матери до боли сжимал ему сердце.

Он бежал на улицу, толкался среди прохожих, лишь бы не быть одному.

В этом состоянии как-то машинально он вошел в один из подъездов дома по Литейной улице, по которой жил и сам, и, забравшись на второй этаж, нажал пуговку электрического звонка у парадной двери, на которой, как жар, сияла медная доска с выгравированной крупными черными буквами надписью: "Граф Владимир Петрович Белавин".

Молодой чисто даже франтовато одетый лакей отворил дверь

и на вопрос Караулова: "дома ли барин?" отвечал с приветливой улыбкой.

— Пожалуйте, дома, в кабинет.

Снявши с помощью лакея свое пальто, Федор Дмитриевич вступил в гостиную, убранство которой, несмотря на дороговизну и изящество, носило неуловимый отпечаток жилища холостяка.

Отпечаток этот, быть может, состоял в слишком симметричной расстановке мебели, отсутствии оживляющих вязаний и мелочей, этих следов женской заботливой руки, и в присутствии слишком большого количества шитых подушек на диванах, сувениров более или менее мимолетных любовных интриг.

Из гостиной дверь вела в кабинет, тоже слишком вылощенный и прибранный, с чересчур тщательно и аккуратно заставленным письменным прибором и другими атрибутами письменным столом, чтобы признать его за кабинет делового человека.

При входе в кабинет Караулова граф Белавин вскочил с оттоманки, на которой лежал с газетой в руках.

— Наконец-то! Давно приехал? Я уже три дня думаю о тебе и досадую на твое отсутствие...

Приятели обнялись и расцеловались.

— Садись, голубчик, садись, если бы ты знал, как я рад тебе... Мое счастье без тебя не было полно... Сам подумай, Орест женится, Пилада — нет...

— Женишься... ты!.. — произнес с удивлением Федор Дмитриевич и даже отделился от спинки кресла, на которое сел, поздоровавшись с хозяином.

— Женюсь, дружище, женюсь... ты, конечно, удивлен, но увы, любовь не свой брат... не кочерыжка, не бросишь, как говорит "золотая Мина", знаешь ее... Впрочем, что я спрашиваю вегетарианца о вкусе рябчика с душком.

Граф расхохотался, но тотчас оборвал свой смех, взглянув на Караулова.

Последний сидел угрюмо сосредоточенный, видимо, далеко не склонный разделять веселость своего друга.

— Женюсь, дружище, женюсь... и ты, конечно, не откажешься быть моим шафером...

— Прости, но я не могу исполнить твоей просьбы...

— Не могу... Почему? — с тревогой в голосе спросил Владимир Петрович.

Вдруг взгляд его упал на рукав форменного сюртука Караулова, на котором была черная перевязь.

— Ты в трауре?.. Ужели... твоя мать....

— Увы...

— Когда же?

— Всего три недели тому назад она тихо угасла.

— Святая старушка, — взволнованно произнес даже Белавин.

Караулов в коротких словах передал своему другу тяжелое лето, проведенное им около матери, и подробности катастрофы.

— Но я попрошу отложить свадьбу, — воскликнул граф, — на полгода, на год... Кора меня тоже любит... Она поймет, что горе друга — мое горе...

— Кора!.. — упавшим голосом повторил Федор Дмитриевич, не обратив внимания на патетический возглас Белавина, решившегося отложить свадьбу с любимой девушкой из-за траура друга.

Караулов знал, впрочем, что Владимир Петрович мог проявить и не такое самопожертвование, но только на словах, которые и оставались словами.

— Да, Кора, я разве не сказал тебе, что я женюсь на Конкордии Васильевне Батищевой... Разве ты не знаешь ее?.. Но что я спрашиваю, ты, кажется, не знаком ни с одной женщиной моложе пятидесяти лет...

— Не знаю... — упавшим голосом произнес Федор Дмитриевич, и по лицу его мгновенно пробежала страшная судорога внутренней невыносимой боли.

Граф Белавин не заметил этого.

— Это чудная девушка, она поймет... Мы отложим свадьбу до окончания твоего траура...

— Зачем, зачем... — взволнованно перебил его Федор Дмитриевич. — Поверь мне, что такое предложение будет только истолковано в смысле недостаточности чувства... А этого женщина не прощает...

— Только не Кора! — воскликнул граф.

— Всякая без исключения... если любит... Женщины, мой друг, ценят свое чувство и требуют за него соответствующую плату... иные чувством же, иные жизненным комфортом и не уступят ничего из назначенной цены...

— Но откуда все это знаешь ты? Ты, женофоб...

— Я думаю, думать то же, что жить...

— Пожалуй, ты прав... — задумчиво произнес Белавин. — Но верь мне, что мне очень тяжело будет твое отсутствие на моей свадьбе... Я даже готов видеть в этом дурное предзнаменование...

— Пустое, друг, какие там предзнаменования... Будущее в руках человека вообще, а семейная жизнь в особенности... Молодые девушки в большинстве это — воск, из которого мужчина при желании может вылепить какую угодно фигуру, от ангела до демона, конечно, если этот воск растоплен под жгучими лучами любви и ласки...

— О, я, я люблю ее...

— Люблю... Любовь, друг мой, обоюдоострое орудие... Это сталь, из которой делается нож гильотины и спасительный операционный ланцет... Любовью можно вызвать к жизни все хорошие инстинкты человека так же легко, как и убить их...

— Я постараюсь возродиться, а ее возрождать нечего... Мне только надо возвысить до нее себя! — восторженно воскликнул Белавин. — Повторяю, я обожаю мою невесту и чувствую, что мне ничего не будет стоить отказаться от надоевшего мне прошлого, со всеми его соблазнительными грешками и мимолетными наслаждениями и сделаться верным мужем и любящим отцом...

Граф несколько раз прошелся по комнате, потирая руки, и, остановясь перед сидевшим в кресле у письменного стола Карауловым, сказал уже совершенно другим игривым тоном:

— Так значит ты ничего не знал и не догадывался о моих матримониальных целях?

— Откуда же я мог знать?.. Ты ведь ни разу не писал мне.

— Упрек заслужен, — засмеялся граф Владимир Петрович. — Но лучше поздно, чем никогда... Я расскажу тебе всю эту эпопею моей любви подробно и, таким образом, исповедуюсь перед тобою задним числом.

Федор Дмитриевич молчал.

— Кто всех более всему этому удивлен, так это я сам, — продолжал граф. — Кто мог бы сказать, что наступит день, в который я буду влюблен с честными намерениями!

Владимир Петрович расхохотался.

Караулов смотрел на него задумчивым взглядом.

— Однако это случилось, и всего несколько месяцев тому назад. Я прошлой зимой поехал, по обыкновению, за границу, таскался по Италии и Швейцарии и, наконец, в декабре попал в Ниццу. Потянуло меня в Монте-Карло, где я хотел попытать счастья в рулетку. Кстати, я тебе не советую знакомиться с этой игрой.

Федор Дмитриевич горько улыбнулся и ответил:

— Она меня не прельщает.

— А ты ее знаешь? В таком случае мне нечего тебя предостерегать. Возвращаюсь к моему рассказу. Я проиграл какую-то безделицу, но на этот раз игра почему-то не увлекла и меня. Я бродил по улицам Ниццы, умирая от скуки, тем более, что ни Фанни Девальер, ни Нинона Лонкло, ни Марта Лежонтон еще не приехали.

— Извини, — прервал его Караулов, это кто же такие?

— Я и забыл, что для тебя это китайская грамота... Ты не имеешь о них никакого понятия. А это жаль. Они очень милы, эти прекрасные грешницы. Право.

Федор Дмитриевич не сказал ничего. Он продолжал задумчиво смотреть на своего друга.

Тот весело продолжал:

— Однако с этими отступлениями я никогда не только не кончу, но даже не дойду до самой сути. Итак, я продолжаю. Повторяю, я умирал от скуки, прогуливаясь в казино, как вдруг в один вечер, около пяти часов, я, имеющий всегда обыкновение смотреть вверх, смотрел на этот раз упорно в землю, но вдруг, подняв глаза, увидел прелестнейшее личико. Просто чудо из чудес, мой друг, ангел... Сравни с чем угодно. Изящная головка, стройная фигурка. Одним словом, я сразу был совершенно ослеплен, очарован... Голова моя закружилась, сердце забилось... Мне показалось даже, что я покраснел, как девочка. Видя это, моя незнакомка тоже покраснела... мы поняли друг друга... Но не думай, что знакомство состоялось тотчас же... Ошибешься... Восемь дней понимаешь ты, целых восемь дней, я употребил на то, чтобы открыть убежище моей богини... Это настоящее обожание, поклонение, это целый культ! Не правда ли?

— Я вижу, что ты серьезно влюблен, — спокойно заметил Караулов.

В его голосе звучала чуть заметная нотка насмешки.

Восторг его друга показался ему болтливостью.

Федор Дмитриевич, как мы уже сказали, был из тех людей, которые понимают только тихую, глубокую любовь. Истинно влюбленные, как и истинно несчастные, — скрытны.

Восторг его друга граничил с болтливостью.

Манера выставлять свою страсть напоказ, даже перед другом, казалась Караулову доказательством деланности чувства.

Граф, по мнению Федора Дмитриевича, профанировал свое чувство, если на самом деле оно было так искренне и глубоко, как он рассказывал.

Караулов слушал Белавина с этим нехорошим чувством подозрительности.

III

СОВРЕМЕННЫЙ ЖЕНИХ

Владимир Петрович, все более и более оживляясь, продолжал свой рассказ.

— Повторяю тебе, что около восьми дней я не видел обворожительной молодой девушки в Ницце. Я терзался неизвестностью и потому решился поехать по ближайшим местностям... Совершенно наобум, точно влекомый какой-то тайной силой, я отправился в Канн. Предчувствие не обмануло меня. Первую особу, которую я встретил на бульваре Круазет, была именно предмет моих мечтаний и розысков. Она шла в сопровождении пожилой дамы, которую я не заметил в казино. Счастливая встреча оказалась еще счастливее. В то время, когда я восторженными глазами издали следил за моей богиней, на том же бульваре появилась княгиня Лидская, приходящаяся мне даже какой-то дальней родственницей, и при встрече с интересующими меня особами остановилась и стала дружески разговаривать. Я, конечно, тотчас смело направился к этой группе. Княгиня встретила меня очень радостно и тотчас представила беседовавшим с ней дамам, сказав массу комплиментов по моему адресу. Словом, первое знакомство было сделано...

Граф остановился перевести дух.

Федор Дмитриевич по-прежнему казался внимательным слушателем, хотя мысли его были далеко не в Канне, где разыгралось начало романа его друга.

— И вообрази себе, — продолжал между тем Владимир Петрович, — моя очаровательная незнакомка оказалась не только русскою, но даже петербургскою жительницей — это дочь бывшего горного исправника, такие должности есть в Сибири, Конкордия Васильевна Батищева. Положим, она только что вышла из института, это было ее первое заграничное путешествие, со школьной скамьи она перешла прямо в дом своей тетки, купчихи Ольги Ивановны Зуевой — она не торгует ничем, ее муж был коммерсант на европейскую ногу, ворочал миллионными подрядами и даже вращался среди сановников и титулованных лиц по разным комитетам, отсюда и знакомство с Зуевой княгини Лидской... Ольга Ивановна живет в своем доме на Нижегородской улице поблизости твоей академии. Она очень богата, Кора же имеет свое личное состояние в два миллиона... Неправда ли, дружище, ты должен признаться, что мне повезло... Очаровательная девушка, богатая невеста... и без тестя и, главное, тещи...

Караулов чуть заметно горько улыбнулся, но не отвечал ничего.

— Что с тобой? — обратил наконец граф внимание на выражение лица своего приятеля. — У тебя такой вид, что я могу подумать, что ты мне завидуешь...

Федор Дмитриевич вздрогнул, но тотчас же оправился.

— Нет, ты этого думать не можешь...

В голосе его звучали серьезные ноты.

— Прости, дружище, я все забываю, что ты находишься под гнетом страшного горя. Но слушай далее.

— Я слушаю.

— При этих условиях мне, конечно, ничего не оставалось делать, как принять твердое решение сделаться мужем Конкордии. Кто бы был так неблагоразумен, чтобы отказаться от счастья, которое было в его руках... Но тебе, дружище, я поведаю свою тайну... Меня пугает это счастье... Чем заслужил я его? Мое состояние, ты знаешь сам, сильно расстроено... А теперь я снова богат... Мною, повторяю, овладевает страх...

— Ну это пройдет... Поверь мне, что богатство не так страшно, как бедность... Нужно только быть достойным его... Богачу прощается его богатство, если он сумеет сделать из него хорошее употребление.

— Слова мудреца, дружище! — воскликнул Владимир Петрович не без некоторой, впрочем, иронии. — Жаль только то, что мудрецы никогда не в состоянии показать пример, как надо пользоваться состоянием, по простой причине, что не имеют его...

Караулов вспыхнул.

— Ты прав... Мне менее, чем кому-нибудь можно давать советы в этой области, я беден, как индейский гимно-софист, что значит в переводе: "голый философ".

— Ты, кажется, обиделся, дружище!

— Ничуть, я говорю тебе, ты прав... Но переменим этот разговор... Скажи лучше, что ты сам намерен делать с таким огромным состоянием?

— Что я намерен делать? Странный вопрос! Прежде всего, как честный человек, я откровенно сказал моей невесте, что мое состояние очень расшатано и что от довольно значительного состояния у меня теперь осталось менее, чем немного. Она была в восхищении от моей откровенности и заявила, что все ее состояние будет моим. Ты не можешь себе вообразить, с какой очаровательной наивностью велся ею этот деловой разговор.

— А ее тетка тоже согласилась с этим? — спросил Федор Дмитриевич.

— Тетка ее, тетка... — закусил губы граф. — Какое мне дело до ее тетки! Делаясь мужем Коры, я становлюсь ее попечителем по закону.

— А-а... — как-то неопределенно протянул Караулов. — Но все же ты мне не ответил на вопрос, что ты будешь делать с этими миллионами.

— Да я еще, по правде сказать, и сам не решил этого... Конечно, мы устроим наш дом на большую ногу... Словом, будь уверен, что я и моя жена найдем, куда и как употребить наши деньги...

Последняя фраза звучала почти нравоучением бедному студенту, который решается говорить о предмете недоступном, по мнению графа, его пониманию.

13

Только богатые люди умеют обращаться с деньгами. Люди труда испытывают перед богатством зачастую род суеверного страха. Не они управляют своим состоянием, а состояние управляет ими. А это уже никуда не годится!

Так думал граф Владимир Петрович Белавин.

Это слышалось между строк его последней фразы.

Федор Дмитриевич понял намек.

Да и на самом деле, разве касается его вопрос, что будет делать граф с упавшими ему с неба миллионами.

Он встал и потянулся за фуражкой, лежавшей на одном из стульев.

Владимир Петрович, однако, усадил его снова.

— Нет, это уж из рук вон что такое... Ты отказываешься быть моим шафером... Пусть так... Я уважаю высказанные тобою причины... Неужели у тебя уж так рассчитаны твои минуты и секунды, что ты не можешь уделить их несколько для твоего старого друга.

Граф был эгоист, как все счастливые люди.

Он не понимал, что после перенесенного страшного горя Караулову порой необходимо было уединение, чтобы собраться со своими мыслями. Что иногда эта жажда уединения приходила так же внезапно, как желание уйти из одиночества, желание, приведшее его к Владимиру Петровичу.

Если бы, впрочем, последний был более проницателен, то он, быть может, заметил бы и другие причины грусти и утомления Федора Дмитриевича.

Караулов продолжал слушать исповедь своего друга.

— На мой взгляд это прекрасная партия и для меня, и для нее... — ораторствовал граф. — Между нами будь сказано, я очень нуждался в такой партии... Мое состояние таяло день за днем, я сохранил только мелкие остатки... Обладай Кора даже менее выдающимися душевными качествами и красотой, я бы все равно женился на ней...

По лицу Федора Дмитриевича пробежала судорога чисто физической боли. Ему, который считал в браке любовь первым капиталом, больно было слышать это циническое признание друга в том, что тот обошелся бы и без хороших качеств жены, лишь бы поправить свои дела ее приданым.

— Была бы коза, да золотые рога! — мелькнуло в уме Караулова. — Так и женился бы на козе.

Он поймал себя на злобной мысли против друга и ему стало скверно на душе от собственной негодности.

Граф говорил чересчур ясно.

Красота и добродетели его будущей жены казались ему качествами несущественными. Он получал их как бы в придачу.

— Да, дружище, цену здоровья узнают, когда заболевают, цену

богатства, когда разоряются... Найдутся люди, которые будут говорить, что я решился на неравный брак из-за денег, что я продал свой титул... На всякий роток не накинешь платок. Я женюсь на богатой сироте... Ее отец, положим, служил в полиции... горным исправником... Но он все же был офицер... дворянин... К счастью, он умер, а через год умерла и его жена, оставив свои миллионы дочери, т. е. будущему зятю... Судьба решила, что последним буду я... У меня к тому же нет близких родственников, которые бы могли потребовать ответа за то или другое употребление моего имени... Я ответствен лишь перед мертвецами.

Граф весело засмеялся.

Этот смех какою-то болью отозвался в душе Караулова.

Он сидел и слушал по-прежнему, бледный и серьезный.

— Кора так еще молода... Ей всего семнадцать лет.

— Семнадцать лет! — воскликнул Федор Дмитриевич. — Да ведь это дитя! И ты решаешься на такой брак?

— Почему же не решиться... Я совершенно уверен, что сумею завязать с моей женой ее первый и последний роман и таким образом окончательно овладеть ее сердцем... Наивность и иллюзии скоро исчезнут и через пять лет у меня будет жена — самая восхитительная из всех женщин.

Если бы граф не был увлечен слушанием самого себя и обратил внимание на своего слушателя, он испугался бы, увидя его лицо.

Караулов был бледен как полотно. Выражение какого-то беспредельного отчаяния появилось и как бы застыло на его лице. Глаза остановились, и он весь дрожал, как в лихорадке.

Надо было обладать его силой воли, чтобы хоть немного побороть охватившее его волнение.

Какую роковую тайну хранил он в своем сердце?

Но и всякая сила воли имеет свой предел.

Федор Дмитриевич почувствовал, что сделал над собой последнее усилие, что долго оставаться с глазу на глаз со своим другом он не в состоянии.

Он порывисто встал и протянул ему руку.

— Извини меня, но я чувствую себя нехорошо... Пережитое потрясение и усиленные занятия окончательно сломили меня... Мне необходим отдых... Прощай...

Только теперь граф Белавин заметил необычайную бледность своего друга.

— Прости, голубчик! Я тебя утомил своею болтовнею... Ты совершенно болен... Я тебя не смею удерживать, как бы ни хотел этого... Займись собой... Впрочем, кто же лучше как не доктор знает, чем он страдает и чем надо ему лечиться...

Он проводил Караулова до передней и нежно обнял на прощанье...

Только очутившись на лестнице, Федор Дмитриевич дал волю накипевшему в его сердце чувству отчаяния.

Глубокий вздох вырвался из его груди.

— И это он... женится на ней!.. — воскликнул Караулов.

IV

БОГАТАЯ НЕВЕСТА

Конкордии Васильевне Батищевой был восемнадцатый год, но она казалась моложе даже этих лет и, действительно, выглядела совершенно ребенком.

С миниатюрной, грациозной фигурой, с точно выточенным из мрамора личиком, белизна которого оттенялась черными, как смоль, волосами, а самое лицо как бы солнечными лучами освещалось светлыми, как майское небо, голубыми глазами, Кора, как звала ее тетка, производила обаятельное впечатление на всех, кто ее видел.

Никто не мог поверить, что нежное тепличное растение родилось и провело первые годы своего детства в холодной Сибири.

А между тем это было так.

Ее отец был в течение двадцати лет горным исправником одной из самых золотоносных округ Восточной Сибири.

Не только в доброе старое время, но даже еще в весьма недавнее горные исправники по справедливости назывались "царями тайги".

Тайгой называют в Сибири девственный лес, по почве которого тут и там струятся мутно-желтые ручьи, получающие свою окраску от золотоносной почвы. В тайге имеет прииски и богатый золотопромышленник, в тайге же ютится и "золотой коршун", как называют в Сибири "приискателей одиночек".

Горный исправник всегда друг первого и гроза для второго.

Власть его над всевозможным сбродом, из которого состоит приисковая артель рабочих, неограниченная.

От этих рабочих требуют по закону паспортов, а между тем громадное большинство их беглые "варнаки" — имя, даваемое в Сибири каторжнику и поселенцу.

Большинство их таким образом бесправно и прямо-таки сама жизнь зависит от "царя тайги" — горного исправника.

В недавно минувшее время для избежания недоразумений золотопромышленники платили горному исправнику по пяти рублей с человека в лето, т. е. время, когда производятся работы, и вопрос о паспортах предавался забвению.

Это не считалось даже взяткой — это был почти официальный доход этой прибыльной должности, о котором говорили явно и просто, как о квартирных или столовых деньгах.

Менее официальные доходы были еще больше, но, конечно, зависели от сметливости и умения исправника.

Василию Никандровичу Батищеву, так звали отца Конкордии Васильевны, нельзя было отказать в этой сметливости и умении.

Он женился поздно на дочери одного богатого иркутского купца, Надежде Ивановне Долгих, другая сестра которой, Ольга Ивановна, была уже замужем за славящимся по Сибири своими торговыми оборотами купцом Тихоном Захаровичем Зуевым.

За женой Василий Никандрович взял тысчонок двести, и таким образом и составился капитал в два миллиона, который, по мнению графа Белавина, был предназначен судьбою ему и который делал хорошенькую Кору, единственную дочь горного исправника Батищева, графинею.

Сам Батищев был из дворян, служил в молодости в военной службе, по неимению средств в армейских полках счастливой судьбой приведен был в Сибирь, в пресловутое "золотое дно" России, переведясь в батальон, расположенный в Иркутске.

Красивый мужчина, ловкий танцор, со столичным лоском, он сумел понравиться градоправителю и особенно градоправительнице и в вознаграждение за "гранд-ронды" и "китайские шены", а быть может за что-либо и другое получить назначение на первую открывшуюся ваканцию горного исправника.

Он сразу освоился с административною частью и был всегда на лучшем счету у начальства.

Происходило ли это от действительной пользы, приносимой им делу, или же зависело от того, что его резиденция была в довольно близком расстоянии от Иркутска и он, наезжая туда по делам службы, продолжал оказывать своему покровителю и особенно покровительнице услуги в форме "гранд-рондов", "шенов" и т. п. — это, конечно, составляло административную тайну властного градоправителя.

Как бы то ни было, но Батищев добыл себе в Сибири "фарт", как называется там "случайное счастье", и только тогда, когда отяжелел для "гранд-рондов", "шенов" и других услуг градоправительнице, вступил в брак, причем "их превосходительства" были у него посаженными отцом и матерью.

От этого брака родилась единственная дочь Конкордия, названная так тоже по требованию той же благодетельной градоправительницы, имевшей склонность к романтическим именам, окрестившей ребенка своего "протеже".

Коре пошел четвертый год, как над домом ее родителей в течение менее года времени разразились два удара.

Василий Никандрович был убит при усмирении взбунтовавшихся рабочих на одном из приисков.

Ему железной киркой буквально размозжили череп.

Вид обезображенного трупа мужа привел и без того слабую и болезненную Надежду Ивановну в состояние полупомешательства; с ней сделалась нервная горячка, от которой она хотя и оправилась физически, но психическая болезнь осталась и ровно через год после похорон Василия Никандровича опустили в могилу и Надежду Ивановну, умершую в иркутской больнице в отделении умалишенных.

Кору взяли Зуевы тотчас после смерти отца. У Тихона Захаровича и Ольги Ивановны не было детей, что составляло для супругов истинное горе.

Удачи торговых предприятий, возрастающее не по дням, а по часам богатство не радовали супругов, так как труды и заботы не имели цели, которой были бы дети — это несомненное Божье благословение.

Племянница оживила их богатый и огромный иркутский дом. Оба супруга привязались к ней как к родной дочери, и эта привязанность дошла в Ольге Ивановне до того, что когда умерла ее сестра, к испытанному ей удару присоединилась эгоистическая мысль, которая ее утешила: более не было человека, который имел бы право на Кору.

Вскоре после смерти Надежды Ивановны состоялся переезд Тихона Захаровича с женою и племянницей в Петербург.

Он решился расширить свои обороты и попытать счастья на казенных подрядах.

Счастье ему и тут благоприятствовало — сибирский богач был принят с распростертыми объятиями не только петербургским первостатейным купечеством, но и высшим кругом, тоже с приятностью преклоняющим свое ухо, а вместе и голову перед чудной мелодией звенящего золота.

Тихон Захарович, славившийся еще в Иркутске своим широким, чисто русским гостеприимством, начал жить открыто и на берегах Невы, что, впрочем, было ему необходимо для его дел и поддержки связей и знакомств с нужными ему представителями высшей администрации, которые, как известно, принадлежат к людям, любящим покушать.

Слава об обедах и ужинах Зуева, прозванных "лукулловскими", гремела по Петербургу.

Его дом на одной из набережных красавицы Невы отделан был с царскою роскошью.

Прошло шесть лет.

Маленькая Кора уже два года как была в Павловском институте и отличалась необыкновенными способностями и прилежанием.

Ольга Ивановна не пропускала ни одного приемного дня, чтобы не повидать свою ненаглядную Корочку, и привозила ей такое количество гостинцев, которыми можно было накормить весь институт.

Оно так почти и было, потому что добрая по сердцу Кора делилась по-братски со своими подругами и однокашницами.

Начальница, инспектриса и классные дамы тоже не были забыты дядей и тетей "сибирячки-миллионерши", как звали Кору Батищеву в институте, и она, соединявшая в себе красоту и благонравие, ум и прилежание, была положительно кумиром всего института начиная с начальницы и кончая и судомойкой.

Вдруг в один зимний вечер по петербургским гостиным разнеслась с быстротой молнии весть о внезапной смерти Тихона Захаровича Зуева.

Действительно, неумеренного в пище, несмотря на предупреждение докторов, Тихона Захаровича после одного из его "лукулловских обедов" хватил удар, по счету третий, и через каких-нибудь два-три часа его не стало.

Пораженная смертью мужа, Ольга Ивановна не пришла, однако, в полное отчаяние и с необычайною поспешностью, похоронив мужа, взялась за устройство дел покойного.

То, что супруги жили душа в душу и Тихон Захарович не только ничего не скрывал от Ольги Ивановны, но даже посвящал ее в малейшие подробности своих дел, принесло свою пользу.

Она с выгодою ликвидировала дела своего мужа, и эта лихорадочная деятельность была одной из причин уменьшения острой боли обрушившегося на нее горя.

Дом на набережной Ольга Ивановна продала и купила себе особняк на Нижегородской улице, куда и переехала.

Всю свою любовь и нежность она сосредоточила на своей любимице Коре и ограничилась посещением института, церкви, да некоторых знакомых попроще, хотя никогда не отказывала в делах благотворительности и состояла "дамою-патронессою" в нескольких благотворительных учреждениях столицы, где невольно сталкивалась и с большим петербургским светом.

Надо заметить, что это бегство из общества произошло далеко не по причине скромности Ольги Ивановны. Она, глядевшая на все глазами покойного, находила себя совершенно достойною стоять в рядах представительниц высшего столичного общества и стремилась в него, как и покойный, пока эти представительницы были ей нужны по делам ее мужа.

Теперь дела прекратились и поддерживать связи с графинями и генеральшами было только убыточно — вот причина, почему Ольга Ивановна сперва под видом глубокого траура, а затем уж будто бы по болезни перестала появляться в великосветских гостиных.

Честолюбие между тем у ней было такое же, как и у покойного ее мужа.

За неимением собственных детей надежды Тихона Захаровича и Ольги Ивановны возлагались на племянницу.

— За графа или князя отдадим, не иначе! — говорил самоуверенно Зуев в беседе с женою о будущности Коры.

Этой мысли сочувствовала и Ольга Ивановна, а потому время от времени она продолжала приносить денежные жертвы разным сиятельным благотворительницам, оставляя себе лазейку снова появиться в высшем свете, но уже с красавицей-племянницей, внешность которой, два миллиона приданого и наследство после миллионерши-тетки могли позолотить какой угодно графский или княжеский герб, а таких гербов, требующих настоятельной позолоты, в Петербурге с каждым годом являлось все более и более.

Наконец вожделенный день для Ольги Ивановны настал.

Кора кончила курс и появилась в ее доме, где для нее были приготовлены роскошные и богатые туалеты, долженствовавшие служить великолепной рамкой не менее великолепной картины. В своем выпуске она была самая молоденькая, ей едва минуло шестнадцать лет.

Но к этому-то времени Ольга Ивановна начала чувствовать недомогание и доктора настойчиво посылали ее за границу.

— Лечиться мне там?.. У кого же?.. — спросила она своего домашнего доктора, петербургскую знаменитость.

— И полечитесь... А главное рассеетесь... Это очень важно... для обмена веществ в организме... — глубокомысленно отвечала знаменитость.

— Коли так, я с племянницей поеду, ей белый свет покажу...

— И отлично...

Заграничная поездка была решена, и определено было даже время отсутствия из Петербурга: год.

К зимнему сезону решено было вернуться на берега Невы и тогда начать выезды с целью пленить графа или князя, как мысленно дополняла Ольга Ивановна.

Судьба решила несколько иначе.

Тетушка и племянница пропутешествовали несколько долее назначенного времени, задержавшись в Вене и Париже, — этих городах "дамского счастья".

Ольга Ивановна, кроме того, действительно прихворнула и очутилась в Канне.

Неожиданно там же появился нуждающийся в золочении графский герб, в лице его носителя графа Владимира Петровича Белавина.

Представленный княгиней Лидской, он быстро начал атаку сердца молодой девушки, и атака оказалась удачной.

Он сумел понравиться и Ольге Ивановне.

Сделанное за него последней предложение княгиней Лидской было принято.

В Петербург Конкордия Васильевна вернулась уже невестою графа Белавина.

— И к лучшему... Никто как Бог!.. — думала Зуева, возвращаясь в Россию и смотря в купе первого класса на сидящую против нее парочку.

— Пара не пара, дорогой марьяж!.. — неслась в ее голове русская поговорка.

Она, по настоянию мужа, перестала употреблять поговорки и пословицы в разговоре, но в думах своих позволяла себе эту роскошь — дань ее чисто русского народного происхождения.

Будущее любимой племянницы рисовалось Ольге Ивановне в радужном блеске: богатство, титул, любимый и любящий муж, общественное положение, соединенное с почетом и уважением, все, казалось, было налицо для полного земного счастья будущей графини Белавиной.

Граф Владимир Петрович и его невеста с теткой возвратились в Петербург в конце мая.

Свадьба была назначена в сентябре, так как эти три месяца отсрочки были потребованы Зуевой для окончательного заготовления приданого, большинство вещей которого было заказано в Вене и Париже и не могли быть получены ранее этого времени.

Молодые люди согласились без протестов.

Граф сообразил, что настойчивостью он может разрушить обаяние к своей особе, которое успел внушить Ольге Ивановне, и кто знает, что под ее влиянием Кора может измениться к нему, так как он еще не успел — он чувствовал это — совершенно овладеть ее сердцем.

Конкордия Васильевна была еще совершенным ребенком, страсть, этот стимул энергичных поступков женщины, ведущий ее зачастую одинаково и к исторической славе, и на скамью подсудимых, а в обыденных рамках жизни, заставляющий ее действовать наперекор всем и всему, очертя голову, еще не просыпались в ней.

— То веселая чересчур, то необычайно грустная, то

практическая, то мечтательница, она являла из себя ту неустановившуюся натуру, тот мягкий воск, из которого скульптор может вылепить чудо искусства, или бесформенную массу.

Таким скульптором для нее была пока что ее тетка Ольга Ивановна Зуева, которую Кора любила до обожания.

Встреча с графом застала ее, как мы знаем, в то время, когда она, только что покинув институтскую скамью, делала первые самые счастливые шаги самостоятельной жизни предаваясь отдыху и удовольствиям, без всяких планов о будущей жизни, и без малейшего понятия об этой жизни.

Граф был молод, красив, знатен, все те свойства выгодной партии, которыми обладают герои романов, прочитанных тайком ею в институте.

Тетя отзывалась о нем с похвалой и считала его достойным претендентом на ее руку.

Чего же больше надо?

Ей оставалось только влюбиться.

Она это и сделала.

Знаток женского сердца граф Белавин очень хорошо понимал это, как следовательно понимал и то, что его дело еще не доведено до конца, что ему еще придется работать над пробуждением в этой девушке-ребенке настоящего чувства.

Он был доволен и тем, что ощущал на своей дороге твердую почву.

Расположение детей приобретается игрушками и конфетками, расположение девушек-подростков драгоценностями и тряпками — они кандидатки в женщины, а путь к сердцу женщины свободен лишь тогда, когда устлан дорогими материями и усеян драгоценными каменьями.

Граф просил позволения по французскому обычаю родовых аристократов принять участие в пополнении, без сомнения и без него переполненной, свадебной корзины своей невесты.

Ольга Ивановна согласилась с благосклонной улыбкой. Довод, что таков обычай родовых аристократов, был для нее безапелляционен.

Радостно улыбающееся личико Коры красноречивее согласия ее тетки говорило о том, как она приняла это любезное предложение жениха.

По приезде в Петербург он стал положительно осыпать свою невесту подарками, изящество которых, доказывающее вкус ее будущего мужа, приводило ее в восхищение.

Тайна этого заключалась в том, что они были выбраны женщиной.

Если бы знала это счастливая невеста?

Как бы был глубоко возмущен, узнав об этом Федор Дмитриевич Караулов.

V

ПОД ВЕНЕЦ

Граф Владимир Петрович Белавин был совершенно одинок.

Его отец и мать умерли, когда он был еще на первом курсе университета, и он на девятнадцатом году почувствовал себя самостоятельным и свободным.

Вышедши из университета со второго курса, он бросился в жизнь, в ту широкую петербургскую и заграничную жизнь, которую позволяли ему его средства и которая поглотила эти же средства.

Он последний в роде графов Белавиных, и хотя со стороны матери у него были в Петербурге родственные связи, но ввиду того, что его отец еще вскоре после свадьбы разошелся с родными своей жены, эти родственники знали о сыне враждебно относящегося к ним человека — некоторые только понаслышке, а некоторые по встречам в великосветских гостиных.

Да и гостиные эти не очень жаловал граф Владимир Петрович. Он принадлежал к так называемому веселящемуся Петербургу, и после будуаров французских актрис, балетных танцовщиц, "дам полусвета", невыносимо скучал в гостиных чопорных великосветских домов.

— Что я найду там: чопорных старушек и не менее чопорных девиц-недотрог, от которых веет нежными, чуть слышными духами и одуряющей скукой, или же бледные копии тех же актрис и кокоток в лице эмансипированных светских дам и девиц? Чего искать у них? Любви. Но ведь это все равно, что идти смотреть игру любительницы, неумело пародирующую знаменитую артистку, когда есть возможность наслаждаться игрой самой этой артистки.

Так рассуждал граф и делил свое время между товарищами-собутыльниками и "артистками любви" иностранными и доморощенными.

За последнее время в России завелись и такие.

Те мимолетные связи, для которых месяц-два составляют уже тяжелую, скучную вечность с этими "артистками любви", наполняли жизнь графа Белавина, и он несколько отрезвел только тогда, когда от сравнительно большого состояния, оставленного ему родителями, остались два-три десятка тысяч и заложенный в кредитном обществе и в частных руках дом на Литейной.

Наступил тот момент в жизни петербуржца "вивера", который Н.А. Некрасов определил строками:

Пуста душа и пуст карман:

Пора, пора жениться...

Последнею и самою продолжительною связью графа Владимира Петровича была связь с одною знаменитой петербургской танцовщицей, известной среди балетоманов под именем Маруси.

Они расстались друзьями.

Он без сожаления. Она вскоре утешенная, если не около сердца, то около кармана одного государственного старца финансиста и политико-эконома, ветхого днями, но юного чувством.

Супруга старца, купленная им когда-то за сходную цену у одного сговорчивого публициста, подняла шум, что только усилило страсть ее мужа и придало блеск и сенсацию любовной интриги государственного старца и балетной звезды.

Обсуждая выбор подарков своей невесты, граф с легким сердцем обратился к своему другу, как обыкновенно величают оставленных подруг, — Марусе за советом и помощью.

Караулов назвал бы это преступлением.

И он был бы почти прав.

Это было профанацией.

О дивная тайна супружеского ложа, о святая чистота молодых новобрачных, вы были заранее осквернены!

С мелодичным, но в данном случае, казавшимся для всякого честного человека, наглым смехом выбирала Маруся вместе с графом подарки для его невесты.

— Вот брюссельские кружева... Они великолепны... Но они предназначены, увы, для того, чтобы похоронить твое сердце... — приговаривала она. — Хорошо еще, что брак — могила, из которой можно воскреснуть, но только не для того, чтобы возвратиться к жене...

— Кто знает эту чудную брошь она, быть может, наденет тогда, когда изменит тебе в первый раз.

— Замолчи... — не выдержал даже Владимир Петрович и нахмурил брови.

— Ха, ха, ха... — покатывалась Маруся, — ты имеешь вид будто сейчас бросишься меня бить... Слуга покорная... Я этого не хочу... Не я ведь напросилась бегать с тобой по магазинам, ты сам пришел ко мне и просил меня помочь тебе... Если тебе неприятно, что я смеюсь... я пойду домой... Покупай все сам... Не плакать же мне оттого, что тебе пришла охота жениться... Были средства и ты позволял себе быть холостым... Истратился... — женись... Я смеюсь всегда над всем и ни тебе, и ни твоей будущей супруге мне это запретить.

Что мог он возражать на это?

Не сам ли он был виноват? Не сам ли он, посвятив "жрицу

земной любви" в тайну своей любви к невесте, оказал последней неуважение.

Какое же уважение он мог требовать к ней от Маруси — этой звезды балета и веселящегося Петербурга.

Время летело.

В доме графа уже была готова роскошная квартира. Все было отделано заново. Ни одной вещи не было перенесено из его холостой квартиры.

Ему казалось, что все эти вещи загрязнены его прошлою жизнью.

Подействовал ли данный ему Марусей урок, или же вообще он пришел к решению перемениться, только после отпразднованного им за день до свадьбы мальчишника, на который собрался весь веселящийся Петербург обоего пола, он искренно простился навсегда со своею холостой, беспутной жизнью.

Пир происходил в холостой квартире и длился всю ночь. Многие заснули, где сидели, на диване, креслах и даже на полу.

Когда, наконец, поздним утром квартира опустела, граф Белавин с неподдельным отвращением произнес:

— И это называется жизнью!..

В тот же день он приказал позвать маклаков, продал им за бесценок всю обстановку и даже рассчитал щедро лакея, лишь бы не оставалось никаких воспоминаний об омерзительном прошлом.

С чистой душой и добрыми намерениями он приготовился идти к алтарю.

Наконец... наступил назначенный день.

Венчание происходило в церкви Пажеского корпуса, и по странной игре случая невесту ввел в церковь тот самый государственный старец, у кармана которого нашла себе утешение балетная Маруся после разрыва с графом Белавиным.

Блестящая свадьба привлекла весь петербургский свет, к которому по рождению принадлежал жених, привлекла из любопытства, тем более, что происходила в сентябре, в глухое время петербургского сезона.

На разосланные приглашения как со стороны графа Белавина, так и со стороны Ольги Ивановны Зуевой, откликнулись все, кто видел графа хотя мельком в своей гостиной и кто знал покойного Тихона Захаровича.

Роскошные туалеты дам, блестящие гвардейские мундиры, изящные фраки золотой петербургской молодежи и сановных лиц, украшенные звездами, все это, освещенное зажженными люстрами, представляло грандиозную картину.

Невеста, сияющая молодостью и красотою, в серебристом белом платье, с флер-д'оранжем на голове и груди, с великолепными солитерами в ушах, единственной надетой на ней драгоценностью, но драгоценностью, стоящей целого состояния, произвела на всех неотразимое впечатление.

Жених красавец-граф также, как и его будущая подруга жизни, с несколько взволнованным, побледневшим лицом представлял достойную ей пару.

Шепот восторга присутствующих сопровождал их шествие к поставленному среди церкви аналою.

По окончании венчанья все блестящее общество перешло в великолепные залы этого бывшего канцлерского дома, где ливрейные лакеи разносили шампанское, фрукты и конфекты.

Началось поздравление молодых и пожелания им счастливой жизни.

Эти пожелания и поздравления были в данном случае в большинстве искренними, так как "дивная парочка", как выразился один из присутствующих сановников, действительно привлекала к себе сердца. Конкордия Васильевна, казалось, была создана для того, чтобы жить в лучах счастья, и нагнать тень на это прелестное личико было бы преступлением, решиться на которое мог только очень испорченный человек.

Не таким казался граф, хотя его прошлое — это знали все — не было безукоризнено. Но кто не отдавал дань юности? Кто не был в молодых годах мотыльком, летящим на яркое пламя доступной женщины?

Граф Белавин не выглядел опалившим себе крылья.

Его восторженный взгляд, покоившийся на молодой жене, красноречиво говорил о любви — какая это была любовь, немногие задавались таким вопросом.

Они видели взаимность чувств и на этом строили предположение о будущем счастье молодых супругов.

Его им они искренно желали.

"Государственный старец", приветствуя молодых, сказал несколько слов о том, что брак есть граница между двумя странами — страной юношеских увлечений, и страной — семейных добродетелей и поздравил графа с переездом через эту границу.

Его дебелая супруга, чересчур обнажившая свои увядающие прелести, не утерпела и довольно громко и ядовито заметила:

— "Врачу, исцелися сам".

Из церкви молодые уехали к себе, в сопровождении немногих лиц, чтобы переодеться, и в тот же вечер курьерский поезд варшавской железной дороги мчал их за границу.

Молодой супруг вез свою молодую жену в Италию, страну, как бы созданную для влюбленных и воспетую в этом смысле поэтами всех времен и народов.

Граф окружил свою жену такою ласковою заботливостью, таким вниманием влюбленного, что она вполне оценила ту взаимную любовь, которая усугубляет прелести этой волшебной страны.

Впрочем, открывшийся этой девушке-ребенку новый горизонт вначале омрачился тучами, которые, впрочем, скоро рассеялись.

Молодые приехали в Геную, и в этом-то городе Конкордия Васильевна в одно прекрасное утро проснулась женщиной.

Ей показалось, что само солнце, которое огненным снопом своих лучей врывалось в ее комнату, есть светило вероломства и лжи.

В ее душе появилось вдруг ужасное отвращение к действительности. Иллюзии, которыми она жила, были разбиты.

Краска стыда невольно заливала ее щеки, и она негодовала на себя за то, что попалась, как казалось ей, в расставленные ей гнусные тенета.

Она чувствовала себя опутанной ими и билась как птичка.

О если бы она могла, как бы сильно она возненавидела человека, который так рано и так жестоко уничтожил ее мечты и грезы.

Он был тут же, около нее, и, казалось ей, смотрел на нее с торжеством победителя.

Победителей не судят.

Она любила своего победителя и простила ему.

Тучи рассеялись, но воспоминание о них осталось в ее душе. Она любила и покорилась своей участи, только покорилась.

Несмотря на пресыщение любовью в банальном значении этого слова, и, может быть, именно вследствие этого пресыщения, близость очаровательной жены-ребенка, чувство собственности над ней, мутило ум графа — он думал лишь о себе, не понимая, что эгоизм в деле любви наказывается отсутствием восторга взаимного наслаждения, восторга, который делает обладание женщиной действительным апофеозом любви.

Единственное первенство женщины, за которое должны стоять все мужчины, это первенство в наслаждении, первенство в любви.

Если женщина в ней только подчиняется, то теряет всю свою прелесть. К сожалению, немногие мужчины понимают это.

Это причина большинства несчастных браков и связей.

Молодая графиня, повторяем, подчинилась тому, чему не смела не подчиниться. Она примирилась с мыслью, что то, что с ней случилось вначале, будет случаться до конца.

О святая простота честной женщины, которая думает, что, отдаваясь, она исполняет свои обязанности... и только!

Сколько в этом жизненной трагедии!

Как гнусно это подчинение чувственности без чувства!

Честная женщина верит, что это называется браком.

Какая профанация таинства!

Граф повез свою жену из Генуи в Венецию, из Венеции в Неаполь.

В течение месяца он был в каком-то очаровании страсти, он расточал ласки своей молодой жене, не замечая, что ответные ласки этой женщины-ребенка были ласками рабыни.

Театры, концерты, музеи, великолепные картины природы, удобство путешествия, комфорт отелей, маленькие подарки сюрпризом, в Турине — фарфор, в Генуе — филигранные вещи, в Неаполе — жемчуг и кораллы, в Венеции — бриллианты — все было к услугам молодой женщины, чтобы медовый месяц показался ей фантасмагорией.

Он не дал ей только одного — жизни женщины.

Рабски отдающаяся молодая жена представляла для него лишь лакомое блюдо, которое он смаковал с восторгом гастронома, но которое вскоре приелось ему.

Уже во Флоренции он почувствовал некоторого рода пресыщение.

Всегда кроткая, покорная, безответная, всецело принадлежащая ему, его жена начала казаться ему слишком однообразною.

Его порой выводило из себя одно и то же выражение нежности в ее голубых, прекрасных глазах.

Он чувствовал себя полновластным господином этого прелестного существа, возбуждавшего всеобщий восторг даже в стране красивых женщин — в Италии, и это самое чувство безграничной собственности не только не уменьшало достоинства вещи — она была именно его вещью — но почти сводило их к нулю.

К концу третьей недели он не выдержал.

Его обуяла скука по Петербургу.

VI

ПЕРВАЯ ЖИЗНЕННАЯ ГРЯЗЬ

Если бы граф Белавин был психолог, он обвинил бы себя в непостоянстве.

Но он не был им.

А потому ему казалось, что виновата во всем окружающая

обстановка. Он находил Италию утомительной. Ее статуи, ее картины, ее монументы, даже ее небо — все, казалось, наводило на него скуку.

Он внезапно, без приготовлений объявил, что на другой день они едут в Россию.

В это время они уже вторично были в Риме.

— Я готова! — улыбнулась нежно Конкордия Васильевна, и положила свои руки на плечи мужа, протянула свои губки для поцелуя.

На другой день они действительно уехали.

Квартира на Литейной была уже давно готова.

Великолепно отделанная и меблированная, за порядком в которой присматривала Ольга Ивановна Зуева, квартира не носила на себе отпечатка нежилого помещения и приняла в свои гостеприимные объятия молодых супругов.

На дворе стоял конец декабря — полный разгар сезона.

После нескольких дней отдыха они сделали визиты.

Вокруг молодых супругов тотчас образовалось кольцо светских франтов, молодых, старых и не имеющих возраста, живущих состоянием прошлого, в кредит, в проблематической надежде на состояние будущего, в форме приданого или наследства.

Они закружились вокруг молодой, очаровательной графини Конкордии, как мотыльки у огня. Комплименты, букеты, всевозможные маленькие услуги — все было пущено в ход этими паразитами чужого счастья, чтобы похитить у новобрачного его жену, это признанное петербургским светом чудо красоты.

Наивность молодой графини послужила ей лучшим щитом, нежели даже тонкая дипломатия света.

Все стрелы колчана Амура притуплялись об ее мраморное равнодушие.

Она для всех имела одну и ту же приветливую улыбку.

Никто не мог похвастаться оказанным ему предпочтением.

Поклонники мало-помалу ретировались.

Одни из боязни показаться смешными, другие от утомления осады без результата.

Мнения мужчин о графине Белавиной разделились: одни говорили, что она глупа, другие, что холодно-расчетлива.

Все вообще ее прозвали "красивой куколкой".

Граф Владимир Петрович оценил эту твердость своей жены.

— Однако она им всем подала карету, в которую они садились с преглупыми лицами... — смеялся он.

— Им не удалось отплатить мне за прошлое — несчастным супружеством... — думал он, потирая руки.

Уверенность в безраздельной любви сделала его самонадеянным.

Есть прелесть в любви женщины, которая очаровывает всех и перед которой все тщетно расточают соблазны.

Спустя некоторое время, он открыто стал торжествовать победу над ухаживателями за своей женой, смеясь над ними в глаза и за глаза.

Отступившие не остались в долгу.

"Если кто не заслуживает счастья иметь такую жену, то это именно это животное — Белавин... — говорили одни".

"Ба, да он еще рано затрубил победу... Подождем... Может вмешаться дьявол... — заявляли другие".

"И вмешается... Помяните мое слово, — утверждали третьи".

Граф Владимир между тем продолжал казаться до неприличия, как утверждали иные, счастливым, и публично ухаживал за своей женой.

Что было совершенно неправдоподобно, так это то, что это продолжалось уже три месяца. За эти три месяца граф был всего два раза среди своих холостых друзей, но не провел ни одной ночи вне дома.

Даже балетная Маруся, не слишком верная, по необходимости, как объясняла она своим, — государственному старцу клялась своею честью, что не видала три месяца графа Владимира.

Эти три месяца были тремя столетиями в жизни светского человека.

Но чаша счастья графа переполнилась.

Он снова почувствовал утомление.

Он стал зевать от счастья.

Это дурной признак в любви, особенно в любви супружеской.

Граф предложил своей жене новое путешествие.

Без возражения, с обычным своим спокойствием графиня Конкордия согласилась.

Это безусловное послушание взбесило графа Владимира Петровича.

Он желал бы встретить лучше резкий бесповоротный отказ, чем эту надоевшую ему покорность.

— Нет, теперь ехать невозможно... Наступает концертный сезон, смешно не успевши приехать, снова скакать куда-то... Я не хочу быть смешным... — заявил он таким раздражительным тоном, точно поездку предложил не он, а графиня.

Последняя посмотрела на него несколько удивленно:

— Так останемся в Петербурге.

— Конечно, останемся.

— Я не имею ничего против.

— Мне бы интересно знать, против чего ты была бы против... — заметил он, с чуть заметной усмешкой.

Графиня ничего не ответила.

Супруги разошлись по своим комнатам.

— Жена — ангел! Ангел — это дух... Брак как мой — цепь из цветов... Но увы, и дух, и цветы бывают подчас очень тяжелы... — размышлял граф.

Он решил несколько изменить свою жизнь и ввести свою жену в круг своих прежних друзей. Ему понравилась оригинальная мысль — присутствия супружеской пары в среде веселящегося Петербурга.

Он предложил ей быть его товарищем.

Это ее несколько удивило, но неопытная молодая женщина всецело доверилась своему мужу, вполне уверенная, что граф знает петербургское общество лучше, чем она, и введет ее в приличный круг.

Супруги начали развлекаться.

Царство оперетки и шансонетки, угар пикников, разухабистые песни цыган и разных интернациональных хоров, спертый воздух отдельных кабинетов — вот мир, который открылся перед ними, мир, привычный для графа и вначале только любопытный для графини.

Эта атмосфера действует одуряюще и, быть может, Конкордия Васильевна постепенно бы втянулась в эту жизнь бессонных ночей, постоянного разгула, где, по выражению современного романса: "за стаканом пьют стакан, в голове туман, туман".

Сколько молодых женских жизней гибнет под звуки разухабистой цыганской песни, бессмысленной, но всегда наглой шансонетки, звон стаканов и растлевающей атмосферы "первоклассных кабачков".

Первые шаги этих жертв заманчивых оргий робки и нерешительны, затем идет постепенно засасывание этой тиной, и очень скоро молодая женщина, нервы которой достаточно притупились для эстетических наслаждений, требует все более и более эксцентричных удовольствий, и из нее делается изящная, соблазнительная на вид, но глубоко развращенная "жрица веселья", представительница веселящегося Петербурга.

Она напоминает собою упавший с дерева прекрасный по наружности плод со сгнившей сердцевиной.

Но, к счастью, для графини Белавиной ее муж оказался таким же плохим руководителем своей жены в петербургском полусвете, как и в первых месяцах ее замужества в заграничном уединении и в "свете".

Он не сумел показать ей все наслаждение этой увлекательной для юности жизни с казового конца.

Он не понимал, что яд надо давать в сладких пилюлях, в малых дозах, чтобы приручить к нему здоровый организм, иначе он вызовет тошноту.

Это и случилось с молодой графиней.

Она смотрела наивными глазами на окружающее ее неприкрытое бесстыдство, даже начала улыбаться ему, как вдруг ей внезапно было нанесено страшное оскорбление, и глаза ее открылись.

Однажды после спектакля в Малом театре супруги отправились ужинать вдвоем в отдельный кабинет одного из модных французских ресторанов.

Граф Владимир Петрович, усиленно залив обед, был сильно навеселе. Шампанское за ужином усилило опьянение.

Он вышел пройтись по общей зале ресторана, оставив дверь кабинета полуоткрытой.

Не прошло десяти-пятнадцати минут, как в кабинет смелой, привычной походкой вошла одетая в бальное платье красивая, хотя сильно ремонтированная женщина с большими наивными темно-синими глазами, с пепельными волосами, мелкие завитки которых спускались на лоб.

Она вошла и села на только что покинутое графом кресло.

Графиня удивленно оглядела непрошеную посетительницу.

Внезапность ее появления и развязность, с которой она уселась, поразили Конкордию Васильевну.

— Граф, ваш муж, совсем пьян... — начала незнакомка, — и лезет ко мне. Я бы лично против этого ничего не имела, так как это значило бы только вспомнить прошлое, что для всякой женщины легче, нежели начинать сначала. Но у меня явилась мысль, сделав счастливым сегодня графа, осчастливить еще одного человека.

Пепельная блондинка фамильярно подмигнула графине.

— Что вам здесь угодно?.. Я вас не понимаю... — опомнилась наконец та.

— Князь Девлетов обворожен вами, и я взялась это ему устроить... А за что берется Маруся — она делает... Да и почему, если ваш муж меняет вас на меня, то вам...

— Замолчите... Подите вон!.. — вскочила, наконец, поняв ее, графиня.

— Ого! Как хотите, так я беру графа... — встала балетная Маруся — это была она — и вышла из кабинета.

Конкордия Васильевна стояла несколько мгновений как бы в каком-то оцепенении, затем быстро надела шляпку и бросилась из кабинета по коридору к выходу.

Лицо ее носило выражение такой несвойственной ей строгости и решимости, что лакеи не посмели остановить ее.

Швейцар накинул на нее ротонду и Конкордия Васильевна, выскочивши на улицу, бросилась в сани первого попавшегося ей извозчика и приказала ему ехать домой.

Несмотря на теплый мех ротонды и оттепель на дворе,

графиня Белавина вся дрожала от непрерывного внутреннего озноба.

Возвратившись домой, она прямо прошла к себе в спальню и имела мужество позволить себя раздеть горничной, не выдав при ней своего волнения.

Когда та удалилась, Конкордия Васильевна вскочила с постели, босая побежала к двери, заперла ее на ключ и только тогда, вернувшись на кровать, упала ничком в подушки и глухо зарыдала.

Всю ночь она не осушала глаз.

Никогда не видавшая не только горя, но малейшего огорчения графиня Конкордия считала себя окончательно сраженной обрушившимся на нее несчастьем.

Несчастье, впрочем, действительно было велико.

Созданный ею кумир, в лице ее мужа, вдруг внезапно упал с своего пьедестала и валялся, разбитый вдребезги, в грязи.

Чувство любви — любви, освященной клятвою перед алтарем Бога, было безжалостно поругано.

Он сам, этот человек, ее муж, толкнул ее в омут, где первая встречная женщина считала себя вправе нанести ей жестокое оскорбление.

Это оскорбление именно и усугублялось тем, что было нанесено без желания оскорбить — женщина, предложившая ей позор и преступление, не находила этот поступок ни позорным, ни преступным и считала ее, графиню Конкордию, способной согласиться на ее предложение.

Это ли не ужас!

Позор, преступление считается до того обычным среди того общества, в которое ввел ее муж, что самые гнусные предложения в этом смысле делаются с наивной улыбкой, превращающейся в не менее наивное недоумение в случае отказа.

Перед духовным взором Конкордии Васильевны неотступно стояло наивное выражение хорошенького личика балетной Маруси, предлагавшей ей заменить мужа любовником.

Марусе казалось это так просто.

Сколько ужаса в этой простоте.

Все это проносилось в разгоряченном мозгу графини Конкордии, который жгла, как раскаленная капля свинца, одна страшная мысль, что в это положение поставил, в это общество ввел ее никто другой, как ее муж.

Ужели он сам, своими руками хотел разбить свое счастье, развратить собственную жену?

Это было чудовищно!

Молодая женщина с ужасом старалась отогнать от себя эту мысль, а между тем все, ею пережитое, виденное, слышанное и лишь теперь в эту бессонную ночь передуманное, говорило, что это так.

В то время, когда уже довольно позднее, но сумрачное петербургское утро пробилось сквозь опущенные гардины спальни молодой женщины и осветило ее лежащею на кровати с открытыми опухшими от слез, отяжелевшими от бессонной ночи глазами, граф Владимир Петрович только что уснул у себя в кабинете тем тяжелым сном кутившего всю ночь человека, которым сама природа отмщает человеку за насилие над собою дозволенными излишествами.

Когда он проснулся, был уже второй час дня.

Подняв с подушки свою отяжелевшую голову, граф обвел вокруг себя посоловелыми глазами и начал с усилием припоминать происшествия минувшей ночи.

Он чувствовал себя совершенно разбитым физически, и к этой усталости тела с наплывом воспоминаний присоединилось нравственное утомление.

Воспоминания были не полны и отрывочны, но в общем он сознавал лишь одно, что он в первый раз изменил своей жене.

Но куда девалась его жена? Он не нашел ее, вернувшись в кабинет. Положим, он задержался довольно долго в веселой компании. Но она могла подождать. Она — его жена.

Он припоминал, что он тотчас хотел ехать домой, но Маруся так мило просила его остаться... Он был очень пьян и позволил себя уговорить, она его раззадорила тем, что сказала, что жена его бросила, а он бежит за ней просить прощения.

Он остался и потерял власть над собой.

Им овладела Маруся.

Но куда девалась его жена?

VII

ОБЪЯСНЕНИЕ

Люди своих ближних судят по себе.

Закоренелый проворовавшийся негодяй не может допустить существования честных людей. По его мнению, это такие же, как и он сам, негодяи, но более ловкие, счастливые, а потому и не попавшиеся.

Этим он старается заставить умолкнуть все-таки порой просыпающийся в его черной душе голос совести.

С графом Белавиным случилось то же самое.

Совесть зашевелилась в нем при мысли, как он посмотрит после того, что случилось вчера, в глаза своей жены.

Он старался заглушить этот голос, обвиняя ни в чем неповинную молодую женщину.

Это старание было так искренно, что граф стал испытывать муки ревности.

"Куда скрылась Конкордия из ресторана?"

"Домой... — отвечал он сам себе. — Но домой ли?.. Дома ли она и теперь?"

Он иронически улыбался.

Стоило, конечно, спросить прислугу, но, во-первых, подобные справки унижали его в собственных глазах, и во-вторых, и это было главное, граф был так пьян, что не мог дать себе положительного отчета, в котором часу он покинул свою жену, сколько времени провел в соседнем кабинете, и, наконец, когда обнаружил исчезновение графини.

Кроме того, в его уме жило все-таки некоторое сомнение, умеряющее муки ревности. Что если это сомнение исчезнет?

Что если прислуга скажет, что графиня вернулась домой утром, или что графиня еще не возвращалась.

А такой ответ возможен!

Так, по крайней мере, думал Владимир Петрович.

Оправдывая себя в своих собственных глазах, он строил это оправдание на все большем и тяжком обвинении своей жены.

В конце концов виновность ее казалась ему доказанной.

"Возможно ли, — уже воскликнул почти уверенно граф, — правдоподобно ли, чтобы эта женщина, такая молодая, такая прекрасная была чудовищем лицемерия и вероломства... Могли он так ошибиться, он — такой знаток женщин, умевший с первого взгляда, по мимолетному выражению их лиц определять их характер и темперамент".

Злоба против жены, подогреваемая сознанием своей вины, все сильнее и сильнее клокотала в сердце графа.

— Зачем она убежала? Куда она ушла?

Он чувствовал, что это необходимо ему узнать — иначе неизвестность была мучительнее самой горькой истины.

Граф стал одеваться и к двум часам — часу завтрака — вышел в столовую.

Комната была пуста.

— Где же графиня? — деланно равнодушным тоном спросил он у стоявшего около буфета человека.

Голос его все-таки был несколько хрипл и дрожал.

— Их сиятельство еще не изволили выходить из своих комнат... — почтительно отвечал лакей.

— А... — произнес граф и незаметно облегченно вздохнул.

Графиня была дома.

Владимир Петрович отправился в ее комнаты.

Он застал ее одетою всю в черном, стоявшею у окна и рассеянно смотревшую на улицу.

Комната, в которую он вошел, была маленькой гостиной графини, за ней следовал будуар, а затем спальня, через умывальную соединявшаяся с кабинетом и уборной графа.

Он ранее хотел пройти на половину жены через спальню, но дверь из его уборной оказалась запертою со стороны помещения графини.

Маленькая гостиная положительно была лучшим и уютненьким уголком всей великолепно отделанной квартиры.

Она была угловая и масса света лилась в четыре окна. День был солнечный — редкий в Петербурге. Розовая обивка стен и мебели, такого же цвета портьеры и занавеси, громадное венецианское трюмо, этажерки со всевозможными obgets-d'arts из фарфора, бисквита и бронзы, громадный во всю комнату пушистый ковер, — все делало этот уголок веселым и приветливым, какою была и сама хозяйка, только сегодня в своем черном платье со строгим выражением несвойственной ей серьезности на лице, она производила резкий контраст обстановке ее любимого уголка.

Граф Владимир Петрович остановился у порога.

Он почувствовал вдруг странное волнение.

Фигура даже не обернувшейся при его входе жены казалась ему воплощением его совести.

Но граф Белавин не был человеком, способным поддаться хорошим порывам, таившимся в глубине его испорченной натуры.

Напротив, то неприятное душевное замешательство, которое он ощутил перед беседой со своей женой с глазу на глаз, еще более озлобило его против нее, как главной причины хотя мимолетной, но все же сильной душевной боли, и он насильственно выдвинул на первый план все те подозрения, которые создал в своем уме относительно своей жены для оправдания своего поступка.

Надо заметить, чтобы быть справедливым, что он ничего не знал о разговоре с Конкордией Васильевной балетной Маруси и о нанесенном им его жене страшном оскорблении.

Конкордия Васильевна медленно повернула голову от окна и неотводно устремила свой взгляд на все еще стоявшего почти в самых дверях мужа.

Она показалась ему страшно изменившейся.

Горе, первое жизненное горе действительно ее преобразило.

Он, однако, меряя на свой аршин, в первую минуту приписал

это тем же причинам, которыми объяснил недавно перед зеркалом и свое побледневшее, помятое лицо.

Он искал подтверждений своих подозрений, а если человек их настойчиво ищет, он всегда находит или создаст эти подтверждения.

Так было и с графом, хотя в глубине его души, надо сознаться, шевелилось сознание полной невинности его жены, но он не хотел прислушиваться к этому внутреннему голосу, так как иначе чем же был он перед этой "святой женщиной".

Признаться даже самому себе в своем нравственном ничтожестве казалось ему ужаснее, нежели быть обманутым, хотя и последнее жгло ему мозг.

Ему приходилось выбирать.

Он выбрал последнее, что, впрочем, не мешало ему желать, чтобы невинность его жены была доказана впоследствии, когда первое жгучее объяснение забудется и состоится примирение.

Поэтому он почти нежным голосом, даже с некоторой тревогой спросил:

— Отчего ты нейдешь завтракать? Ты себя нехорошо чувствуешь? Ты больна?

При первых звуках его голоса на ее лицо набежала еще большая тень, ноздри задрожали от подавляемого внутреннего волнения.

— Мне кажется, что мне надо было задать вам этот вопрос... — ответила она сквозь зубы.

— Довольно странная манера отвечать... — кинул он с деланной небрежностью.

Он понял, что жена хочет сделать ему историю и шел навстречу ссоре, которая, казалось ему, извинит его вчерашний поступок. Подозрения, которые он создал, все же были в его глазах так проблематичны, что замена их сценой ревности ему улыбалась.

Конкордия Васильевна гордо выпрямилась.

— Не думаю, чтобы это могло показаться кому-нибудь странным, кроме вас... Взгляните на себя в зеркало и решите вопрос, кто кажется нездоровее: женщина ли с утомленным лицом, которая не сомкнула глаз всю ночь напролет, или же мужчина с помятой физиономией, спавший до двух.

Граф деланно улыбнулся.

Он чувствовал, что это было явное нападение, открытое объявление войны.

— Поистине, моя милая, — начал он развязным тоном, усаживаясь на одно из кресел и даже закидывая ногу на ногу, — если вы ищете предлога к ссоре, то это бесполезно, так как согласитесь сами, что я имею больше вас прав сердиться, однако этого не делаю... Следует ценить такую рыцарскую вежливость мужа...

Конкордия Васильевна, продолжая стоять перед ним, отвечала таким леденящим душу голосом, что у графа захолодило сердце.

— Прошу вас, милостивый государь, относиться к моим словам несколько серьезнее. Вчера произошли такие вещи, что я приобрела неотъемлемое право говорить с вами именно так, как говорю. Вы спрашиваете о здоровье вашей жены, которая провела ночь, оплакивая разочарование брака и все-таки беспокоясь о здоровье своего мужа, возвратившегося в семь часов и не подающего признаков жизни до двух.

"Значит она вернулась сюда прямо от Кюба, — сообразил он. — Чтобы сказать с такою точностью час, в который он вернулся домой, надо было считать часы... Она и считала их. Несомненно, что она ни в чем не виновата"!

Это, однако, обращало его в окончательно побежденную сторону и далеко не входило в его расчеты.

Он решил сам обратиться в нападающую сторону.

— Все это, признаюсь, очень остроумно, — воскликнул он с гневом, вскочив с кресла, — и делает честь вашей находчивости, но мне хотелось бы, чтобы мы играли соответствующие роли. Позвольте спросить вас, по какому праву вы уехали одна оттуда, куда приехали в сопровождении вашего мужа?

Графиня вспыхнула.

Все возмутилось в ней, все пришло на память при этом вопросе ее мужа.

— Милостивый государь... Ваше вчерашнее поведение можно было бы еще извинить, если бы вы явились ко мне с раскаянием... Вы же с наглостью напоминаете мне о вчерашнем эпизоде, который должны бы сами заставить меня забыть... Скажите мне, если вы это знаете, есть ли еще мужья, способные, как вы, обесчестивать своих жен, вводя их в такие позорные места...

— Позорные места!.. Это несколько сильно сказано... — отвечал он. — Конечно, Кюба не монастырь... И притом вы были в подобных местах не первый раз, однако, не выражали так сильно против них вашего негодования... Кроме того, вы были там с мужем, под его защитой.

— Вы должны бы были сказать, что я долго не понимала, куда меня возит муж, и это не делает честь вашему руководительству молодой женой. Вы должны мне были объяснить... Я ваша жена, а не содержанка, ваша подруга, а не товарищ... Тем хуже для вас, если я поняла это сама...

Все это графиня выговорила холодно-презрительным тоном.

— Это очень хорошо сказано, — со смехом заметил он, — но не дает мне, однако, объяснения, почему вы вчера, или лучше сказать сегодня, не дождались вашего мужа и уехали без него из ресторана.

— Я уехала потому, что защитник, о котором вы говорите, показался мне в эту минуту совершенно ненадежным, так как время, которое я провела одна в отдельном кабинете, оказалось достаточным, чтобы мне было нанесено страшное оскорбление.

Граф уже более не смеялся.

Он понял, что случилось нечто серьезное, и весь дрогнул, почувствовав, что нанесенное его жене оскорбление нанесено вместе с тем и ему.

Он даже сам в эту минуту обвинил себя за свой легкомысленный уход из кабинета.

— Оскорбление? — воскликнул он на этот раз с неподдельным волнением.

— Да и такое, при воспоминании о котором до сих пор мое сердце разрывается на части и кровь стынет в жилах.

Он приблизился к своей жене с видом виновного.

— Ты права, Кора, — начал он, не поднимая на нее глаз. — Я очень виноват перед тобою... Прости меня, если можешь... и позволь явиться хотя поздним, но все же защитником, или лучше сказать мстителем за оскорбление тебя.

Графиня оценила этот вопль души ее мужа, и он таким оборотом дела хоть несколько возвысился в ее глазах.

Сказать ему все она, однако, боялась.

Она сообразила сразу последствия такой откровенности.

Она уже видела перед глазами страшную картину дуэли и одного из противников мертвым. Что если это будет ее муж?

Сердце Конкордии Васильевны сжалось.

Граф, конечно, не простит князю Девлетову данное им гнусное поручение этой женщине...

При этом воспоминании графиня вздрогнула.

— О! — воскликнула она, закрыв лицо руками.

Владимир Петрович истолковал этот жест воспоминанием о нанесенной ей обиде.

Находясь в страшном возбуждении, он начал настойчиво требовать от жены подробного объяснения случившегося.

Но она уже успела овладеть собой.

Женщина с умом и сердцем, она инстинктом понимала, что есть вещи, в которых самые справедливые судьи — женщины.

Душевное состояние ее мужа красноречиво говорило, что он не остановится ни перед чем, чтобы отомстить оскорбителю.

Она решилась молчать.

Но граф продолжал настаивать.

— Первый виновник, — наконец заговорила графиня — во всем происшедшем — это вы! Никто не обязан знать, жена или даже случайная любовница идет под руку с молодым человеком...

В данном же случае ошибка была еще возможнее, так как эта молодая женщина была с эти молодым человеком в таком месте, которое посещают одни кокотки. Не уважая меня, вы подали повод не уважать меня и другим...

Граф молчал, стоя перед женой с поникшей головой.

Да и что он мог сказать ей на это?

Конкордия Васильевна была более чем права.

— Я сожалею, — продолжала она, — что вынуждена вам сказать, что вы меня жестоко обидели... Вы сами сознались в этом, хотя довольно поздно, но я готова принять ваше извинение... Дайте мне только несколько дней, чтобы прийти в себя и все забыть... Все, что вы можете сделать для меня, — это не напоминать мне об этом страшном эпизоде, чуть не разъединившем нас на первом году нашего супружества...

— Я подчиняюсь... — покорно ответил он. — Я заслужил это и не жалуюсь... Но нельзя ли просить тебя, чтобы через несколько времени не осталось ни малейшего облака, которое бы омрачило горизонт нашего первого счастья, а в эти выговоренные тобой дни я думаю бесполезно, чтобы люди...

— Вы напрасно об этом беспокоитесь... Я умею уважать себя... поверьте. Пойдем завтракать.

Он подал ей руку и они прошли в столовую.

VIII

ТУЧИ РАССЕИВАЮТСЯ

Так на светлый горизонт жизни молодых супругов надвинулось первое облачко, — облачко мрачное, готовое разрастись в грозовую тучу.

Доверие Конкордии Васильевны к мужу было окончательно подорвано.

В течение нескольких дней после описанной нами сцены она не раз спрашивала себя: будет ли она в состоянии все забыть?

Она совершенно отдалилась от графа.

Владимир Петрович страдал, но из ложного самолюбия не делал попыток к сближению.

Эта настойчивость молодой женщины указывала впрочем, что у нее есть характер, и это нравилось графу.

Графиня страдала в свою очередь, приписывая нежелание

мужа сделать первый шаг охлаждению его чувства к ней, желанию ее унизить, а она не прощала унижения.

Равнодушие графа оскорбляло ее более, нежели бы оскорбил взрыв негодования, взрыв даже грубый, но показавший бы, что граф чувствует отсутствие внимания и ласки, которыми окружала его еще несколько дней тому назад любимая и любящая жена.

Вежливо-холодное — графиня не замечала его деланность — обращение графа било ее сильнее бича.

Она решила совершенно отдалиться от мужа.

Это всегда случается с молодыми женщинами после наступившего разочарования.

Малейший шаг со стороны графа Владимира Петровича повел бы к примирению тем более что прошла уже неделя со дня происшествия, послужившего причиной размолвки, и жгучесть оскорбления, полученного Конкордией Васильевной, притупилась.

Надо кроме того заметить, что, обсуждая происшествие, молодая графиня невольно искала и находила не только смягчающие, но подчас даже оправдывающие обстоятельства для ее мужа.

Итак, ему надо было сделать только один шаг.

Он этого шага не делал.

Он не считал нужным дать хоть малейшее объяснение своему поступку, выразить хотя бы в шутливой форме раскаяние, хотя бы слегка извиниться, и то, что можно было поправить мигом, становилось все непоправимее и непоправимее, легкая царапина, от которой через два-три дня не осталось бы и следа, мало-помалу обратилась в зияющую рану, которая даже при излечении обещала на всю жизнь оставить глубокий шрам.

Мир был хуже и опаснее открытой войны.

Оба супруга стали постепенно привыкать к взаимной холодности, идя таким путем к взаимному равнодушию, и молодая женщина все более и более убеждалась, что муж не любил ее никогда.

Конкордия Васильевна любила своего мужа, если можно назвать любовью увлечение женихом, которого знают без году неделя и говорят "да" пред алтарем, принося клятву в вечной верности.

Но не заключаются ли так все светские браки: люди зачастую не знают друг друга, но бывают и нередко случаи, что настоящая любовь наступает после свадьбы.

Недаром брак сравнивают с лотереей. Попробуйте начать выбирать и приглядываться в этой массе билетов в колесе, вы, наверное, вынете билет с надписью: "аллегри", опущенная же небрежно рука вытаскивает часто первый выигрыш.

Графиня Конкордия, повторяем, любила своего мужа, если не

настоящею любовью, то, по крайней мере, той сердечной привязанностью к человеку близкому, который резко не расходился с нарисованным ею еще в девичестве идеалом мужчины.

Одной из главных составных частей того идеала была: "мужчина любящий" — эта-то часть теперь, увы, отпадала, отпадала также и вторая часть идеала — "мужчина уважаемый", и молодая женщина с ужасом всматривалась в будущее, которое ей рисовало мрачную картину жизни с человеком, который не любит ее и которого она не может уважать.

Надо было придумать исход.

Таким исходом была разлука.

Графиня была слишком религиозна, чтобы думать о разводе, сопряженном, кроме того, со скандалом — она положилась всецело на волю того, кто один в силах разорвать наложенные его именем цепи, или сделать их менее тяжелыми.

Оставалась таким образом разлука.

Графиня решилась переехать к своей тетке.

В начале второй недели со дня размолвки, Конкордия Васильевна высказала мужу это свое решение.

Граф Владимир Петрович саркастически улыбнулся и спокойно ответил:

— Если вы этим хотите доставить себе удовлетворение, то я не смею вас удерживать, но да позволено мне будет заметить, что последствия слишком серьезны для причины.

Конкордии Васильевне приходила самой эта мысль. Она не могла внутренно не сознавать, что оба они раздули ссору, но равнодушие, с которым встретил ее муж — предложенную ею разлуку, было маслом, подлитым в огонь, и утвердило молодую женщину окончательно в ее решении.

Она уже стала готовиться к отъезду, но случилось обстоятельство, которое разом изменило все планы молодой женщины.

В одно прекрасное утро, когда Конкордия Васильевна входила в столовую к завтраку, она вдруг почувствовала головокружение, почти дурноту и прислонилась к притолоке двери.

Сначала она недоумевала о причине, но вдруг на ее лице появилась счастливая улыбка: она поняла.

Графа в столовой еще не было.

Конкордия Васильевна, оправившись от приступа головокружения, прошла в его кабинет.

"Я не имею права быть безжалостной к отцу моего ребенка, — думала она".

Владимир Петрович встретил жену у дверей кабинета, так как тоже шел в столовую.

Это посещение удивило его.

Уже около месяца со дня рокового происшествия в ресторане Кюба, как графиня не переступала порога этой комнаты, которую очень любила ранее.

Он встретил ее удивленно-вопросительным взглядом.

Она поняла этот немой вопрос.

— Милостивый государь, — начала молодая женщина, — я пришла сказать, что обстоятельства изменили мое решение... Я не оставлю этого дома...

— Вы не могли принести мне более приятного известия... — с утонченно-вежливой полунасмешкой встретил граф это новое решение своей жены. — Чему, однако, я должен приписать это счастливое для меня изменение вашего решения?

Графиня выпрямилась и пристально посмотрела на него.

— Причина та, — медленно, отделяя каждое слово, заговорила она, — что если я теперь уйду от вас, то буду располагать будущностью, которая мне не принадлежит, я буду виновна перед ребенком, которого вы отец...

Граф Белавин вздрогнул.

Выступившая на его лице краска вдруг сменилась страшной бледностью.

Конкордия будет матерью!

Мать, — чудное слово, ореол честной женщины, подобно венцу украсит новым блеском обаятельную красоту молодой графини.

Его жена будет матерью.

Это известие заставило встрепенуться все доброе, что таилось в глубине души графа Владимира Петровича Белавина.

Быть отцом! — эти два слова наполнили его сердце радостным чувством.

Быть отцом — это гордость мужчины!

Пока человек не погряз совершенно в пучине порока, пока в его сердце хранится хотя одна необорванная нежная струна, никакое чувство не может быть для него выше и сильнее, как чувство родителя к рожденному.

Если в мире животном в этом случае действует инстинкт, то у человека он возвышается до душевного пафоса.

Бледный, взволнованный, с блестящими на глазах слезами граф робко протянул руки своей жене.

Конкордия Васильевна чутким сердцем женщины угадала происходившее в душе ее мужа и упала в его объятия.

— Кора, дорогая Кора, ты простила меня... Как я счастлив! — прошептал граф.

— Он примирил нас!.. — прошептала графиня и ее лицо покрылось ярким румянцем.

Супруги вышли к завтраку счастливые и довольные, как в былое время, до роковой ночи. Тучи рассеялись.

Граф Владимир Петрович круто изменил свой образ жизни. Он сделался еще до рождения своего ребенка — этого залога примирения с женой — хорошим, добрым отцом.

Домашний очаг получил для него вдруг небывалую притягательную прелесть. Видя ту нежную заботливость, то постоянное внимание, которыми он окружал свою жену, последняя, конечно, искренне простила ему происшествие, которое чуть было не разрушило их жизнь, восстановленную властью будущего живого существа, одинаково дорогого для обоих, дорогого еще прежде появления его на свет.

Так прошло около пяти месяцев, в которые граф был положительно примерным мужем.

Наконец настала минута, полная страха и надежды.

Графиня вела себя, что называется, "молодцом", и роды не только совершились благополучно, и от них не пострадала красота молодой женщины, но напротив — она сделалась еще прекраснее.

Граф находился безотлучно у ложа страдания и святой радости матери, к великому утешению молодой супруги.

Появившаяся у кровати колыбель, в которой копошилась новая жилица мира, тотчас же сделалась не только центром всего дома, но и центром новой жизни.

Новорожденной девочке дали имя Конкордия не столько в честь матери, сколько по внутреннему смыслу этого имени, означающем в переводе "согласие".

Но внесло ли это существо действительно согласие между супругами?

Так, по крайней мере, думала мать, настоявшая на этом имени.

Отца, увы, появление ребенка радовало только первые дни.

Рождение девочки обмануло надежды графа Белавина на наследника, продолжателя графского рода.

Это повергло его в уныние.

Он даже упустил из виду, что оба они с женой молоды, здоровы и сильны — рождение сына могло быть более чем вероятным в будущем.

Когда некоторые друзья, которым он поведал свое разочарование, намекали ему об этом, он только махал рукой.

Как будто он считал это невозможным.

Причина этому, однако, лежала глубже, нежели это казалось на первый взгляд.

Графиня Конкордия Васильевна несмотря, как мы уже сказали, на ставшую еще обаятельнее после родов красоту потеряла для него свойство женщины.

Вся отдавшаяся своему ребенку, проводившая у его колыбели дни и часть ночей, она, естественно, стала почти чужой для мужа, на которого эта написанная на лице молодой женщины постоянная забота о своей малютке действовала угнетающим образом. Он чувствовал, что отныне она не принадлежит ему всецело, он шел далее — он был уверен, что даже в то время, когда он держал ее в своих объятиях, она думала не о нем, а своей дочери.

Это убивало страсть.

Постоянно строго-озабоченное лицо молодой женщины, одетой в темные цвета, с улыбкой, появлявшейся лишь у колыбели ее малютки, естественно, не представляло объекта игривых мыслей, распаляющих желания поживших людей, к числу которых принадлежал граф Владимир Петрович.

Две-три неудачные попытки в этом смысле окончательно отдалили его от жены физически.

По свойственному всем подобным ему людям эгоизму, он обвинял всех, кроме себя: жену и даже малютку-дочь, отнявшую у него первую.

Графиня, увлеченная своими материнскими чувствами, не замечала этого.

Она простила своему мужу, чего же было ему надо еще?

Она подарила его прелестною дочерью — как может он быть теперь чем-нибудь недоволен?

Прелесть взаимного обладания для нее не была вполне известна, она оценила только его результат, лежавший в колыбели.

Она считала это главным.

Она не знала мужчин.

Азбучная мораль, что она должна быть доброй женой и матерью, исполнялась ею, по ее мнению, безупречно; к тому же молодой женщине казалось, что обязанности матери выше обязанностей жены.

Она отдалась им всецело.

О святая тирания колыбели! Дивное могущество слабости, которое привлекает сердце матери!

Конкордия Васильевна сосредоточила всю свою жизнь около крохотного существа, которое только что начинало свою жизнь.

Как чудно хороши и как порой деспотически жестоки эти первые месяцы, когда дитя освобождается постепенно от продолжающейся еще некоторое время бессознательной утробной жизни: первая улыбка — признак возникающего сознания, беспричинный часто плач, как ножом режущий сердце матери, капризы и даже гнев существа, о котором еще не решен вопрос, принадлежит ли оно земле или небу, — все это заставляет трепетать за начинающую нить жизни, которую способно оборвать легкое веяние зефира.

Маленькая Кора перенесла все невзгоды младенчества благополучно.

Период прорезывания зубов самый опасный, заставляющий матерей ежеминутно трепетать за жизнь дорогого существа, прошел тихо и незаметно. В начале второго года Кора начала ходить и лепетать.

Это самый забавный период детской жизни для родителей, первые слова "мама" и "папа" чудной гармонией проникают все существо отца и матери.

С каждым днем ребенок дает окружающим новую пищу для радости и восторга — фантазии начинающего жизнь дитяти неисчислимы.

Графиня Белавина плавала в волнах материнского восторга.

Она непрестанно ласкала и покрывала поцелуями это маленькое розовое тельце, издававшее тот чудный аромат, который присущ только одним детям и который можно найти в пухе птенцов. С неземным упоением слушала молодая мать звонкий смех ребенка, рассыпавшийся, подобно жемчужному каскаду, дивными серебристыми нотами.

IX

СЛУЧАЙ

Первое время граф Владимир Петрович сам принимал участие в радостях своей жены при наблюдении за началом сознательной жизни их дочери, и если бы кто спросил его, доволен ли он своей судьбой, граф совершенно искренно ответил бы, что никогда не испытывал более полного счастья.

Увы, это было только в первое время.

Тихие радости семейной жизни показались ему вскоре чересчур однообразными.

Ежедневно возвращаясь к себе, он был уверен, что найдет молодую графиню созерцающей свою дочь.

То, что радовало бы другого мужа, как доказательство любви к их ребенку со стороны матери, пожертвовавшей ему всеми удовольствиями и развлечениями светской жизни, производило на молодого графа совершенно иное впечатление.

Эта привязанность Конкордии Васильевны к маленькой Коре бесила его.

Он находил, что его жена очень изменилась к нему, что между

им и ей встал этот появившийся на свет ребенок, отнявший у него сердце молодой женщины.

Молодая мать по целым часам играла и возилась со своей ненаглядной девочкой, увлекалась сама придумыванием для нее забав, становясь тоже ребенком, что, впрочем, и немудрено на девятнадцатом году.

Графу становилось это смешным.

За подобным смехом всегда следует скука.

Владимир Петрович захандрил.

Первые радости быть отцом показались ему очень глупыми, а сама семейная жизнь настолько томительно-однообразной, невольно наводящей на мысль, что ее не следовало бы и начинать.

Такое настроение все усиливалось и усиливалось.

Наступил, наконец, день, когда граф нашел свою жизнь невыносимой.

Придя к этому выводу, молодой муж находился уже на краю пропасти, но, однако, удерживался от падения.

Более года прошло со дня свадьбы, и кроме роковой ночи у Кюба на совести графа Белавина не было ни одного упрека. Его бывшие товарищи по кутежам стали относиться с уважением к происшедшей в нем перемене, хотя сначала с легкой усмешкой говорили о графе Владимире, как о верном муже и любящем отце.

Среди веселящегося Петербурга стали даже забывать о нем.

Но "грех да беда на кого не живет", — говорит русская пословица.

Случай, этот современный дьявол, подстерегал свою жертву, воспользовавшись рассказанным нами настроением молодого мужа и отца.

Со дня рождения дочери граф Владимир Петрович проводил все свои вечера дома. Он боялся посещения театра, за которым, обыкновенно, следует ресторан, снова завязать связи с тем светским и полусветским кругом, который, он знал, затягивает человека, как тина.

Он избегал его упорно, точно руководимый каким-то роковым предчувствием.

Это предчувствие сбылось.

Он снова попал в круговорот этой жизни.

Но как же это случилось?

Как? Очень просто, очень естественно.

Однажды на дворе стоял чудный зимний день, яркий и солнечный, какими редко дарит природа Северную Пальмиру.

Был пятый час дня. Невский и Большая Морская кишели народом — это был урочный час прогулки праздных петербуржцев. Расфранченная толпа змеей извивалась по широким панелям, глазея друг на друга и на экипажи, медленно катящиеся от Морской и набережной и по направлению к ним.

Петербург не жил, а прямо клокотал полною жизнью.

Граф Владимир Петрович возвращался домой к обеду после нескольких деловых посещений.

Освещенная солнцем толпа увлекла его и потянула к себе.

Вышедши из саней, он приказал кучеру ехать домой, сказав ему, что пройдется пешком.

Это было на углу Большой Морской и Гороховой.

Граф смешался с толпой и не успел сделать нескольких шагов, как был остановлен возгласом:

— Белавин, ты? Вот судьба... Я только что думал о тебе... и сегодня же решил разыскать тебя...

Перед графом Владимиром Петровичем вырос, как из земли, его старый товарищ по школьной скамье, с которым он не виделся около десяти лет, — князь Георгий Сергеевич Адуев, или попросту князь Жорж.

Богатый помещик одной из приволжских губерний, он посвятил себя чуть ли не с первого года окончания университетского курса хозяйству и земской деятельности, раз в несколько лет наезжая в Петербург рассеяться и повеселиться.

Граф Белавин при настроении духа искренно обрадовался встрече со старым другом.

— Давно ли, дружище, приехал?

— Говорю, только сегодня утром ввалился... и первая мысль была о тебе.

— Мерси!.. Ты все такой же веселый, неунывающий, Жорж!

— А разве ты изменился?..

— Я женат...

— Вот как, поздравляю... Но сегодня у меня тебя не отнимет не только одна жена, а даже несколько... — захохотал Адуев. — Я тебя арестую... Мы обедаем вместе.

— Но...

— Никаких но...

— Поедем ко мне...

— Нет, брат, на сегодня уволь... У меня в моей благословенной провинции достаточно семейных очагов... Прости меня, но это все слишком пресно для нашего брата провинциала... Я не премину сделать визит твоей супруге, о которой ты, конечно, расскажешь мне за бутылкой доброго вина...

Граф Владимир Петрович улыбнулся и не стал возражать.

Он внутренне соглашался, что домашний очаг действительно "пресен" даже и не для провинциала.

Так, впрочем, обыкновенно кончаются такие приглашения.

Трудно отказать другу, которого встречаешь через несколько лет разлуки, пожертвовать ему день, вечер. Быть может он не будет иметь более этого случая.

— В таком случае я уведомлю жену запискою... — заметил граф Белавин.

— Что дело, то дело...

Приятели дошли до угла Невского и Морской. Граф вынул записную книжку и на клочке бумаги написал графине несколько слов. Вручив эту сложенную лишь вдвое полуоткрытую записку посыльному, он приказал ему отнести по написанному на ней адресу, не сообразив или же прямо не думая, что такая бестактность может оскорбить молодую женщину.

Адуев и Белавин пошли обратно.

— К Кюба?.. — спросил первый.

— Нет, лучше к Контану...

— Поедем...

— Пройдемся пешком... Погода восхитительная...

Приятели прошли по Морской и повернули по Гороховой.

Дьявол-случай раскидывал свои сети искусно.

Первое лицо, встреченное ими в швейцарской ресторана Контан, была балетная Маруся; один из швейцаров надевал ей теплые ботинки, другой держал великолепную ротонду из голубых песцов.

— Вот бабенка... восторг... — шепнул Адуев Белавину при виде этой картины.

— Я могу тебя представить, я знаком...

— Белавин, схимник, анахорет... pater-familias... — с хохотом в этот самый момент обратилась к графу Владимиру молодая женщина. — Какая судьба занесла вас в это место греха и соблазна?

— Вот моя судьба... — указал Белавин на своего друга. — Позвольте представить, князь Адуев...

Он назвал фамилию известной танцовщицы.

Молодая женщина с приветливой улыбкой протянула руку князю.

Тот положительно обомлел от восторга.

— Вы одни? — обратился к ней князь.

— Вообразите, моя старая развалина назначил мне здесь свидание, а затем просит извинения... У него заболела супруга... Каково! Поплатится мне он...

— Дай Бог здоровья его супруге... И да погибнет он сам... И вы уезжаете?

— Как видите.

— А разве мы не можем вдвоем заменить одну развалину?

— Это зависит...

— От вас.

Маруся не заставила себя долго уговаривать, и вскоре один из уютных кабинетов этого лучшего ресторана Петербурга огласился ее серебристым смехом.

Вкусный обед, политый обильно вином, прошел оживленно, хотя граф Белавин ощутил неприятное чувство. Приехавший с волжских палестин, князь Адуев оказался более в курсе светской и полусветской жизни Петербурга, нежели он — истый петербуржец.

Маруся несколько раз поднимала его за это даже на смех.

— Да что ты, с луны что ли свалился... — со смехом говорила она.

Они возобновили старинный брудершафт.

— Неужели это женитьба сделала меня таким смешным, отсталым от жизни... — думал граф. — Нет, слуга покорный, я хочу жить... При моих средствах...

Он забывал, что это средства его жены.

Маруся лукаво поглядывала на него.

Чутьем падших женщин она угадывала, что граф решился исправиться в желательном для нее смысле.

Князь Адуев окончательно разошелся.

В то время, когда пили кофе и ликеры, а мужчины дымили дорогими "регалиями", у подъезда Контана уже позвякивали бубенчики лихой тройки, за которой было послано князем.

Все трое поехали на острова.

Вечер и часть ночи пролетели незаметно в развеселых кабачках, под звуки цыганских и интернациональных хоров.

Князь Адуев, чересчур налегший на ликеры, окончательно осовел и был сдан с рук на руки швейцару "Европейской" гостиницы, где остановился.

Граф Белавин очутился в будуаре очаровательной Маруси.

Исправление началось.

В то время, когда графа Владимира Петровича потянуло с какой-то неестественной силой в освещенную солнцем нарядную толпу, где его ожидала роковая встреча, графиня Конкордия Васильевна сидела у колыбели своей спящей сном невинности дочери, любуясь ею и мечтая о будущем безоблачном счастье.

Теперь, когда маленькая Кора уже ходила и лепетала, когда ее щечки и губки делались все розовее и розовее, молодая мать, успокоенная за будущее своего ребенка, могла подумать и о своем личном счастье.

Ее молодые силы расцвели и развились параллельно с расцветом детских сил ее дочери.

Рождение ребенка сделало ее женщиной.

Она одинаково чувствовала себя способной к настоящей любви и к мужу, и к ребенку.

Жгучее чувство оскорбления, нанесенного ей в роковую ночь у Кюба, не только притупилось, но почти сгладилось, и образ мужа восставал перед ней, окруженный ореолом неведомой ей до сего прелести.

Счастливая мать, она хотела быть счастливой женой.

Она рисовала в своем воображении упоительные картины.

Она видела себя обнимающей своего мужа этими самыми руками, которые он когда-то любил осыпать поцелуями и которыми она так долго не прикасалась к нему.

Он выдерживал ее холодность слишком долго, чтобы она не простила его совершенно.

Ей приходила даже мысль, что она была к нему чересчур строга, что она наказала его несоразмерно вине.

Конкордия Васильевна вступила в этот фазис развития женщины, когда срываемые с нее цветы любви обладают настоящим ароматом.

Она чувствовала это и каждый день готовилась поделиться с мужем этим открытием.

Она заранее предвкушала наслаждение жизнью женщины в полном смысле этого слова, которую до этого времени не знала.

Сегодня решила она одарить мужа теми упоительными ласками, родник которых внезапно открылся и забил горячим ключом из ее сердца.

Эти чистые девственно-сладострастные мечты порой, впрочем, подобно волнам морского прибоя, разбивались о камни возникавшего в ней сомнения.

Как встретит ее муж эти ласки?

Не сочтет ли он их навязчивостью, результатом раскаяния в несправедливой обиде?

Все это говорила в ней ее врожденная гордость.

Но она гнала эти мысли, как гонит теплый ветерок набегающие на светлый горизонт маленькие тучки.

За несколько минут до шести часов, когда обеденный стол блестел серебром и хрусталем, красиво выделявшемся на белоснежной скатерти, и Конкордия Васильевна уже собралась идти в столовую, горничная подала ей на подносе листок бумаги, сложенный вдвое.

На этом листке были небрежно написаны следующие строки:

"Милая Кора. Не жди меня сегодня обедать, я встретил князя Адуева, моего старого друга, который почти силой увлек меня обедать с ним.

Владимир."

Быть может, в другое время Конкордия Васильевна и не обратила бы внимания на неделикатность мужа, приславшего ей уведомление на клочке бумаги, едва сложенной, но предшествовавшее получению этой записки настроение молодой женщины, именно этой запиской разрушенное, взволновало ее более, чем следовало.

Она сочла такую присылку прямо оскорблением, доказательством неуважения к себе.

Щеки ее покрылись ярким румянцем.

51

— Разве не было конверта? — спросила она горничную.

— Никак нет, ваше сиятельство.

— Кто же принес эту бумажку?..

— Посыльный...

— Хорошо, ступайте... Барин не будет обедать дома...

Горничная вышла.

Конкордия Васильевна, одолев внутреннее волнение, молча прошла в столовую.

X

РОКОВОЙ ВЗГЛЯД

— Граф не будет сегодня обедать! — строго заметила графиня лакею и глазами указала на прибор Владимира Петровича.

Лакей принял прибор.

Молодая женщина села одна за стол.

— Скажите няне, чтобы она принесла сюда мою дочь и ее маленький стульчик. Я хочу, чтобы она была подле меня.

Конкордия Васильевна, почти спокойная по наружности, переживала страшные внутренние волнения.

Мысль об этом клочке бумаги, на котором рукой мужа написаны были небрежные строки, не давала ей покоя и она сама растравляла свое самолюбие, уверяя себя, что это прямо доказывает неуважение к ней графа, совершенное равнодушие.

"Он посылает мне открытую записку с посыльным, точно своей прислуге... — мысленно негодовала она".

"И в то самое время, когда я решила вернуть ему окончательно мое расположение, когда я нашла в своем сердце силу простить ему нанесенное мне оскорбление... Он наносит мне новое... Хорошо же... На его равнодушие и я отвечу тоже равнодушием..."

Нянька между тем принесла маленькую Кору и усадила ее за стол на высоком стульчике.

Присутствие дочери несколько отвлекло графиню от мрачных мыслей, но не возвратило аппетита.

Она едва притрагивалась к подаваемым кушаньям.

Наконец обед кончился.

Конкордия Васильевна взяла на руки свою дочь и понесла ее к себе в спальню.

Она объявила крайне удивленной няне, что с этого дня Кора будет спать вместе с ней, а потому и велела перенести кроватку дочери в свою спальню.

— Вы останетесь в детской и по утрам будете приходить одевать ее. — Ночью же я присмотрю за ней сама... Я сплю чутко...

Это было со стороны графини мщение ее мужу за нежность, которую она почувствовала к нему, и за уступку, которую она сделала ему в прошлом, уступку, равносильную неисполнению своих обязанностей.

Оберегая красоту своей жены, граф настоял на том, чтобы она сама не кормила ребенка, а взяла кормилицу.

Таким образом, мраморная шея и грудь графини сохранили свою скульптурную гибкость, но вместе с этим молодая женщина лишалась величайшего наслаждения, дав жизнь своей дочери, питать ее своим молоком, частью самой себя.

Она отказалась от этого для него! Чем же отплатил он ей за это? Неуважением! Равнодушием!

Именно теперь только она поняла, что принесла ему в жертву, и почувствовала угрызения совести.

Ей казалось, что Кора не принадлежит ей с той минуты, как другая, чужая женщина заменила ее у колыбели ее дочери. Теперь уже девочка отнята от груди, но бывшая кормилица, оставшаяся в няньках, продолжает проводить с ней часть дня и все ночи.

Графиня решила принять участие в заботах о ребенке, участие более активное, нежели до сих пор, и этим объясняется сделанное ею распоряжение.

Когда граф Владимир Петрович возвратился под утро, то был крайне удивлен, найдя свою жену преспокойно спящею.

Он ожидал бури и нашел тишину.

Присутствие кроватки Коры у постели молодой женщины яснее слов сказало ему, что графиня бесповоротно решила отдалиться от него.

Граф побледнел.

Он понял, что именно сегодня он это заслужил.

Он был глубоко, тяжко виноват перед этими двумя невинными существами.

Он дуновением своих уст, оскверненных греховными поцелуями, тушил тихий, ровный пламень домашнего очага.

В то время когда Конкордия Васильевна испытывала первое жизненное горе, вдали от нее, при одном воспоминании об ее восхитительном образе, трепетно билось сердце человека, которого она не знала, быть может, никогда не видала или не замечала, но который между тем жил лишь воспоминанием о ней.

Этот человек был Федор Дмитриевич Караулов.

Окончив одним из первых курс медико-хирургической академии, он пожелал уехать из Петербурга, чтобы в провинциальном уединении готовиться к докторскому экзамену, и принял место врача в одном из кавалерийских полков, расположенных под Киевом.

Штаб-квартира полка была в одном из обширных сел, поблизости станции железной дороги.

Работа по службе была несложна, но вскоре молодой доктор с отзывчивой душой и с искренним желанием работать нашел себе практику среди крестьян, с большим доверием, спустя короткое время, начавшим относиться к "военному дохтуру", нежели к изредка посещавшему врачебный пункт, находившийся в селе, земскому врачу.

Это было, впрочем, и немудрено.

Земский врач Отто Карлович Гуль из остзейских немцев, посещая врачебный пункт, оставлял в приемном покое фельдшера Финогеныча, всегда бывшего под хмельком, а сам отправлялся к одному из соседних помещиков, где бражничал и играл в карты все то время, которое по службе обязан был проводить на врачебном пункте.

Финогеныч от всех болезней наружных лечил свинцовой примочкой, а от внутренних — касторовым маслом, был груб и алчен и понятно не мог внушать крестьянам веры в медицинскую науку, которой был представителем в их глазах.

Ласковый и обходительный Федор Дмитриевич, не только удачно излечивший некоторых болящих крестьян, которых по годам мазал Финогеныч, но и входивший в нужды населения, вскоре сделался добрым гением села, особенно женской его половины.

"Душа-барин", "желанный", "касатик" — вот прозвища, которые стали сопровождать военного доктора при довольно частой визитации его по избам.

Федор Дмитриевич Караулов соединял в данном случае приносимую им населению пользу со своей научной работой.

Он в то же время готовил докторскую диссертацию на тему: "Народные врачебные средства с точки зрения медицинской науки", пролившую впоследствии яркий свет на народную медицину.

Для местных крестьян, да и вообще для всех, кто обращался к нему за помощью, он не только был врачом тела, но и целителем души.

Чем больше он изучал материю, составляющую человеческий организм, тем более он начинал понимать нравственную душевную сторону человека. В нем развилась необычайная наблюдательность, и он почти каким-то чутьем угадывал даже тщательно скрываемые горе и несчастье ближнего.

Науке своей он был предан беззаветно и высоко ставил призвание врача как друга человечества.

Несмотря на относительную бедность, он не был корыстолюбивым, никому никогда не завидовал и шел твердо и неустанно к намеченной цели, глубоко и сильно уверенный, что вместе с честным служением науке приложатся ему и довольство, и обеспеченность.

Он и не ошибался.

Честные труженики никогда не пропадают на Руси, и люди, слоняющиеся без места и жалующиеся на судьбу и отсутствие протекции, в большинстве случаев тунеядцы, с грандиозным аппетитом к жизненному комфорту и не менее грандиозной леностью, или же предающиеся какой-либо предосудительной слабости: пьяницы, игроки и т. п.

"Труд-гений", сказал известный английский мыслитель, и если не всегда путем труда создаются гениальные люди, то все же нельзя не признать труд "добрым гением" честного человека.

Офицеры полка любили также своего доктора, хотя он не участвовал в их попойках и даже в большинстве случаев сторонился их компании.

Они приписывали это научным занятиям, так как знали, что доктор Караулов временно занял место полкового врача и готовится к докторскому экзамену.

Причиной мизантропий доктора было, однако, далеко не это обстоятельство.

Он любил, любил безнадежно и упорно растравлять уединением свою сердечную рану, не желая умышленно ее залечить.

Как ни может это показаться странным, но этот серьезный человек, весь преданный науке, любил молодую девушку, с которой не сказал ни одного слова и с которой даже не был знаком.

Это случилось, когда он был на предпоследнем курсе академии, во время рождественских каникул.

Он жил близ академии, занимая комнату в одном из домов Нижегородской улицы, рядом с домом купчихи Зуевой.

Однажды, вышедши из дому утром, он пробирался в академию, чтобы заняться в химической лаборатории интересовавшей его работой.

У ворот дома Зуевой он принужден был остановиться, так как со двора выехала карета, одно из стекол которой было спущено, и из нее глядела восхитительная брюнетка, с лучистыми голубыми глазами, рядом же с ней сидела почтенная дама.

Хорошенькая незнакомка, по-видимому девочка-подросток, остановила, быть может, невзначай, свой взгляд на Караулове, и ее глаза встретились с его глазами.

Карета проехала, а Федор Дмитриевич продолжал стоять, как вкопанный.

Голова его кружилась, из нее вылетели результаты последних химических вычислений, о которых он думал, спеша в лабораторию для окончания начатых работ.

Два чудных лучистых глаза, прелестный овал лица, обрамленный черными как смоль волосами, изящный носик, розовые губки, все это продолжало стоять перед его духовным взором.

С тех пор он не мог забыть этого взгляда и этого лица.

Однако он опомнился и отправился в лабораторию, но в этот день работа у него не клеилась и он во избежание порчи работы ушел из лаборатории раньше назначенного им самим себе времени.

Целый день он провел в каком-то тумане и даже несколько раз выходил из дома и довольно долго прогуливался около дома Зуевой, искоса поглядывая на окна, но очаровательной незнакомки не видал.

Он самого себя стыдил в этом ребячестве, но остальные дни какая-то непреодолимая сила тянула его к заветному особняку.

Несколько раз он видел обворожившую его девушку, но она ни разу даже не посмотрела в его сторону, но одна минута созерцания милой девушки уже доставляла ему необычайное наслаждение.

Рождественские каникулы окончились, и чудное видение исчезло с Нижегородской улицы.

Случай помог ему узнать имя, отчество и фамилию прелестной незнакомки.

Ему сообщила их его квартирная хозяйка, знаменитая между студентами-медиками, Антиповна.

Это была старуха лет шестидесяти, в течение тридцати лет жившая на Нижегородской улице и отдававшая комнаты "с мебелью, под студентов", как она сама объясняла свою профессию.

Все петербургские врачи знали и помнили Антиповну и много "светил медицинского мира" были ее жильцами.

Старушка отличалась крепким здоровьем и не могла запомнить, чтобы она когда-либо хворала.

— Докторами-то у меня, матушка, знакомыми хоть пруд пруди, может от этого... Лечись — не хочу, вот хворь-то и боится ко мне приступить... — своеобразно объяснила она знакомым свое постоянное здоровье.

Всех живущих по соседству Антиповна знала вдоль и поперек и могла рассказать о них всю подноготную.

Дня через два после первой встречи Караулова с поразившей так неожиданно его сердце девушкой, Антиповна, подавая самовар, видимо, Под впечатлением только что виденного, заметила:

— И красавица же выросла племянница Зуихи; сейчас, в

булочную как бегала, видела, в карете она куда-то с теткой покатила...

Обыкновенно, Федор Дмитриевич избегал расспрашивать словоохотливую старуху, которая готова была говорить по целым часам, и при малейшем поощрении ее было даже трудно остановить, но на этот раз сердце подсказало ему, что Антиповна говорила именно об интересующей его девушке.

— Какая племянница, какой Зуихи? — деланно небрежным тоном спросил он.

— А рядом с нашим-то дом богачихи-купчихи... Ольги Ивановны Зуевой... миллионерша...

Последнее слово Антиповна выговорила почти молитвенно.

Караулов молча ожидал продолжения.

— Так у ней племянница, Конкордия Васильевна Батищева, в павловский институт на выучку отдана, на праздник, видно, к тетке погостить приехала сейчас, говорю, встретила, красоты неописанной.

Сердце Федора Дмитриевича окончательно упало.

— Это она! — мелькнуло в его уме.

— Тоже богачиха страсть, одна у тетки племянница, больше и родных у старухи нет, да у самой девушки-то, сказывают, капитал в два миллиона... Ишь прорва денег-то, прости Господи, не выговоришь...

— Да, большое богатство... — заметил Караулов.

— И какое еще большое богатство, Федор Дмитриевич, большущее. Ну и сбудется, кажись, старухина-то затея... С деньгами чего нельзя... Все можно...

— Какая затея? — спросил Федор Дмитриевич.

— Чуть не принцу заморскому племянницу-то свою готовит. За князя или графа, а не за иного прочего отдам, говорит... И отдаст... Попомните мое слово, отдаст... Ничего, что из купеческого рода... В лучшем виде в графини или княгини выйдет, потому что ныне князьям-то да графам, почитай, многим есть нечего... А тут деньжищ, ишь, уйма какая... Не пересчитать иному князю или графу.

Федор Дмитриевич Караулов сидел в глубокой задумчивости.

Эти слова старухи Антиповны, продолжавшей еще словами сыпать как орехами, отнимали у него последнюю надежду, открывали между ним и любимой девушкой целую пропасть.

Ему нечего было и искать знакомства, так как красавица-миллионерша и он — бедный студент — два полюса.

— В этом году ученье кончает... — продолжала между тем тараторить Антиповна. — Поживем увидим, какой такой заморский принц выищется... Налетят, чай, на деньги-то, как коршуны на падаль, и, попомните мое слово, протрет будущий муженек глаза денежкам и отцовским, и теткиным... На это их взять, сиятельных...

Такая враждебность "к титулованным" в Антиповне имела свои причины: единственный жилец, который прожил у нее довольно долго и уехал, не заплатив значительную, по крайней мере для нее, сумму, был какой-то захудалый князь.

Наконец старуха была позвана кем-то из постояльцев и вышла из комнаты Караулова.

XI

ПИСЬМО

Умом, рассудком Федор Дмитриевич хорошо понимал все безумие своего увлечения, а между тем сердце его не подчинялось рассуждениям и продолжало трепетно биться, а чудный образ виденной им девушки неотступно стоял перед его глазами.

Он чувствовал, что он любит эту девушку всеми силами своей души, негодовал на себя за это, но... продолжал любить.

Он видел ее еще несколько раз в мае месяце.

Словоохотливая хозяйка сообщила ему, что племянница Зуихи окончила ученье и что они с тетушкой собираются в заграничные земли.

— Видно за заморским принцем тащутся... — Поживем, увидим... — прибавила старуха.

Сообщила она своему жильцу своевременно и об их отъезде.

— Укатили сегодня наши... Поминай как звали.

Федор Дмитриевич сам скоро уехал в деревню к матери.

Это было именно в то роковое для него лето, когда дорогая для него старушка умерла на его руках.

По возвращении в Петербург ему предстоял другой тяжелый удар.

Читатель не забыл, что при посещении им своего друга графа Белавина он узнал, что заморским принцем для Конкордии Васильевны Батищевой явился не кто иной, как именно граф Владимир Петрович.

Чутьем любящего сердца угадал он, что боготворимая им девушка не может быть счастлива с этим себялюбивым, испорченным человеком.

58

"И это он... он на ней женится..." — глухим рыданием вырвалось у него из груди по выходе из квартиры графа.

Федор Дмитриевич решил не встречаться со своим другом, пока не излечится от своего чувства к его жене.

Ему казалось ужаснее забыть, нежели страдать.

Таков закон истинной любви.

Караулов стал усиленно работать, надеясь в труде найти забвение и, действительно, находил его.

Лишь часы отдыха, вместо покоя, приносили ему одни страдания.

Перед отъездом из Петербурга он оставил графу Белавину письмо, в котором в вежливых выражениях поздравлял его с законным браком и уведомлял о своем отъезде из Петербурга, причем сообщил и свой адрес.

Он долго не получал ответа и уже решил, что дружба между ним и графом Владимиром Петровичем окончательно порвалась.

Горькое чувство появилось в его сердце.

Он жил под гнетом двух величайших страданий — безнадежной любви и разрушенной дружбы.

Прошло два года.

В один прекрасный день Федору Дмитриевичу подали письмо, на конверте которого адрес был написан рукой графа Белавина.

Караулов быстро разорвал конверт и стал читать послание своего старого, почти забывшего его друга.

Он хорошо сознавал, что в этом письме Владимир Петрович непременно будет говорить о своей жене, своей семейной жизни и этим до невыносимой боли будет бередить его сердечную рану, но бывают состояния души, когда подобное самоистязание составляет своего рода наслаждение.

По мере того, как Федор Дмитриевич читал письмо графа, он делался все бледнее и бледнее.

Он ожидал от этого послания всего, но не того только, что оно в себе заключало.

Письмо было на восьми страницах; это была почти исповедь, написанная человеком, разочарованным в любви, несчастным в супружестве. Оно было полно сожаления о прошедшем.

"Несчастный устал от счастья и принимается за старое!" — воскликнул с горькой усмешкой Федор Дмитриевич, окончив чтение и бросив письмо на письменный стол.

Одно место этого письма-исповеди поразило его. Он даже вторично взял письмо и прочел его.

Граф Белавин писал.

"О, мой друг, какое гнусное соединение правды и лжи во всех этих россказнях о прелести и счастье брачного союза. Не женись никогда, оставайся старым холостяком! Верь мне, что только свободные люди счастливы. Женщина — это низкое, презренное существо. Прав, тысячу раз прав какой-то современный мудрец, сказавший, что женщина хороша только как забава, как необходимый атрибут комфорта. Чем менее она добродетельна, тем лучше. Добродетель уничтожает всю пикантную прелесть женщины. Увы, я пришел к этому грустному выводу после двухлетнего общения с воплощенной добродетелью — с моей женой. Меня упрекнут в чудовищности подобной жалобы. Ваша жена прелестна! — скажут мне. Черт возьми! — Я это знаю. Я иду далее: я женат на женщине, обладающей всеми классическими достоинствами: она молода, красива, любит домашний очаг, покорна, мягкосердечна, великодушна, все что хочешь, словом, это, ангел. К несчастью, этот ангел не годится для компании с неисправимым грешником, подобным мне, который имел во всю свою жизнь столько сношений с демонами. Я ей не пара; в мои двадцать восемь лет я моложе моей девятнадцатилетней жены. Семейный очаг! Да сохранит тебя Аллах от этого очага, мой милый Караулов!"

По мере того, как Федор Дмитриевич перечитывал эти строки, его сердце наполнялось желчью.

Человек, писавший это, был его друг.

Какое страшное разочарование!

Это чудовище он называет своим другом.

Кем, как не чудовищем, мог представиться ему этот человек, имевший счастье идти по жизненному пути рука об руку с прелестным существом, один бегло брошенный взгляд которого наполняет до сих пор все существование его, Караулова.

Он был законным властелином этого сокровища, а между тем имеет дерзость уверять, что он неудовлетворен этим обладанием, что он готов отказаться от него, чтобы вернуться к прежней жизни грубых наслаждений.

Где же справедливость в этом свете? Каким именем можно назвать такое распределение испытаний и наград?

Эта молодая женщина — красивая и добродетельная, а муж уже готовится покинуть ее, если не покинул.

Он, Караулов, боготворил бы ее, он воздвиг бы ей в своем сердце вечный алтарь, на котором горел бы неугасимый священный огонь любви и обожания, он исполнял бы все ее малейшие желания, все прихоти. Он провел бы около нее всю жизнь, труд показался бы ему легким и приятным, так как он трудился бы для любимой женщины, уважение и любовь которой были бы для него высшими наградами. А этот "светский шалопай" — как мысленно назвал графа Белавина раздраженный Федор Дмитриевич — сорвав этот чудный цветок, повертев его в своих нравственно грязных руках, швыряет на дорогу.

Разве он действительно не чудовище?

С отвращением и злобой думал Караулов об этом друге своей юности.

Но это злобное настроение продолжалось недолго.

Федор Дмитриевич поймал себя сам в лицеприятии.

Он почувствовал, что не может быть судьею графа Белавина. От судьи требуется, прежде всего, объективное отношение к делу, между тем как он, Караулов, был рабом своего сердца.

Он понял, что в словах осуждения, произнесенного им над его другом, заключается большая доза эгоизма, и мысли его с графа Владимира перенеслись на графиню Конкордию.

Будущность молодой женщины, которую он любил, представилась ему в мрачных красках.

В начале жизни, чуть ли не на другой день союза, который обещал все радости осуществления девической мечты, несчастная графиня Конкордия встретила разочарование и горе.

Вместо счастья, на которое она надеялась и имела право, она получила лишь горечь обманутой надежды, подобно узнику, пробудившемуся после чудного сна и находящему вокруг себя серые стены своей тюрьмы и решетчатые окна, в которые светит солнце, солнце свободных.

Несчастная женщина — это нежное, чувствительное создание, — обреченная идти по жестокой тернистой дороге, с которой цветы, виденные ею через ограду будущего, кажутся жестокой насмешкой.

Она — богатая женщина — дойдет до того, что будет завидовать радости и взаимной любви бедняков, ни того, ни другого она не купит ни за какие деньги.

И кто знает, быть может молодая женщина под впечатлением ранних разочарований, которые, подобно утреннику, погубят нежный цветок в сердце, пойдет по пути безнравственности и порока.

О, нет! Это он даже не мог допустить.

Это было так ужасно, что от одной появившейся об этом мысли холодный пот выступил на лбу Федора Дмитриевича.

Он даже закрыл глаза, чтобы, как ему казалось, скорее отогнать эту мысль и действительно отогнал, негодуя на себя за ее появление.

Как он мог допустить ее относительно безумно любимой им женщины?

Она была жена другого, жена недостойного человека — первое терзало его сердце, второе усугубляло его страдания и муки находили отклик в его чуткой, любящей душе.

Но предполагать, что она не выдержит испытания, что она пойдет по избитой жизненной дороге обманувшихся в выборе мужа жен, по дороге постепенного нравственного падения — это и он не мог, это было выше его сил.

61

Любовь Караулова к Конкордии Васильевне была тем же чувством, которое питала Бианка Кастильская к Людовику Святому.

"Мой сын, я лучше хочу тебя видеть мертвым, нежели опозоренным".

Федор Дмитриевич тоже желал видеть графиню Конкордию соединенную неразрывными узами с недостойным мужем, но чистую, безупречную.

Он не мог представить себе кумира его души, объятым даже легким облаком подозрения.

Он не в силах был перечитывать письма Белавина.

Оно приводило его в бешенство, но это именно и делало то, что он, держа его в руках, нет-нет, да останавливал на нем свой взгляд.

Вдруг этот взгляд упал на постскриптум, до которого при первом чтении, взбешенный и раздраженный, он не дошел.

В нем граф писал:

"Кстати, я забыл тебе сказать, что я второй год как отец маленькой дочери... Быть может, это тебе будет интересно, как идеалисту и охранителю святости домашнего очага".

"Малютка-дочь... И об этом светский хлыщ пишет в постскриптуме!" — воскликнул вне себя Федор Дмитриевич.

Ребенок — этот связующий крепчайший цемент брака, видимо, безразличен для этого бездушного человека.

Он упоминает об этом вскользь, как о чем-то второстепенном.

Сердце Караулова облилось кровью.

Это был самый сильный, самый страшный удар, и граф Белавин приберег его, точно с расчетом, к концу.

Если бы граф Владимир Петрович знал, что его друг хранит в тайнике своего сердца любовь к его жене, то он не мог бы придумать более меткого удара, чтобы поразить его в это сердце.

Федор Дмитриевич скомкал письмо и бросил его в корзину, стоявшую под письменным столом, за которым он сидел, а сам, обхватив свою голову обеими руками, облокотился на стол и как бы замер.

Лишь через несколько минут он встал, встряхнул своими волосами, как бы желая отбросить какую-то мысль, и стал нервными шагами ходить по комнате.

Это продолжалось с четверть часа, быть может продолжалось бы и больше, если бы обязанности врача не вывели его из нервного оцепенения и не возвратили к действительной жизни.

В дверях комнаты, служившей кабинетом Караулову — Федор Дмитриевич занимал половину избы одного из богатых крестьян села — показался денщик, бравый парень с плутоватыми глазами, какими часто обладает русский солдат, но которые далеко не служат признаком нечестной натуры, а лишь врожденной сметливости и вымуштрованной ловкости.

— Больная, ваше благородие... — вытянувшись в струнку, доложил денщик.

— Зови... — очнулся от своих дум Федор Дмитриевич.

Через минуту в комнату вошла молодая женщина с истомленным, исхудалым лицом.

Началась консультация.

Несмотря на то, что доктор Караулов вообще внимательно выслушивал и осматривал больных, к настоящей консультации он приложил особенное внимание, стараясь, сосредоточившись на данном случае болезни, отвлечь свои мысли от рокового письма и пробужденных им тяжелых воспоминаний.

Это ему удалось только отчасти, так как глядя в болезненное, страдальческое лицо своей пациентки, у Федора Дмитриевича нет-нет да мелькал образ графини Конкордии и гнетущая мысль о том, что горе могло наложить на ее прелестное личико такую же печать страдания, какую наложила на лицо стоявшей перед ним женщины неизлечимая болезнь, до боли сжимала ему сердце.

Отпустив больную, Караулов вышел из избы как был, в расстегнутом форменном сюртуке, надев только фуражку.

Стояли последние числа мая месяца, т. е. разгар лета для южных губерний.

В городе все цвело и благоухало. Федор Дмитриевич быстро пересек село и вышел за околицу, на берег Днепра.

Историческая река медленно, бесстрастно катила свои воды.

Был третий час дня. Солнце высоко стояло на безоблачном небе и глядело в зеркальную поверхность реки, мелкая зыбь которой делала для наблюдателя иллюзию улыбки солнца.

В воздухе было жарко и лишь на берегу с реки тянуло легкой прохладой.

Кругом была тишина, та "звучащая тишина" природы, которую подметил один из наших выдающихся современных поэтов. Село предавалось послеобеденному сну и лишь на берегу толпа мальчишек и девчонок, еще не тронутые тлетворным дыханием жизни — страстью, совместно барахтались в освещенной солнцем золотистой воде Днепра, плескаясь и брызгаясь водой.

Но ни этот плеск, ни даже их звонкие выкрики не могли нарушить эту звучащую тишину природы или, лучше сказать, эти звуки земли поглощались в звуках неба.

Именно неба, так как они, эти звуки, сходили на землю откуда-то сверху.

Федор Дмитриевич Караулов упал ничком в душистую траву, покрывавшую берег, и несколько минут пролежал без движения, затем поднялся на локтях и стал смотреть на реку, весь отдавшись этому созерцанию и чутко прислушиваясь к лившимся сверху дивным звукам.

Недаром у русского народа существует легенда о силе, которую дает матушка-земля припавшему к ней человеку.

Федор Дмитриевич через некоторое время почувствовал этот прилив если не силы, то какого-то мощного покоя, лучшей почвы для развития и нравственных, и физических сил.

Все, что волновало его там, в избе: это письмо, этот рой вызванных им воспоминаний, как-то улеглось, стушевалось.

Как мелок показался ему человек с его чувствами невзгодами перед этим величием мироздания, среди которого он составляет едва ли заметный атом.

Эта всеобъемлющая природа была предметом его изучения — поднять хотя бы на одну линию завесу с того, чего еще не постигли великие умы, дать человечеству еще лишние доказательства его невежества и ничтожества перед высшей силой, управляющей миром, и этим возбудить в нем парения к небу — вот цель ученого-естествоиспытателя, независимо от того, применяет ли он свои знания к извлечению из этой природы средств для врачевания больного человеческого организма, или же только наблюдает теоретически законы природы в их проявлениях в окружающем его мире. Все остальное тлен и суета!

XII

НЕОЖИДАННАЯ ВСТРЕЧА

Прошел месяц.

Был пятый час утра. Доктор Караулов, проведший за работой часть ночи, только что заснул, утомленный умственным напряжением, которое действует на человеческий организм тяжелее физического труда. Его едва добудился денщик.

— Ваше благородие, ваше благородие!

— А... что.

— Извольте встать...

— Гм...

— Встать извольте, ваше благородие, — настойчиво повторял солдатик.

— Что тебе?.. Зачем? — присел на постели и, протирая глаза, спросил Федор Дмитриевич.

— Со станции служитель прибежал... Заболел кто-то в пути. Очень просят.

Призыв к помощи для врача, честно относящегося к своему долгу, все равно, что звук трубы для боевого коня.

В мгновенье Федор Дмитриевич был на ногах, в несколько минут оделся и, захватив свой аптечный несессер, поспешил на станцию, бывшую много что в двух верстах от села, в котором была штаб-квартира полка.

Его встретил знакомый начальник станции, пользовавшийся не раз услугами военного доктора как для себя, так и для своего семейства.

— Пожалуйте, пожалуйте... Барыня в отчаянии.

— Кто заболел?

— Ребенок.

Федора Дмитриевича проводили в дамскую комнату — перед врачом нет закрытых дверей.

Поезд, на котором прибыла барыня с заболевшей дочкой, отошел. Станция была пуста и в дамской комнате не было никого, кроме пассажирки, на которую обрушилось несчастье, и сопровождавшей ее почтенной дамы.

На одном из диванов лежала, кроме того, завернутая в одеяло маленькая девочка, лет двух.

Мать стояла перед ней на коленях и дрожащим голосом осыпала своего ребенка самыми нежными названиями, перемешивая эти материнские ласки рыданьями.

Почтенная старушка сидела в кресле и при входе доктора до него донеслись следующие, произнесенные ею слова:

— Кора, успокойся, зачем отчаиваться, Бог милостив. Вот и доктор.

"Кора" — это долетевшее до слуха Федора Дмитриевича имя, подобно электрической искре, пробежало по всему его организму.

Эта дама, спасти больного ребенка которой он случайно призван, носила имя той, которой было полно его бедное сердце.

Уже то, что она тезка с ней, заставит его положить все свое искусство, все свои знания, чтобы помочь несчастному дитяти.

Все это молниеносно пронеслось в его пораженном произнесением имени любимой им женщины мозгу, но когда после слов старушки: "вот и доктор", молодая женщина, одетая в богатое дорожное платье, встала с колен и обернулась к Караулову, у него подогнулись колени и он сделал над собой неимоверное усилие, чтобы удержаться на ногах.

Перед ним стояла графиня Конкордия Васильевна Белавина.

Несмотря на взволнованный вид и заплаканное лицо, несмотря на перенесенное ею нравственное потрясение, она показалась ему еще красивее, еще обольстительнее прежнего.

Молодая женщина кинулась к Федору Дмитриевичу.

— Доктор, Бога ради, спасите мою дочь... Спасите ее... Ведь вы спасете ее?

Все это она произносила со сложенными молитвенно руками, с глазами, полными слез, растерянная, в полном отчаянии.

С нечеловеческим усилием удержал Караулов крик души, готовый уже вырваться, и, быстро подошедши к больному ребенку наклонился над ним, чтобы скрыть свое смущение и бледность.

Девочка была в страшном жару, порывистое дыхание и хриплые свистящие ноты этого дыхания — для опытного взгляда врача не оставляли сомнения, что он имеет дело с сильнейшим крупом.

Караулов молчал, он чувствовал, что если он заговорит, то его голос выдаст его волнение.

Ему, впрочем, потребовалось лишь несколько минут, чтобы подавить свое волнение мыслью о священной обязанности, для исполнения которой он призван в эту комнату.

Вскоре он был уже во всеоружии доктора у постели больного ребенка.

Положение девочки на первый взгляд было очень опасно.

Федор Дмитриевич открыл ротик ребенка с такой нежностью и с таким искусством, что малютка даже не разразилась криком, и глубоко исследовал горло девочки.

Облегченный вздох вырвался из его груди.

В горлышке не было ни злокачественной опухоли, ни злокачественного налета. Это была простая ангина, которую в медицине называют "фальшивым крупом".

Искусной рукой прижег Федор Дмитриевич ляписом пораженное место горлышка и поставил горчичники к икрам малютки.

Через несколько минут дыхание облегчилось и хрипота утихла.

Удушье и его последствия исчезли.

Молодая мать, с тревогой и беспокойством глядевшая на манипуляции доктора и испускавшая невольно крик вместе со стоном своего больного ребенка, просияла.

Она схватила руку Караулова и крепко пожала ее.

— О, доктор, вы спасли мое дитя! Ведь спасли?

Федор Дмитриевич теперь мог только заговорить.

— Позвольте заметить вам, что как вы рано встревожились, так одинаково рано и успокаиваетесь. Опасность действительно миновала, но это не значит еще, что она не может возвратиться. Во всяком случае, надо принять очень много предосторожностей. Первое условие — это взять ребенка отсюда, так как вы сами понимаете, что станция железной дороги и общая дамская комната не может составить убежища больному. Я не решусь посоветовать вам даже ехать до Киева, который находится все же в нескольких часах езды отсюда и вагоны, даже отделения, полны сквозняками, губительными при горловых болезнях.

— Но теперь лето... — заметила старушка.

— Даже жаркое лето, — повернулся к ней Караулов, — но именно летом-то и опасны сквозняки и я даже нахожу, что болезнь ребенка и произошла от неосторожности в этом смысле, неосторожности, которую в дороге нельзя избежать.

— О, тете и мне так хотелось помолиться в Киеве, а оставить Кору на няньку я не решилась, — с видом покаяния произнесла молодая женщина.

— Но как же быть? — снова спросила старушка.

— Здешние станционные служащие, имеющие мало-мальски приличное помещение, все люди семейные, у которых дети... Вы хорошо понимаете, что они побоятся прилипчивости болезни, так что остается одно, это перенести ребенка со станции в мое помещение, находящееся отсюда менее чем в двух верстах. Я холостой и меня это не стеснит.

— Но... — сказала старушка.

Караулов продолжал серьезным тоном:

— Помещение мое состоит из половины просторной избы и хотя оно не отличается полным комфортом, но чистый воздух и уход — вот единственный комфорт для больного. Я же помещусь на это время в палатке, как и следует военному человеку.

— Это ужасно, так стеснять незнакомого человека! — воскликнула старушка, хорошо сознавая, что другого выхода, как принять предложение доктора, действительно не было.

— Не незнакомого человека, а доктора, — поправил Федор Дмитриевич. — Но уже если хотите, графиня Белавина даже не может отказаться от необходимого для нее и ее близких убежища в моем помещении.

— Графиня Белавина... Разве вы меня знаете? — удивленно воскликнула молодая женщина.

Старушка, сидевшая в кресле, тоже обратилась в вопросительный знак.

— Да, я знаю вас, графиня, и если вы найдете нужным уведомить письмом вашего мужа, то напишите ему, что в настоящее время ваша дочь пациентка Федора Караулова.

— Караулов, Федор Дмитриевич! — воскликнула молодая женщина. — Так это вы тот самый друг Владимира, о котором он говорил мне не раз с таким восторгом, как о своем единственном друге и идеальном человеке. Он даже раз сказал мне, что не стоит этой дружбы.

Федор Дмитриевич поклонился.

— Граф Владимир склонен к преувеличиванию.

— Теперь я спокойна и отдаюсь в полное ваше распоряжение. Тетя, не правда ли?

— Конечно, мой друг... Это прямо перст Божий!

Получив согласие дам, Караулов сделал распоряжения.

Начальник станции, по его просьбе, приказал заложить свою рессорную бричку, в которую и усадили г-жу Зуеву и графиню с ребенком.

Экипаж шагом двинулся к селу.

Доктор пошел пешком.

Через какой-нибудь час больной ребенок был уложен в мягкую, чистую постель доктора и сладко заснул.

Можно было предвидеть, что опасность действительно миновала.

Графиня устроилась в одной комнате со своей дочерью, а Ольга Ивановна в кабинете доктора, из которого часть мебели и вещей перенесены были в очищенный хозяином светлый новый сарайчик, куда и перебрался Федор Дмитриевич, и это помещение было немного удобнее походной палатки.

Графиня Конкордия Васильевна положительно не находила слов благодарить доктора и в глаза и за глаза, в разговоре со своей теткой.

Какое-то странное, неиспытанное ею до сих пор, душевное спокойствие почувствовала она под кровлей этой деревенской избы и в соседстве с этим доктором, другом ее мужа.

Это чувство было чем-то большим, чем успокоение матери за жизнь и здоровье своего ребенка.

Вглядываясь по временам в лицо доктора Караулова, Конкордия Васильевна как будто что-то смутно припоминала из своего прошлого.

Где видала она это лицо?

Она не могла припомнить этого, несмотря на все усилия напрячь свою память, но была уверена, что где-то, даже не в особенно далеком прошлом, видела его.

Если бы она знала, что она в доме человека, безнадежно и уже несколько лет ее любящего.

Она этого не знала, но какая-то притягательная сила тянула ее к Федору Дмитриевичу и его присутствие перерождало молодую женщину.

Это не было чувство благодарности, почти благоговения матери к спасителю ее ребенка, это было какое-то ощущение близости нравственной силы, способной защитить ее от всех жизненных треволнений.

О, как нуждалась графиня Белавина в такой нравственной силе!

Она не подозревала, повторяем, о любви к ней доктора-спасителя жизни ее дочери, иначе бы в разговорах с ним она не старалась играть роль счастливой жены и не относилась с нежностью к своему отсутствующему мужу.

Графиня Конкордия, конечно, и не догадывалась, что ее муж исповедовался уже письменно перед своим другом, ярко обрисовав картину их семейной жизни. Она не считала себя вправе выносить сор из избы, по любимому выражению ее тетки, даже перед другом Владимира.

Отношения мужа к жене — этих существ, составляющих "два-плоть едину", по учению церкви, не должны служить предметом обсуждения даже самых близких им лиц.

Так думала Конкордия Васильевна, тщательно и искусно скрывая тайну ее семейного разлада.

Не подозревавший такой нравственной силы в молодой женщине, Федор Дмитриевич считал ее самообманывающейся в своем счастье и еще более страдал в предвидении момента, когда повязка спадет с глаз несчастной графини и она лицом к лицу встретится с ужасной действительностью, способной убить ее как удар молнии.

Молодая женщина между тем уже давно видела все настоящими глазами, но упорно в глубине своей души таила свое горе, не допуская в это свое "святая святых" ни единого человека.

Ее тетка даже только подозревала, но не получала надлежащего ответа на самые искусно построенные вопросы.

Эту силу воли молодая женщина почерпнула в любви к своей дочери и считала, что если она имела право жаловаться на мужа, она не имела этого права относительно отца Коры.

— Боже, — думал Караулов, — как она любит его, а между тем он утомился этой любовью и готов променять эту святую, прелестную женщину на первую попавшуюся завсегдатайницу отдельных кабинетов петербургских шикарных ресторанов.

Какая разница между этими двумя соединенными неразрывными узами существами?

В поздние летние вечера, когда маленькая Кора и даже Дарья Николаевна спали крепким сном, Конкордия Васильевна и Федор Дмитриевич часто сиживали на скамейке у избы и наслаждались южной вечерней прохладой.

— Объясните мне, доктор, я одного не понимаю из того, что случилось при нашей встрече... Что я узнала вас, когда вы назвали свою фамилию, это весьма естественно, так как я много раз слышала ее от моего мужа, но вы, не видавший меня ни разу в жизни, как вы узнали меня?

— Ошибаетесь, графиня, я видел вас ранее вашего замужества.

— Меня?

— Да... Я видел вас тогда, когда вы даже, быть может, не подозревали, что существует на свете граф Владимир Белавин, и когда вы еще были Конкордией Васильевной Батищевой.

— Где же вы меня видели? В институте?

— Нет, я жил, будучи студентом, рядом с домом вашей

тетушки на Нижегородской улице и видел вас несколько раз выезжавшей со двора в карете...

— И узнали теперь, через несколько лет!.. — воскликнула графиня Белавина, но вдруг смутилась и покраснела.

— И узнал... — потупив глаза, произнес он, но через мгновение, поборов свое волнение, добавил — я очень памятлив на лица...

Оба вдруг замолчали.

Инстинктом женщины Конкордия Васильевна поняла, что перед ней человек, который уже несколько лет любит ее до обожания. Она даже припомнила бледного студента, которого она видела раз или два из своей кареты, выезжавшей со двора дома ее тетки.

— Так это был он!

Она поняла также, поняла не умом, а сердцем, что такое чувство, какое питает к ней этот сидящий с ней рядом друг ее мужа, не может оскорбить ее как замужнюю женщину.

Она была достойна, действительно, чувства обожания, чувства, которого не может навлечь на предмет его никакого подозрения.

Невинность ее девственной души была сохранена ею во всей ее неприкосновенности.

Это чувствовал Караулов и наслаждался близостью этого любимого им святою любовью существа.

XIII

ПОДРУГА

Несмотря на то, что первые дни болезни маленькой Коры прошли сравнительно покойно и девочка, казалось, была на пути к полному выздоровлению, доктор Караулов предвидел наступление кризиса, всегда бывающего в горловых болезнях.

Кризис, действительно, наступил и одна из ночей прошла в сплошной тревоге, как для графини Конкордии, дрожавшей за жизнь своего ребенка, так и для Федора Дмитриевича, сильно озабоченного как исходом болезни своей маленькой пациентки, так и состоянием встревоженной матери.

Лишь поздним утром, когда молодая женщина, изнемогая от

усталости, спросила доктора, есть ли опасность, он мог ответить со спокойной улыбкой:

— Нет, слава Богу, теперь всякая опасность миновала. Отдохните, вам это необходимо...

Он остановился, вспомнив, что единственная кровать была занята больным ребенком и что графиня Конкордия Васильевна проводила ночи на двух креслах, что при ее настоящем утомлении было далеко не то, что ей необходимо.

— Только я не знаю, — добавил он с грустью, — возможен ли полный отдых в этих креслах? Я, к несчастью, не мог раздобыть другой мало-мальски порядочной кровати.

Молодая женщина протянула ему руку и, указав на постель, весело сказала:

— С вашего позволения, доктор, я постараюсь заснуть немного около моей дочери.

Федор Дмитриевич подавил в себе волнение, вышел из комнаты, не повернув головы, промолвив:

— Постарайтесь отдохнуть хорошенько.

Что касается его самого, то, казалось, он не поддавался физическому утомлению, которое было каплей в море его нравственных страданий. Несмотря на проведенную бессонную ночь, мысль о сне ни на одно мгновение даже не пришла ему в голову.

То, что произошло с ним в эти дни, было так странно, что он, порой, сам себя спрашивал, не галлюцинирует ли он, не продолжительный ли это обманчивый сон, пробуждение от которого будет ужасно.

Присутствие любимой женщины в его доме наполняло его сердце бесконечным счастьем, смешанным, как это ни странно, с бесконечным страданием.

Он с наслаждением оказывал ей, как матери, незабываемую услугу тщательным излечением ее ребенка, и чувствовал, что сердце пылало к нему безграничной признательностью.

Болезнь маленькой Коры соединила их неразрывными узами, ребенок сильно привязался к дяде доктору и переводил с почти одинаковой нежностью свой невинный взгляд с матери на него.

Графиня Конкордия Васильевна Белавина могла сделаться честным, искренним другом Федора Дмитриевича, но... только другом.

Караулов в бешеной злобе на самого себя гнал из своего внутреннего я это недовольство. Усилиями своего разума доказывал, что лучшего, более чистого, более высокого отношения к женщине он не понимает, не признает и не желает, а сердце между тем говорило другое и трепетно замирало при мысли о том, что другой — его друг — хотя и не заслуженно, но имеет все права на эту женщину.

Федор Дмитриевич хотел видеть в ней только человека, но против воли она все настойчивее и настойчивее представлялась ему женщиной.

Эта-то жестокая борьба с самим собою и причиняла ему наравне с неизъяснимым наслаждением — чувствовать около себя близость любимого существа, неизъяснимое страдание — знать, что это существо навеки принадлежит другому.

Дни шли за днями.

Малютка Кора окончательно поправилась, и не было причин не продолжать путь в Киев, куда уже съездила Ольга Ивановна и где было приготовлено помещение для нее и для ее племянницы и внучки.

Они решили пробыть в этом городе древних святынь с месяц, а потому и устраивались с возможными удобствами.

Найдена была меблированная, соответственно положению графини Белавиной, квартира, нанята местная прислуга.

— Мы, может быть, пробудем и более, — говорила молодая женщина.

Ей хотелось подольше сохранить для своей дочери наблюдения спасшего ее врача, а она надеялась, что Федор Дмитриевич не откажет время от времени навестить в Киеве свою бывшую пациентку.

Мать, впервые перенесшая муку страха и надежды у постели больной дочери, естественно боялась за ее здоровье гораздо более, чем раньше.

Маленькая Кора была действительно слабым ребенком, как и все дети, подобные ей, отличающиеся ранним развитием. Девочка была слабенькая, нервная и опасения матери за ее здоровье, особенно после перенесенной ею болезни, не были преувеличены.

Переезд в Киев состоялся со всевозможными предосторожностями. Федор Дмитриевич Караулов сам проводил дам и сам всю дорогу наблюдал за ребенком.

В нанятом доме-особняке на одной из киевских улиц, близких от Киево-Печерской лавры, оказались антресоли, которые графиня Конкордия Васильевна с обворожительной улыбкой просила доктора Караулова считать своим помещением.

Федор Дмитриевич решил переночевать, с твердым намерением на другой же день уехать к себе домой, так как маленькая пациентка была совершенно здорова.

Судьба или случай, руководившие его жизнью за последнее время, и тут решили иначе.

На другой день, утром приехал граф Владимир Петрович Белавин, заранее извещенный о киевском адресе своей жены.

Надо сказать, что графиня Конкордия Васильевна тотчас по прибытии со станции в квартиру доктора Караулова с больной дочерью, уведомила мужа письмом о счастливой встрече с его другом в тяжелую для них минуту. Она назвала в письме эту встречу счастливой встречей, посланной Провидением.

Граф Владимир Петрович тотчас же написал Караулову длинное и горячее послание, в котором в самых витиеватых выражениях благодарил его за заботы об его жене и дочери.

Сам прибыть, однако, несмотря на отчаянные письма жены, в мрачных красках обрисовавшей опасность для жизни ребенка постигшей ее болезни, он, как мы видели, не торопился и приехал уже тогда, когда всякая опасность миновала и маленькая Кора, только с несколько побледневшими щечками, была окончательно возвращена к жизни.

Граф не хотел и слышать об отъезде своего друга в день его приезда, и Федор Дмитриевич волей-неволей должен был остаться в Киеве два дня, два тяжелых дня.

В первый же день, проведенный вместе с мужем и женой, он вполне убедился, что огонь их домашнего очага, который и светит, и греет в супружеской жизни, потух совершенно.

Граф, впрочем, и не старался скрывать холодность своих отношений к жене, и, оставшись поздним вечером наедине с Карауловым, дословно повторил свои жалобы, изложенные в письме, доставившем его другу столько горьких минут.

Он открыл ему раны своего сердца, но медицинская помощь была бессильна для их исцеления.

Граф снова погряз в омуте своей прежней жизни и окончательно погиб для семьи.

Он снова вращался в петербургском полусвете, считался коноводом "веселящихся петербуржцев".

Женщины снова овладели им, доведя его до болезни воли.

Если бы Караулов жил в Петербурге и имел хотя бы небольшое соприкосновение с представителями петербургского света, он узнал бы, что его друг граф Владимир был недавний герой пикантной истории, жертвой которой была одна молоденькая артистка, прямо с курсов пения попавшая в круговорот "веселящегося Петербурга". Ее звали Иреной.

Это был особого рода способ со стороны графа Белавина поощрять таланты.

Этой новой связью, наделавшей шум в Петербурге, он был обязан балетной Марусе, в число недостатков которой не входила ревность.

В описываемое время, впрочем, эта связь уже была в прошедшем — опереточная дива явилась на смену будущей оперной знаменитости, каковыми считают себя все ученицы курсов пения.

Проведя два дня, Федор Дмитриевич возвратился на свой служебный пост.

Он дал слово графу как можно чаще навещать "киевских

богомольцев", как иронически назвал себя, жену и ее тетку граф Владимир Петрович Белавин.

— Как можно реже! — сказал между тем самому себе Федор Дмитриевич, когда поезд, уносивший его из Киева, двинулся.

Увы, при произнесении этих слов рассудка сердце его болезненно сжалось и он понял, что он не сдержит слово, данное графу.

Его стало тянуть в Киев, несмотря на то, что летом этот город не представлял ничего привлекательного. Жара и пыль отравляют существование его жителей.

Отчего же Федору Дмитриевичу казалось, что в Киеве прохладнее, нежели в его живописном селе, на берегу Днепра, который разливался в этих местах во всю могучую ширь, отчего киевский воздух представлялся для него пропитанным не пылью, а ароматом цветов?

Да просто потому, что в Киеве жила графиня Конкордия, которая овладела всеми его помыслами и была альфой и омегой его желаний.

Его тянуло, повторяем, в Киев, и он ездил туда довольно часто.

В доме Белавиных он испытывал то же двойное чувство, которое началось с момента встречи с графиней Конкордией в дамской комнате железнодорожной станции: наслаждение и страдание.

То, что было для него счастьем, таким счастьем при одной мысли о котором он терял голову и в нем бушевала вся кровь, другой человек принимал совершенно равнодушно, с презрительною холодностью.

Где он, Караулов, обрел бы величайшее земное блаженство, там граф Владимир Петрович Белавин не находил даже простого удовольствия.

Это было ужасно.

Отношения графини Конкордии между тем к доктору были искренни и задушевны. В его присутствии она, казалось, находила спокойствие, на ее губах играла улыбка, которая, как заметил Федор Дмитриевич, исчезала при его отъезде.

Симпатии любимой женщины, как он ни хотел в том разуверить себя, были на его стороне.

Это было мучительно сладко.

Во время этих пребываний в Киеве, Караулов сделал несколько новых знакомств.

В Киеве, между прочим, были тоже прибывшие из Петербурга супруги Ботт.

Муж — богатый человек, сын канатного фабриканта, композитор-дилетант, весь преданный музыке и ей принесший в жертву свое наследственное канатное производство, доставившее ему солидный капитал от его покойного отца. Ему было лет за тридцать.

Она — двадцатичетырехлетняя женщина, мать единственной дочки, принадлежавшая к категории тех пикантных дурнушек, которые умеют заменять недостаток красоты искусством нравиться.

Кто осмелился бы утверждать, что эта женщина дурна собою, когда ее большие горящие глаза, блистая из-под умело созданных искусных бровей, освещали лицо с неправильными чертами и улыбку пурпуровых губ, далеко не скромную, но и не неприятную.

Прибавьте к тому оригинальность туалета портнихи, умеющей создавать фигуру.

Словом, Надежда Николаевна принадлежала к числу тех женщин, которые сотканы из сплошного греха и соблазна и которые умеют носить так свои туалеты, что в самом скромном из них кажутся полуобнаженными.

С этой молодой женщиной подружилась графиня Конкордия, подтвердив французское правило, что крайности сходятся.

Кроме того, г-жа Ботт, как старшая летами, быстро приобрела над этим ребенком-женщиной, какова была графиня, неотразимое влияние.

Одиночество последних лет, на которое осудила себя Конкордия Васильевна, одиночество, которое было последствием соприкосновения с тем полусветом, в котором теперь снова вращался ее муж, сделало свое дело.

В молодой женщине таилась потребность общения, потребность поделиться мыслями и чувствами с другим живым существом, а потому весьма естественно, что первая встречная женщина, с виду не оставлявшая желать ничего в смысле приличия, сумела войти в доверие одинокой, оставленной мужем молодой дамочки.

Честная по натуре графиня Конкордия и на всех других людей смотрела сквозь призму своего внутреннего я, пока, конечно, не наступило явного разочарования, как было с ней в роковую ночь в ресторане Кюба.

Хитрая и осторожная Надежда Николаевна не давала повода к этому разочарованию, и сердце графини, созданное для привязанности и любви, открылось, как цветок под влиянием тепла, что задело, что это тепло не было солнечным, а лишь искусственным теплом оранжереи.

Теплота отношений к графине со стороны г-жи Ботт была действительно искусственная теплота оранжереи, хотя Конкордия Васильевна и не подозревала, что между ней и ее старшей подругой не существовало взаимности чувств, что Надежда Николаевна была по натуре холодной, расчетливой эгоисткой.

Вся жизнь ее была сплошным сухим расчетом, и самый выход

в замужество, с места гувернантки в доме родственников ее теперешнего мужа, был искусно подготовленной ею коммерческой сделкой.

Графиня Конкордия в своей детской наивности и не подозревала возможности существования таких людей.

Она с наслаждением открывала своей новой подруге свою наболевшую душу.

Надежда Николаевна слушала внимательно, насторожившись.

Для нее не было ничего бесполезного, ничего такого, чем она бы пренебрегала.

К чему послужит ей доверие графини она сама еще не знала, но была уверена, что рано или поздно она извлечет из него пользу.

Таким образом, она узнала во всех подробностях отношения между графом и графиней.

Граф, по словам Конкордии Васильевны, был неисправимый ловелас, а, следовательно, для нее потерянный навсегда.

Надежда Николаевна искренно выражала свое сочувствие молодой женщине, хотя внутренно решила, что графиня страдает не от любви к мужу, а от оскорбленного самолюбия.

"Это надо принять к сведению, — сказала она себе. — Это несомненно! Какая такая любовь в браке, подобном их браку, через несколько месяцев после первого знакомства".

XIV

РАЗЛУКА

В Киеве Белавины действительно пробыли около полутора месяцев.

Это было понятно со стороны графини и ее тетки, но граф, живший по наружности жизнью семьянина, представлял некоторую загадку.

Положим, петербургский летний сезон не представляет особой приманки для столичных виверов и представителей золотой молодежи, которые в большинстве покидают на это время берега красавицы-Невы, но душный и пыльный Киев мог быть тоже привлекательным и казаться чуть ли не раем только влюбленному доктору Караулову.

Был, оказывается, некоторый магнит, который удерживал

графа Владимира Петровича около жены — этим магнитом служила Надежда Николаевна Ботт.

Своеобразная пикантность этой женщины, женщины-кошки, с плавными мягкими движениями этого грациозного зверька, с красными чувственными губами и многообещающим пушком над верхней из них, блестящими глазами не могла не обратить на себя внимание хотя и молодого, но уже сильно пожившего сластолюбца.

Это впечатление, произведенное на графа, не осталось, конечно, тайной для Надежды Николаевны, если бы даже граф Белавин был человеком, умевшим скрывать свои чувства.

Но граф не был таковым, и вскоре весь кружок их киевских знакомых знал об этом увлечении.

Знала, конечно, об этом и графиня Конкордия.

Тактика, принятая Надеждой Николаевной в ее щекотливом положении, была безукоризненно искусна. Только умная женщина умеет действовать в посрамление народной мудрости и, гонясь за двумя зайцами, поймать обоих.

Ее сдержанная холодность с чуть заметными, подающими, надежду, взглядами по отношению к графу сделала то, что графиня все более и более убеждалась в искренности к ней дружбы молодой женщины, а страсть графа распалялась, встречая препятствия, но не окончательную безнадежность, способную убить желание.

Вот причина, почему граф Владимир Петрович внезапно возымел влечение к семейному очагу.

Оба семейства, Ботт и Белавиных, решили выехать вместе. И те, и другие возвращались в Петербург.

Федор Дмитриевич был уведомлен о дне отъезда и приехал в Киев проститься.

Он нашел чемоданы уже увязанными.

Отъезд был назначен на другой день.

Первые слова, которыми встретила Караулова графиня Конкордия Васильевна, были:

— Федор Дмитриевич, мы выедем вместе для того, чтобы те, которые будут продолжать путешествие, менее бы страдали от разлуки... Нам покажется, что вы сделаете небольшую остановку на пути, а мы поедем дальше.

Было ли это утешение?

Увы, как для кого!

Если для графини Белавиной оно было, быть может, достаточным, то не могло совершенно удовлетворить человека, сердце которого около четырех лет билось для нее одной, обливаясь кровью.

Он молча поклонился в знак согласия.

Все совершилось по ее желанию.

Поезд отходит в час дня. За последним завтраком, к которому были приглашены, кроме Караулова, г-н и г-жа Ботт с дочерью, разговор как-то не клеился.

Это всегда бывает при отъезде, как бы ни желали этого избежать.

Графиня Конкордия была как-то неестественно, насильственно весела, болтала без умолку, но часто вдруг обрывала свою речь и умолкала, точно чувствуя, что ей не удастся обмануть ни себя, ни других.

Наконец, поехали на вокзал и вскоре вся компания очутилась в купе первого класса.

Поезд был курьерский, и потому до станции, где доктору Караулову надо было выходить, доехали очень быстро.

Произошла довольно тяжелая сцена.

Маленькая Кора, успевшая не на шутку привязаться к дяде доктору, расплакалась и раскричалась.

Она протягивала к нему свои маленькие ручки и слезы бежали из ее прелестных глазок — глазок матери.

Федор Дмитриевич был положительно недоволен этой сценой.

Графиня села к окну, чтобы еще раз перекинуться несколькими словами с оставляющим их спасителем ее дочери, а Караулов, простившись с графиней и с Боттами, уже стоял на платформе и что-то такое заставлял себя говорить, но что именно — он никогда не мог после вспомнить.

Остановка продолжалась десять минут.

Раздался третий звонок.

Графиня Конкордия порывисто протянула из окна вагона свою руку Федору Дмитриевичу и крепко пожала протянутую ей его руку.

Их взгляды встретились, встретились роковым образом второй раз в жизни, но теперь с ее стороны это не было случайностью.

Настоящий ее взгляд был более чем красноречив.

Они поняли друг друга, поняли ту жертву, которую они приносили разделяющей их пропасти.

Могли ли они лгать на этом немом языке глаз честных людей, языке, который не знает лжи.

Поезд двинулся. Графиня откинулась на диван, но Караулов успел заметить блеснувшие слезинки на ее чудных глазах.

Он почувствовал, как такие же слезы выступили из его глаз и стряхнул их резким движением.

Длинная лента вагонов исчезла между тем за делающим дорогой, невдалеке от станции, поворотом.

До него еще некоторое время доносился шум удаляющегося

поезда, вот раздался пронзительный, как бы прощальный свисток, и все стихло.

Федор Дмитриевич оглянулся кругом.

Он стоял одиноко на станционной платформе.

Поглядевши еще раз как-то машинально в сторону удалявшегося поезда, уносившего боготворимое им существо, он глубоко вздохнул.

Тихо опустив голову на грудь, он отправился домой.

Неизвестно, принесло ли бы ему утешение, если бы он знал, что графиня Конкордия страдала не меньше его.

С момента, когда из ее глаз исчезла станционная платформа со стоявшем на ней Карауловым, она вдруг ощутила вокруг себя и в своем сердце какую-то пустоту. Ей показалось, что она из какого-то светлого, просторного, полного чистого воздуха храма опустилась в сырой, до непроницаемости темный и душный подвал.

Федор Дмитриевич быстро пошел по дороге к селу, но на повороте, с которого от него должен был скрыться железнодорожный путь, не удержался и, оглянувшись, остановился.

Солнце ярко светило, освещая рельсовый путь, и воспаленные от выступавших слез глаза Караулова не могли выносить этого сияния.

Он зажмурил глаза и рыдания подступили к его горлу.

"Лучше никогда не видеть неба, чем видеть его с порога ада..." — пронеслась в его голове где-то прочтенная им фраза, так подходящая к его положению.

Ему страшно, безумно захотелось побежать вослед за умчавшимся поездом, и он даже сделал порывистое движение вперед.

Это-то движение и возвратило его к сознанию: он быстро повернулся и пошел своей дорогой.

"Нет, чем дольше я не увижу ее, тем лучше... Надо вырвать из сердца эту любовь, это преступное чувство... Она жена другого, жена его друга... Муж недостоин ее, но он муж... Он может исправиться... она предана ему, она вся — всепрощение, и они могут быть счастливы... — думал он. — Счастливы! — поймал он себя на этом слове... Они... а я?.."

Этот вопрос жгучей лавой разлился по его измученному мозгу.

"А я... — повторил он вслух, — я буду работать... и страдать... Я буду лечить, но не излечиваться..."

Первым лицом, встретившим Караулова при входе в избу, был его денщик.

— Почта на столе, ваше благородие... — по-военному отрапортовал он.

"Почта, какая почта? — мелькнуло в уме Федора Дмитриевича. — Кто мог писать ему?"

Прошедши в комнату, служившую ему кабинетом, он действительно увидел на письменном столе серый казенный пакет.

Он вспомнил.

"Неужели?.. Это судьба!.."

Дрожащей рукой Федор Дмитриевич вскрыл пакет и нашел в нем уведомление медико-хирургической академии о назначении времени докторских экзаменов по поданному им в академию прошению.

Прошение им было послано сравнительно недавно, а потому он и не рассчитывал на такой скорый ответ и именно в то время, когда он всей душой стремился в Петербург.

Это сразу оживило его.

Он будет в Петербурге, он увидит ее, он насладится созерцанием ее божественной красоты, он упьется звуками ее музыкального голоса... В последний раз он будет счастлив.

В последний раз...

Он дал себе в этом слово.

Он хорошо понимал, что свиданья с нею только усугубляли его сердечное горе и увеличивали пагубное для него чувство, но он не в силах был противиться жажде этого мучительного наслаждения.

"В последний раз..." — говорил он как пьяница, подносящий дрожащей рукой к своему рту рюмку водки.

На другой же день он подал рапорт по начальству об отпуске для экзаменов на степень доктора медицины и защиты диссертации.

Последняя тоже была недавно отправлена им в академию.

Он торопил исполнением канцелярских формальностей, но все же только через две недели было получено желанное разрешение, и Федор Дмитриевич очутился в вагоне железной дороги, той самой дороги, по которой так недавно проехала та, которая все более и более наполняла собою все его существо.

Поезд тронулся, и Караулов забыл все.

Он чувствовал только, что с каждым поворотом вагонного колеса приближается чудный миг жизненного блаженства, когда он снова увидит графиню Конкордию, когда в его ушах раздадутся мелодичные ноты ее чудного голоса.

По мере приближения к Петербургу в его уме и сердце, однако, стала происходить реакция.

Он как бы очнулся от отуманивших его мозг сновидений и стал яснее, трезвее смотреть на предстоящее свидание, которого он так пламенно желал.

Такое состояние можно сравнить с состоянием человека,

несколько дней предававшегося безумной оргии и затем отдохнувшего от угара вина и страсти.

Мысль, что он губит себя и ее, внезапно посетила его и заставила содрогнуться.

Припоминая их отношения в селе, во время пребывания ее гостьей в его убогой избушке, затем в Киеве, он не мог не заметить, что в обращении ее с ним, особенно за последнее время, было более теплоты и сердечности, нежели к человеку, к которому чувствуют лишь благодарность за исцеление дочери.

Что если она тоже любит его?

Как ни сладка, как ни обольстительна была эта мысль с первого взгляда, холодный пот выступил на его лбу при перспективе могущих произойти от этого последствий.

Теперь он страдает один, тогда эти страдания его лишь удвоятся: он будет страдать ее страданиями.

Их разделяет не только закон, не только мнение света, но внутреннее чувство долга, которое — он чувствовал это — в ней, как и в нем, развито преимущественно над другими чувствами.

С точки зрения закона существует развод. От мнения и пересудов света можно уехать за границу, можно, наконец, пренебречь этими мнениями и пересудами, но куда уйдешь от внутреннего сознания совершенного преступления, под каким небом найдешь от него убежище?

Их внутреннее я останется с ними и отравит всецело все мгновения их преступной любви.

Так думал Федор Дмитриевич Караулов и инстинктивно чувствовал, что так же должна думать и графиня Конкордия Васильевна Белавина.

Он и не ошибался.

Все эти мысли привели его к решению, что свидание их будет последнее. Отказать себе в этом наслаждении, о котором он мечтал со дня ее отъезда из Киева, он был не в силах, но потом он найдет в себе силы одолеть искушение.

"Потом... — это слово грустной нотой отозвалось в его сердце.

Бог пошлет мне смерть, и моя тайна исчезнет вместе со мною, не уронив меня в моих собственных глазах и не унизив в ее".

С таким решением он приехал в Петербург и, действительно, только один раз провел несколько часов у Белавиных.

Его встретили и муж, и жена с распростертыми объятиями, хотели взять даже слово быть ежедневным гостем, но он отговорился серьезностью работы по экзаменам и защите диссертации и, взглянув последний раз на графиню Конкордию, подал ей руку.

Она крепко пожала ее.

Граф Владимир Петрович проводил его до передней.

— Чудак, неужели у тебя не найдется времени завернуть хоть раз в неделю пообедать... — сказал он.

— Прости, Владимир, но у меня начинается страда и едва ли будет свободная минута. Ведь это на всю жизнь.

Граф Белавин с недоумением пожал плечами.

— Ну, хоть приезжай в день окончания мытарств. Жена и я, впрочем, будем слушать защиту тобою диссертации — она уже это решила.

— Тогда, конечно, не премину зайти... — ответил Караулов и ушел, подавив тяжелый вздох, как дань вечной разлуке.

Читатель уже знает, что он блестяще сдал докторский экзамен и не менее блестяще защитил диссертацию, одушевленный в последнем случае присутствием графини Конкордии, которая привела свое решение в исполнение и была в зале академии, но не с мужем, а с Ольгой Ивановной Зуевой.

И та, и другая громко аплодировали "спасителю Коры", как называла она Федора Дмитриевича.

Последний сделал вид, что волнение, которое, естественно, чувствует каждый диссертант, помешало ему увидеть их в публике, а к ним он не заехал и по "окончании мытарств", как выразился граф Владимир Петрович.

Он, как уже известно, вскоре по получении степени доктора медицины, уехал на борьбу с холерой, и начало нашего правдивого повествования застало его по возвращении из этой самоотверженной и опасной поездки.

Прошло уже около двух лет со дня последнего визита Федора Дмитриевича к Белавиным.

Ему казалось, что он закалил свое чувство и способен выдержать искус свидания, а потому и находился в раздумье, идти или не идти с визитом к его старинному другу, когда этот последний как из земли вырос перед ним в номере гостиницы "Гранд-Отель".

XV

В ДОМЕ ГРАФА

Граф Владимир Петрович Белавин, наконец, кончил чуть ли не десятую пикантную историю из жизни светского и полусветского Петербурга и тут только заметил, что на лице его друга далеко не выражается особого внимания и интереса ко всем его россказням.

— Ба! — воскликнул он. — Я, кажется, не сумел заинтересовать тебя, я совершенно позабыл, что ты человек иного мира и смотришь на всех людей, как на объектов твоей науки, которая одна для тебя и жена, и любовница.

— Это не совсем так, — заметил Федор Дмитриевич, — не другого мира, а другого круга, и я не знаю никого из тех, о которых ты говоришь, даже понаслышке. Согласись, что не могут же меня интересовать похождения людей, мне вовсе неизвестных.

— Даже с точки зрения медицинской... — пошутил граф.

— Я не психиатр... — ответил Караулов.

— Хорошо сказано... Давай, впрочем, говорить о тебе... Я, право, не знаю, не понимаю и не могу понять, зачем ты предпринял сейчас же, после блестяще полученной степени доктора медицины, эту поездку в центр очага страшной болезни, рискуя собой, своей жизнью и той пользой, которую ты мог приносить в столице.

— В столице?.. — с недоумением воскликнул Федор Дмитриевич...

— Ну да, в столице... За практикой дело бы не стало... Наконец, я имею связи в свете и мог бы быть тебе полезным.

— Полезным... Чем?..

— Как чем? Я, конечно, не преминул бы рекомендовать тебя всюду... несколько удачных излечений, и карьера доктора сделана.

Караулов чуть заметно улыбнулся.

— Благодарю тебя... но... повторяю, я не психиатр.

— Что ты хочешь этим сказать теперь? — спросил граф.

— Да то, что при условиях жизни богатых классов главнейший процент их заболеваний относится к области нервных и психических болезней.

— Ты хочешь сказать, иными словами, что мы все сумасшедшие.

— Нет, русский народ определяет эти болезни иначе: "с жиру бесятся".

— Отчасти ты прав... — улыбнулся Владимир Петрович.

— Но, однако, это в сторону... Едем.

Федор Дмитриевич на минутку смутился.

Неуверенность в себе, в своих силах перенести это свидание мгновенно проснулась в нем, но он пересилил себя и почти твердым голосом, вставая вместе с графом с кресла, произнес:

— Едем.

Отказаться было нельзя, да он и не хотел отказываться.

Когда посещение дома графа Белавина зависело от его воли, он колебался и раздумывал, откладывал его до последнего времени, тая, однако, внутри себя сознание, что он все же решится на него, теперь же, когда этим возгласом графа Владимира Петровича: "Едем!" — вопрос был поставлен ребром, когда отказ от посещения был равносилен окончательному разрыву с другом, и дом последнего делался для него потерянным навсегда, сердце Караулова болезненно сжалось, и в этот момент появилось то мучительное сомнение в своих силах, тот страх перед последствиями этого свидания, которые на минуту смутили Федора Дмитриевича, но это мимолетное смущение не помешало, как мы знаем, ему все-таки тотчас же ответить:

— Едем.

"Я уеду опять вдаль, и может быть очень надолго, и там сумею окончательно закалить себя. Свидание в продолжении нескольких часов будет лишь лучом света в окружающем меня мраке, не ослепит же меня этот луч".

Так думал Караулов с помощью позванного слуги надевая шубу, и затем следуя за графом Белавиным по коридору и лестнице на подъезд гостиницы, в котором швейцар накинул на плечи графа Владимира Петровича великолепную шинель на собольем меху с седым, камчатского бобра, воротником.

Парные сани ожидали их у подъезда.

Приятели сели.

— Домой! — крикнул кучеру граф.

Великолепные, серые в яблоках лошади красиво тронулись с места и понеслись крупной рысью.

Сердце Федора Дмитриевича усиленно билось.

Одна мысль быть подле графини Конкордии наполняла все его существо таким трепетно-радостным чувством, что он боялся признаться в нем самому себе.

Но эта любовь не вредила дружбе.

Глубокое чувство, которое он питал к жене, казалось заставляло его смотреть сквозь пальцы на недостатки ее мужа — своего друга — и укреплять свою к нему дружескую привязанность.

Мало людей, способных на такое самоотвержение.

Караулов принадлежал к числу этих немногих.

Графиня Конкордия Васильевна встретила мужа и гостя в маленькой гостиной, той самой гостиной, которая была театром первого супружеского разрыва.

С очаровательной приветливой улыбкой протянула она руку Федору Дмитриевичу.

— Сколько лет, сколько зим!.. — воскликнула она.

В этом банальном возгласе никто бы не мог угадать охватившего ее внутреннего волнения.

Притворство, доведенное до художества, — вот сила слабого пола против сильного.

Женщина, по преимуществу, искусна в умении не выражать того, что чувствует, и не чувствовать того, что выражает.

— Если верить газетам, вы снова скоро покидаете нас, блеснув, как метеор на пасмурном петербургском горизонте. Близость разлуки в таком случае отравляет радость встречи.

— Я положительно смущен вашим ко мне любезным участием, — пробормотал бессвязно Караулов. — Что лучшего могу я сделать, как посвятить труду и науке всю мою жизнь?

Последнюю фразу он сказал с худо скрываемой горечью.

По приглашению хозяйки, опустившейся на маленький угольный диван, он сел в кресло, а граф Белавин на пуф.

— Ты позволишь?.. — обратился он к жене, вынимая портсигар.

— Кури, что с тобой делать...

Граф закурил и вмешался в разговор.

— Конечно, по возвращении ты будешь знаменитостью! Уже теперь газеты прокричали твое имя. Но что такое слава? Она требует больше жертв, чем стоит!

— Чем стоит... — повторила последние слова мужа Конкордия Васильевна. — Неужели ты думаешь, что слава не стоит жертв, которые для нее приносят.

— Конечно... — ответил он, выпуская изо рта тоненькое колечко дыма, — славу называют дымом... Она, по-моему, не стоит хорошей папиросы, не говоря уж о сигаре. Да здравствует приятная и легкая жизнь, предоставляющая человеку все радости и удовольствия, в которой только последний час, быть может, труден, ну, да человек так устроен, что о нем не думает.

Он расхохотался.

— Впрочем, я могу ошибаться... Тут надо спросить специалиста. Вот Караулов должен знать подлинную цену славы. Он за ней бежит, или она за ним, не разберешь, как и во всех любовных делах. Слава ведь тоже женщина. По мне же, для человека должно быть более чем безразлично, что после его смерти, или даже при жизни, люди, совершенно незнакомые, живущие часто очень далеко, зачастую совершенно равнодушно будут повторять на его счет похвалы, которые в большинстве случаев не приносят никакой осязательной пользы, или, в крайнем случае, — гроши.

Федор Дмитриевич едва заметно грустно улыбнулся.

— Ты прав, если слава состоит действительно только в этом, но ты не прав, если в ней есть нечто большее и лучшее.

— Ты и сделаешь это лучшее, если объяснишь нам, — с живостью заметил Владимир Петрович, — так как твои загадочные слова нам ничего пока не объясняют.

— Они совсем не загадочные, мой друг, — ответил доктор, — когда я узнал из истории литературы, что гений Шекспира был оценен его соотечественниками лишь два века спустя после его смерти, когда я читал о страданиях и лишениях великих людей: Гомера, Данте, Торквато-Тассо, Велисария, Овидия, умершего в изгнании, Мильтиада, окончившего свои дни в темнице, и всех других, которых я не перечисляю — я сам тоже подумал, что слава — это дым, и был готов относиться к ней с таким же, как ты, презрением... Но я пошел несколько дальше тебя... Я задал себе вопрос: почему во все времена и у всех народов придается такое значение этому дыму — славе? Кажется, я нашел этому объяснение. Нет, слава не так безлична, как она кажется на первый взгляд. Нет людей, которые работают исключительно для потомства. Каждый из так называемых знаменитостей имел в своей жизни существо, часто одно существо, которое радовалось его успеху и слух которого ласкало произнесение его имени чуждыми устами. В угоду-то этому существу и приносились те жертвы, которые создали им славу и обеспечили за ними бессмертие — их жизнь была любовь, а смерть — последний вздох этой любви.

Он произнес эту тираду с горячностью искреннего убеждения, и когда глаза его встретились с глазами графини Конкордии, он заметил на последних выступившие слезы, а взгляд этих чудных глаз напомнил ему взгляд, обращенный ею на него на станции под Киевом при расставании.

Не выдал ли он сказанным сам себя, не было ли это признанием, величественным, гордым, но признанием.

Граф Владимир Петрович некоторое время молчал, как бы что обдумывая, и, наконец, произнес:

— Браво, Караулов, я не ожидал от тебя такого красноречия и, кстати сказать, такой сентиментальности. Рычагом работы всех великих людей является, по-твоему, любовь... к существу, т. е. к женщине... Но ты забыл, что женщины чаще всего дарят свое расположение недостойным, и что они изменчивы, как апрельская погода... Можно ли строить на любви к ним здание всей жизни... Мимолетное увлечение... Искренняя ласка, как милость... Поддельная — не за труд, не за гений, а за осязательные результаты этого труда и гения — деньги... Такова женщина, мой друг, в большинстве... Твои великие люди довольствуются, таким образом, очень малым и, отдавая все, не получают ничего, да еще живут всегда в атмосфере обмана. Я им не завидую... А если они прозреют и увидят, что это дорогое для них существо — кокотка мысли и чувства. Что тогда останется им?

— В таком случае, — серьезно ответил Федор Дмитриевич, — им останется свое собственное уважение, сознание исполненного долга и пользы, принесенной человечеству, и, наконец, непоколебимая вера, что Бог воздаст им по делам их.

— Грустный остаток, и ты хорошо сделал, что не упомянул о

людской памяти и благодарности, потому что в наш век неблагодарность — закон, забывчивость — общее правило.

Он замолчал.

— Я не могу разделять взглядов моего мужа... — заметила Конкордия Васильевна. — Я думаю, что эта любовь, о которой вы говорите и которая двигает силы великих людей, не может быть сравнена с любовью в банальном значении этого слова, о которой говорит Владимир. Эта любовь не может не вызвать сочувствия в любимом существе, не возвысить его над уровнем жизни до любящего и любимого достойного человека... Эта любовь единственно вечная, провожающая его до могилы и, действительно, способная создать ему бессмертие... Если это достаточно для великого человека, то в этом едва ли он может разочароваться... быть обманутым.

Молодая женщина произнесла все это с неподдельною горячностью и Караулов понял, что это был ответ на его признание.

Вскоре разговор перешел на другие темы.

Обед прошел очень задушевно и весело, но вскоре после него, выкурив великолепную сигару, граф Владимир Петрович, которому, видимо, наскучило это времяпрепровождение втроем, встал и с деланной небрежностью сказал Федору Дмитриевичу:

— Если я еще не надоел тебе, то поедем в клуб, я тебя запишу и ты можешь сделать там полезные знакомства; может быть, впрочем, ты предпочтешь остаться с женой...

Тон, которым было сделано это предложение, не показывал со стороны графа особенной настойчивости на получение согласия.

Караулов это понял, да и вообще ему не хотелось так скоро покидать графиню Конкордию. Не был ли он у очага своего, посланного ему судьбой, счастья.

— Нет, благодарю тебя... Я останусь некоторое время побеседовать с графиней, а потом поеду домой, у меня завтра утром есть неотложное дело...

— Оставайся, оставайся, она будет рада... Не правда ли? — обратился он к графине.

— Какой вопрос.

Граф, как отпущенный школьник, наскоро простившись, удалился.

Федор Дмитриевич и графиня Конкордия перешли снова в маленькую гостиную.

В отсутствии мужа молодая женщина сбросила с себя маску равнодушия и даже веселости и с дрожью в голосе обратилась к Караулову, молитвенно сложив руки:

— Федор Дмитриевич! Бог вам помог вырвать из когтей смерти моего ребенка. Теперь я вас попрошу возвратить мне моего мужа.

Караулов почувствовал, как он побледнел при этих словах графини.

— Простите меня, — между тем продолжала она голосом, прерывающимся от волнения. — Я питаю к вам полное доверие... Разве вы не самый старый, лучший друг моего мужа... Он вас так горячо и искренно любит и это, кажется, единственное чистое чувство, которое он сохранил в своем сердце.

Последние слова молодая женщина произнесла с мучительной горечью.

Федор Дмитриевич молчал.

И что он мог ответить ей?

— Я прошу вас спасти моего мужа, спасти нас, меня и мою дочь от разорения и, быть может, даже от позора... Я не прошу вернуть к нам его любовь... Граф уже давно не живет семейной жизнью.

— Но, графиня, в вашем кругу так, кажется, живет большинство... — попробовал он успокоить взволнованную женщину.

— О, я понимаю, что вы хотите этим сказать... Что он живет как все его круга, и что и мы тоже живем соответственно нашему положению... Но, доктор, если бы вы знали, сколько мне приходится платить за моего мужа и за это положение... Еще несколько лет такой жизни и моя дочь будет нищая...

— Ужели он так расточителен?

— Он не знает счета деньгам... Было время, когда не знала и я, но очень скоро жизнь научила меня...

Она сидела рядом с Карауловым в кресле, подавленная, уничтоженная.

— Еще раз прошу вас простить меня за мою откровенность. Я вас уверяю, что я ничего не преувеличиваю. Я знаю моего мужа. Он далеко не дурной человек, он слаб, и этим пользуются другие, которые его эксплуатируют. Он не может противостоять соблазну страсти, в этом его и наша погибель...

Молодая женщина зарыдала.

— Быть может, я сама виновата в этом... Быть может, я была с ним слишком суха, строга, груба... Я не сумела, быть может, сделать вовремя необходимую уступку его внутреннему характеру... Все это может быть... Но видит Бог, я испытала все средства, чтобы вырвать его из этого омута... Я пожертвовала для этого своим состоянием, которого нет уже половины. Но ничего не помогло... Владимир сумасшедший... Его околдовали. Когда он входит сюда, под кров своего дома, я хорошо вижу, что несчастный любит своего ребенка, не совсем равнодушен ко мне... Но как только он переступает за порог своего дома — все кончено... Колдовство вступает в свои права. Игра и... остальное... его поглощают... Тогда, я знаю, он ненавидит меня, для него я ничто иное как лишняя обуза, как угрызение совести, какой же человек любит угрызение совести.

Она снова закрыла лицо руками и зарыдала.

Федор Дмитриевич смотрел на нее, бледный, взволнованный, чувствуя свое бессилие помочь ее страшному горю, склеить эту разбитую жизнь...

Любимая им женщина, казалось, делалась ему еще дороже в припадке отчаяния, нежели была бы в довольстве и счастии.

В этом было нечто глубоко эгоистическое — он поймал себя на этом, и это удержало от появления в его сердце ненависти к виновнику несчастья любимой им женщины — графу Владимиру.

— Но что же я могу сделать? — наконец спросил он.

Она опустила руки от лица и подняла на него глаза, полные слез.

Едва заметная улыбка осветила их, подобно тому, как луч проникает сквозь мрачные грозовые тучи и его блеск отражается в каплях дождя.

— О, — воскликнула она, — я знаю, что это трудно... Я понимаю, что я поступаю с вами жестоко и что это будет такая жертва друга, после которой уже к нему более не решаются обращаться... Это все и последнее, что он может сделать... Но на вас и есть последняя моя надежда... Вы способны на такую жертву... Я слишком хорошо узнала вас... И разве я ошибаюсь? Нет, потому что вы спрашиваете меня, что вы можете сделать...

Она ему изложила свой план, из которого он ясно понял, что она не желала прямого вмешательства в их семейные дела, но вмешательства такого рода, чтобы граф не догадался об их заговоре, и чтобы доктор, как бы от себя, начал этот дружеский, предостерегающий разговор.

Конкордия Васильевна ничего не скрыла от Федора Дмитриевича, она раскрыла перед ним свое сердце, рассказав ему обо всех перенесенных ею страданиях, описала свое настоящее горе и свои роковые опасения за будущее.

Несчастный Караулов сидел и слушал, такой же бледный и подавленный, как сама графиня.

Он испытывал нечеловеческие муки ревности около этой женщины, горько жалующейся ему на нелюбовь к ней другого; но этого мало, он выслушивал просьбу самому восстановить ее счастье с другим, с недостойным человеком, который пренебрегает и отталкивает от себя сокровище, выпавшее ему на долю.

И кто же просил его?

Женщина, которую он боготворил, которую он с наслаждением унес бы куда-нибудь вдаль, спрятал бы от лживого света в неприступное убежище, из которого бы создал ей храм любви, храм вечного поклонения.

Судьба была, действительно, жестока к Федору Дмитриевичу — она требовала от него невозможных жертв.

Он встал и начал нервными шагами ходить по комнате.

Ему надо было успокоиться, собраться с мыслями, выдержать борьбу между страстью и долгом.

Долг победил.

Он подошел к молодой женщине и протянул ей руку.

Она подала ему свою, горячую, трепещущую.

— Даю вам слово, графиня, я поговорю с Владимиром и всеми силами постараюсь повлиять на него. Я даже думаю, что самое лучшее, если я буду действовать по русской пословице "куй железо, пока горячо", я заеду в клуб, вызову Владимира под каким-нибудь предлогом, и, поверьте мне, что я буду очень несчастлив, если мне не удастся сегодня же возвратить к вам его обновленным...

Сверх его ожидания молодая женщина встретила этот его проект с большой тревогой.

— О, нет, ради Бога не сегодня... Владимир тотчас же догадается, что мы сговорились с вами... Он поймет, что я жаловалась вам на него и никогда мне не простит этого...

— Разве он имеет право вас прощать или не прощать? — заметил Караулов с горькой улыбкой.

Конкордия Васильевна опустила глаза.

— Впрочем, это так всегда бывает... Сила, будь это сила физическая, или нравственная, или сила внушенного чувства, всегда выше права... Будь по-вашему... Пропущу день или два и ухвачусь за первый случай...

Он почтительно поцеловал руку молодой женщине и вышел.

XVI

В ХРАМЕ БЕСПУТСТВА

Случай, за который намерен был ухватиться Федор Дмитриевич Караулов, чтобы поговорить серьезно с графом по поводу его отношений к жене, не заставил себя долго ждать.

Сам граф Владимир Петрович предупредительно доставил его своему другу.

На другой же день после тяжелой беседы доктора с графиней

Конкордией, Караулов, возвратившись к обеду в гостиницу "Гранд-Отель", нашел письмо графа Белавина.

Последний писал:

"Дорогой друг. Я рассчитываю на тебя сегодня вечером, но не у нас. Дома очень скучно. Даже из стен вытекает скука. Я заеду к тебе часам к девяти, и мне хочется показать моему старому другу зрелище лучшее, нежели мое официальное существование. Твой Владимир Белавин".

Записка была слишком прозрачна, чтобы Федор Дмитриевич не понял, что граф хочет именно ввести его в тот омут, из которого он дал графине слово спасти ее мужа.

Только ввиду последнего Караулов решил принять приглашение.

Пообедав и съездив по некоторым делам, Федор Дмитриевич к девяти часам уже переоделся во все черное и стал ждать графа.

Тот не заставил себя ожидать долго.

Он явился, как всегда, одетый по последней моде, в изящно сшитом смокинге, с цветком в петлице, свежий, веселый, благоуханный.

— Что за костюм... Ты собрался, точно на похороны... — оглядел граф своего приятеля. — Мы едем веселиться... — Причем тут костюм... — заметил Федор Дмитриевич. — Это зависит от того, как мы будем веселиться... Прежде всего, куда ты повезешь меня?

— Ко мне, если хочешь знать...

— К тебе? — широко открыл глаза Караулов. — Но мне кажется в твоей записке было совсем не то.

Граф засмеялся.

— В письме написано "не у нас", я это хорошо помню.

— Ну да... Но что же это значит?

— Это значит, наивный ты человек, что у меня еще есть уголок, который называется "у меня", в отличие от моей семейной квартиры, которая носит название "у нас".

— А, теперь я понял... — пересилив свое волнение, отвечал Караулов.

— Наконец-то... Так едем, а то мы можем заставить дожидаться.

— Едем... А это далеко?

— Нет, по Фурштадтской...

Федор Дмитриевич отвечал и задавал вопросы машинально. Он хорошо понял, что граф везет его к своей содержанке, где принимает своих и ее друзей и подруг.

Предстояла, видимо, одна из тех оргий, о которых доктор имел понятие только понаслышке.

В то время, когда они выходили на подъезд гостиницы, ведя приведенный отрывочный разговор, в голове Караулова все время вертелись вопросы: должен ли он принять участие в этом гнусном времяпрепровождении своего друга? Будет ли он после этого вправе, согласно данному им обещанию графине, потребовать от Владимира отчета в его поступках относительно его жены.

Вопросы эти остались нерешенными в то время, когда рысак графа уже мчал обоих друзей по Невскому проспекту, по направлению к Литейной.

"Я воспользуюсь сегодняшним вечером для исполнения поручения графини", — решил, наконец, в своем уме Федор Дмитриевич.

Сани, в которых сидели друзья, остановились у шикарного подъезда, редкого в Петербурге, каменного двухэтажного дома-особняка.

Бравый швейцар, в какой-то фантастической ливрее, распахнул настежь большую стеклянную дверь подъезда.

Граф и Караулов очутились в большой швейцарской, из которой дверь направо вела в нижний этаж, а в глубине, прямо против входной двери, виднелась мраморная лестница, ведшая во второй и покрытая бархатной дорожкой.

Перила этой лестницы были бронзированы и горели золотым блеском, а самая швейцарская, ее стены и потолок представляли из себя художественную лепную работу, белого, как снег, цвета.

Массивная дубовая дверь, ведшая в нижний этаж, была тоже испещрена бронзовыми украшениями и снабжена затейливыми ручками — массивными бронзовыми, орлиными лапами, державшими сердоликовые шары.

Все блестело, все кричало в этой шикарной швейцарской, и самодовольный швейцар в ливрее с необычайно широкими, как жар горевшими галунами, вполне с ней гармонировал.

— Фанни Викторовна наверху? — спросил Владимир Петрович почтительно снявшего с графа и его гостя верхнее платье швейцара.

— Точно так-с, ваше сиятельство...

— Еще никого нет?

— Никого нет-с, ваше сиятельство.

Федор Дмитриевич между тем задумчиво оглядывал эту роскошную швейцарскую, эту вьющуюся наверх элегантную лестницу, и все это вызывало в нем не восторг, а омерзение. Он думал горькую думу, и центром этой думы была несчастная графиня Конкордия Васильевна, на средства которой создан этот храм беспутства, беспутства не скрываемого, а скорее кричащего при самом входе.

Образ покинутой женщины — этого дивного созданья, блиставшего молодостью, красотой и грацией, с печальной улыбкой на чудных устах, созданных для чистых поцелуев, стоял перед ним в этой раззолоченной швейцарской грязной содержанки, и буквально какое-то чувство непреодолимой брезгливости останавливало его сделать шаг по мраморным плитам пола этого преддверия храма современной похоти.

Он стоял как вкопанный, с остановившимся, устремленным куда-то в пространство взглядом.

— Не правда ли, красиво? — вывел его из задумчивости граф Белавин, наивно предположивший, что его друг поражен грандиозностью помещения.

— А, что?.. — вздрогнул Караулов.

— Что с тобой? Пойдем, я тебя представлю очаровательной хозяйке этого шикарного гнездышка.

Федор Дмитриевич переломил себя и молча последовал за графом по устланной ковром и уставленной тропическими растениями лестнице.

— Какая муха укусила тебя, будь повеселей, — говорил граф, — не воображай, что ты идешь к одру смерти, ты входишь в храм жизни...

— Жизни... — с горькой усмешкой повторил Караулов.

Владимир Петрович не заметил этой усмешки, так как в это самое время в дверях гостиной, выходивших в зал, куда вошли оба друга, появилась "очаровательная", как назвал ее граф, хозяйка.

Это была, действительно, хорошенькая женщина, на вид лет двадцати трех, но совершенная противоположность графине Конкордии.

Насколько последняя олицетворяла ангела, по земному представлению, настолько же Фанни Викторовна могла служить для художника моделью "падшего ангела".

Небольшого роста, с грациозно и пропорционально сложенной фигуркой, она казалась выше от привычки держать высоко свою миниатюрную головку с массой не рыжих — этим цветом нельзя было определить их — а темно-золотистых волос... Тонкие черты лица, правильный носик с раздувающимися ноздрями, ярко-красные губки и большие темно-синие глаза, блестящие, даже искрящиеся — все в этой женщине, несмотря на ее кажущуюся эфирность, заставляло припоминать слова романса:

"Не называй ее небесной и от земли не отнимай".

Она была в синем бархатном платье, отделанном серебром; большие буфы-рукава оставляли обнаженными пухленькие маленькие ручки до локтей, шея и часть спины были открыты большим вырезом лифа, на груди которого играла всеми цветами радуги бриллиантовая брошь, в форме луны. Кроме этой драгоценности, в маленьких розовеньких ушках Фанни Викторовны блестели великолепные солитеры, в волосах дорогая бриллиантовая звездочка, на обеих ручках звенели браслеты, а пальчики были унизаны кольцами с драгоценными камнями.

— Милая Фанни, позволь тебе представить доктора Караулова, это знаменитость не только будущего, но и настоящего; ты читала о нем, он победитель холеры... но, главное он мой старый и даже единственный друг...

— Я очень рада... — с дрожью в голосе произнесла Фанни Викторовна и заметно побледнела даже под искусно наведенным румянцем.

Глаза ее как-то невольно полузакрылись и опустились долу.

На Федора Дмитриевича не только что представление, но и первый брошенный на эту женщину взгляд произвел тоже странное впечатление.

Если бы граф был наблюдательнее, или лучше сказать, если бы он меньше с видом знатока занимался туалетом Фанни Викторовны, он бы заметил, что Караулов вздрогнул и тоже заметно побледнел.

"Ужели это она?" — пронеслось в его голове.

Дрожь руки молодой женщины, которую он ощутил при прикосновении к своей, подтвердила окончательно его подозрения.

"И вот на кого он променял свою жену!"

Эти мысли до невыносимой, чисто физической, боли сжали его сердце.

Хозяйка, граф и Караулов между тем прошли в гостиную.

Обе эти комнаты были убраны действительно с чисто волшебной роскошью, и впечатление несколько портили лишь излишняя золоченность и яркость цветов.

Надо сказать, по справедливости, что убранством комнат руководила сама Фанни Викторовна. Это не было в обыкновенном вкусе графа, но последний так подпал под обаяние этой женщины, что все, что нравилось ей, было в данную минуту и его вкусом.

От внимательного взгляда Федора Дмитриевича не ускользнуло это подчинение своего друга "падшему ангелу", как он мысленно назвал маленькую хозяйку сравнительно огромного помещения.

Фанни Викторовна занимала оба этажа собственного дома графа, отделанного им специально для нее.

Это подчинение выражалось в самой манере обращения Владимира Петровича со своей "содержанкой".

Он казался допущенным к ней из милости, тогда как каждая мелочь обстановки квартиры и ее туалета сделаны были на его средства.

"Это настоящая опасность, — мелькнуло в уме Федора Дмитриевича; — необходимо принять решительные, резкие меры".

Фанни Викторовна между тем опустилась на изящный "chaise-longue" и грациозным жестом пригласила гостей садиться.

— Нет, мы пройдем в столовую, необходимо перед

пиршеством насладиться видом приготовленных яств — это возбуждает аппетит... Ты позволишь?..

— Пойдемте... — встала, с худо скрываемым раздражением, Фанни Викторовна. — Ты, кажется, сомневаешься в моем уменьи распорядиться...

— Ничуть, моя крошка... — с пугливой торопливостью сказал граф. — Если ты не хочешь...

— Нет, отчего же, пойдемте.

Они все трое прошли еще гостиную, которая была несколько меньше первой и называлась голубой, в отличие от красной, по цвету обоев и мебели, и повернули в обширную столовую, со стенами из черного дуба и с такою же меблировкою. На стенах расположены были медальоны с художественно сделанными скульптурными изображениями убитой дичи, фруктов и тому подобных атрибутов объедения.

Накрытый на восемь приборов стол блестел тончайшим столовым бельем, богемским хрусталем и серебром.

Все, что было гастрономически утонченного — все это представилось взорам графа — любителя поесть всласть.

Караулов между тем окинул все это помещение предстоявшего пира равнодушным взглядом.

— Прелестно, великолепно, ты волшебница... — рассыпался Владимир Петрович перед Фанни Викторовной, свысока, как нечто должное, принимавшей расточаемые ей похвалы.

Электрический звонок швейцара дал знать о прибытии гостей.

Все трое отправились снова в красную гостиную.

XVII

ПОД БИЧОМ ДРУГА

Казалось, что случайно прибыли разом все приглашенные.

Их было двое мужчин и три дамы, при первом взгляде на которых не оставалось сомнения, что они принадлежали к петербургскому "полусвету". Кричащие наряды, вызывающие взгляды, слишком большое количество драгоценных камней, чтобы они могли быть куплены мужем или одним любовником.

Караулов вздрогнул.

По количеству приглашенных женщин он понял намерение хозяина.

В том кругу, где вращался граф, женщина считалась гастрономической принадлежностью обедов и ужинов, как и последний деликатес сезона в виде свежих огурцов и земляники в декабре.

Среди прибывших дам была, значит, и его, Федора Дмитриевича, порция.

Чувство невыносимой гадливости наполнило его душу.

Вопрос, что ему теперь делать, он обсуждал только одно мгновение.

Граф Белавин, уже радушно встретив гостей, начал представлять его.

— Позвольте вам представить, божественная Эстер, и всем вам, господа, — подвел силой Караулова Владимир Петрович к великолепной брюнетке, глаза которой были полны обещаний, — доктора Караулова, современную знаменитость, только что одержавшего блестящую победу над самой страшной и опасной при первом ее объятии женщиной — холерой... Но что для меня дороже всего — это мой лучший друг.

Шепот одобрения пронесся среди присутствующих при этом остроумном представлении.

— Это прелестно... Женщина, самая страшная и опасная при первом ее объятии... Это действительно так...

— Восхитительно!

— Остроумно!

Таковы были посыпавшиеся замечания, сопровождаемые веселым смехом.

Не до смеха было одному Караулову.

Он стоял возле хозяина, серьезный, бледный как полотно и до боли кусал себе нижнюю губу.

Вдруг он порывисто взял под руку графа и, отведя его в сторону, сказал с дрожью в голосе:

— Ты мне позволишь проститься с тобой и уехать, я теперь узнал твой укромный уголок.

Граф широко раскрыл глаза.

Группа гостей с хозяйкой стояли в стороне и перешептывались между собой, поняв, что случилось что-то неладное.

Не дожидаясь ответа, Федор Дмитриевич вышел из гостиной в зал.

Опомнившись от первого смущения, Владимир Петрович бросился за ним.

— Как? — сказал он. — Ты уходишь... Что это значит?

— Да, мой друг, с твоего позволения я ухожу.

— Что за мистификация! Я ничего не понимаю... Почему ты уходишь?..

— Да потому, что, получив твое приглашение, я думал провести время только с тобою, если не у тебя, то в ресторане, или в клубе...

— Но разве ты не у меня?

— Я этого не знаю... Твои гости совсем не гармонируют с моим представлением о твоем доме.

Краска бросилась в лицо графа.

— Послушай, Караулов, ты это делаешь нарочно, чтобы меня обидеть...

— Поверь мне, что я не имею этого намерения... Понимай как хочешь мои слова, но я тебе раз навсегда заявляю, что я твой друг, но не товарищ твоих забав и развлечений... Всякому своя роль и свое место... Я не могу тебя похвалить и потому удаляюсь, чтобы не порицать.

— Да-а... — протянул граф с деланной усмешкой, — ты боишься себя скомпрометировать в моем обществе...

Караулов пожал плечами.

— Нет, это не то... Везде, в другом месте, я буду с тобой, если ты пожелаешь... Здесь же мне нечего делать, да и оставаться я здесь не в силах, это противно моим жизненным принципам... Я нахожу неприличным доводить дружбу до соучастия... Я не знаю закона, который бы делал измену обязательной...

— Измена... — усмехнулся граф, — вот настоящее слово... Теперь я понимаю... Но я не сержусь на тебя... Ты имеешь право говорить мне все... Я отвечу тебе, впрочем, только одно на твои нравоучения "времен очаковских и покорения Крыма"... Ты находишь, что я злоупотребляю правом мужа?

— Неужели право мужа доходить до того, чтобы тратить деньги своей жены на обман ее же самой!

Это восклицание, невольно вырвавшееся у Федора Дмитриевича, было ужасно.

Честность иногда груба.

Караулов нехотя был грубым.

Граф Владимир Петрович отступил от него на один шаг.

Он был бледен как полотно.

Его голос дрожал, когда он отвечал Караулову:

— Я не понимаю, что с тобой сегодня, но я знаю, что даю тебе в эту самую минуту такое сильное доказательство дружбы, какое может дать человек. Умерь свои выражения.

Федор Дмитриевич и сам понял, что он зашел слишком далеко.

Это не могло быть средством удержать заблудшего.

— Прости, я тебя оскорбил... Но я не умею притворяться. Да и может ли настоящая дружба соединяться с необходимостью притворства... Дай мне высказать все, что у меня на душе.

— Хорошо... Но постарайся быть кратким... Мои гости ждут с нетерпением обеда... Они голодны...

— О, в таком случае ступай, я тебя не задерживаю... Иди угощать этих полудевиц и полулюдей. Друг, который осуждает, несносен... В тот день, когда тебе понадобится искренность, ты придешь ко мне... Я не теряю на это надежды...

Он быстро пошел по направлению к передней.

Владимир Петрович бросился за ним и загородил ему дорогу.

Было видно, что он страдал.

— Караулов, — воскликнул он, — ты не уйдешь таким образом.

Федор Дмитриевич оглядел его с ног до головы.

— Каким же образом ты хочешь чтобы я ушел? Изволь, я скажу тебе на прощанье, что я искренно тебя люблю, а потому искренно жалею.

— Если ты меня жалеешь, останься... Не покидай меня.

— Остаться... Да ты сошел с ума... Ты не понимаешь сам, что говоришь... Освятить своим присутствием всю эту гнусную профанацию твоего домашнего очага, твоей жены и ребенка... Оправдать участием твое прелюбодеяние... Пить вино твоего разврата, есть хлеб твоего преступления... И делать все это, когда, быть может, в этот самый час дивное созданье, женщина-совершенство, проливает горькие слезы над колыбелью твоего ребенка... Неужели ты считаешь меня на это способным?.. Ты только сейчас бросил мне упрек, что я нанес тебе обиду... А разве ты, предложением Мне остаться здесь, не наносишь мне обиду, еще более тяжелую?..

Граф стоял с опущенной долу головой, как преступник перед своим судьею.

Он молчал.

Слова Федора Дмитриевича бичевали его.

Караулов с радостью наблюдал смущение своего друга; он надеялся, что он сумел заронить в его душу угрызения совести.

— Однако, прощай, — сказал он, — твои гости действительно заждались... Постарайся быть веселым, заставь веселиться и их, забудь слезы твоей жены и упреки твоего друга.

— Это жестоко, Караулов, — произнес глухим голосом, не поднимая головы, граф. — Ты прав, я виноват... Но, быть может, если бы ты был мой действительный судья, я сумел бы тебе представить смягчающие мою вину обстоятельства...

— Я тебе не судья, Владимир, я только твой друг. Обязанность друга протянуть руку тому, кто падает в пропасть, помочь ему в нужде и даже пожертвовать жизнью для него. Твой судья — это Бог, это общество, которое тебя отвергнет... и более всех — это твоя совесть, ты не убежишь от нее и ты ее не обманешь...

Он взял руку графа Белавина, дружески пожал ее и почти бегом сбежал по лестнице в швейцарскую, где, одевшись, также быстро выскочил на улицу.

Все человеческое было в нем возмущено.

Между тем, после его ухода, граф Владимир Петрович присоединился к своим гостям, все продолжавшим перешептываться с загадочными улыбками.

Белавин понял, что эти шепот и улыбки были по его адресу и его ушедшего так внезапно друга.

Никто, впрочем, его не спросил о происшедшем инциденте.

Граф первый заговорил:

— Вы только что видели, господа, самого добродетельного человека XIX столетия... Этот застенчивый ученик Эскулапа испугался прелестей наших дам и предпочел убежать от соблазна, который, чувствовал, не мог победить...

— Это делает честь нашим дамам. Ваш друг сделал им верную оценку, — заметил, вбрасывая в глаз монокль, один из присутствовавших светских хлыщей, — и я отказываюсь обвинять тех, кто сторонится огня, особенно если обладает легко воспламеняющейся натурой.

Остальные согласились с этим и отправились в столовую.

Оргия началась.

Вино вскоре развязало еще более языки и усыпило человеческие чувства.

Впечатление, произведенное на графа Владимира поступком, а главное словами его друга, постепенно сгладилось.

Ему стала даже представляться смешной фигура Федора Дмитриевича в роли строгого моралиста.

— Я очень люблю этого Караулова, — между прочим заметил Белавин, так как разговор продолжал вертеться на убежавшем докторе, — но он не из тех, которым добродетель приятна... Это какой-то дикарь...

— Ба!.. — со смехом сказала одна из этих дам: — эти дикари делаются скоро ручными, и если остаются людоедами, то... едят только женщин...

— Браво, Клара! — воскликнули, аплодируя этой фразе, мужчины.

— Ты сегодня умна, — заметил один из них.

— А я за все время нашего долгого знакомства не имела дня, когда бы могла тебе сказать тоже самое, — отпарировала Клара.

Одна Фанни Викторовна не проронила ни слова в продолжение всего ужина.

Она сидела в глубокой задумчивости и почти не дотрагивалась до изысканных яств. Ее стаканы и рюмки стояли нетронутые перед ее прибором.

Граф Владимир Петрович, несмотря на то, что заметно захмелел, с беспокойством поглядывал на нее.

— Что с тобой, Фанни? — наконец спросил он. — Неужели доктор произвел на тебя такое впечатление?

— Нам редко приходится встречаться с такими людьми... — не смотря на графа, произнесла Фанни Викторовна.

— Что ты хочешь этим сказать?

— Ничего более того, что сказала...

— Ты, кажется, не на шутку в него влюбилась, — пошутил граф; — если бы он мог это предвидеть, он, наверное, бы остался, несмотря на свое пуританство.

Тем менее ему было причин оставаться, — со вздохом заметила молодая женщина.

— Я окончательно не понимаю тебя! — сделал Владимир Петрович большие глаза.

— Да меня нечего понимать... или, если хочешь, тебе меня и не надо понимать...

Граф раскрыл было рот, чтобы задать еще какой-то вопрос, но Фанни Викторовна с такой необычайной злобною строгостью взглянула на него, что он прикусил язык.

Она между тем схватила бокал с вином и деланно веселым тоном воскликнула:

— Да погибнет прошедшее, да не смущает нас будущее, попьем за настоящее!

Все гости шумно поддержали этот тост и потянулись чокаться с хозяйкой.

Протянул свой бокал к Фанни Викторовне и граф Владимир Петрович.

Она рассеянно чокнулась с ним и также рассеянно сказала, ни к кому, в сущности, не обращаясь:

— В жизни каждой из нас были переулки, из которых мы вышли на широкую людную улицу... Как знать, не лучше ли было бы, если бы мы и остались в переулках... — Что же вы не пьете, господа? — вдруг переменила она тон.

Лакеи стали разливать вино.

Оргия продолжалась.

Никто не обратил внимания на загадочную фразу хозяйки.

Все были слишком пьяны и слишком веселы, чтобы предаваться размышлениям.

Один граф Белавин некоторое время поглядывал с беспокойством на Фанни Викторовну, но стаканы взяли свое — он забыл странные слова своей содержанки.

Конец первой части

ЧАСТЬ ВТОРАЯ

ПЕРЕУЛКАМИ НА УЛИЦУ

I

НЕПРИЗНАННЫЙ ПИСАТЕЛЬ

Мелкий газетный труженик Виктор Сергеевич Геркулесов, после десятилетней борьбы с нищетой и всяческими лишениями, женился на мастерице-золотошвейке Агнии Петровне в то время когда, судьба ему начала улыбаться и он пристроился в качестве постоянного сотрудника к одной, обеспеченной в завтрашнем дне газете. (Есть в Петербурге газеты, редакторы-издатели которых, выпуская номер сегодня, не знают, выпустят ли его завтра.)

Прежде всего он заказал себе визитные карточки: "Постоянный сотрудник газеты "Столичная Сплетница" и многих периодических изданий" и затем женился на Агнии.

Жениться на Агнии, как он выражался в кругу своих товарищей и собутыльников, Виктор Сергеевич выпить был, как говорится, не дурак, — он считал своей обязанностью — он дал ей слово, и дал его при исключительных обстоятельствах.

Надо заметить, что Геркулесов жил с Агнией Петровной уже лет семь в одной комнате, снимаемой ими от съемщицы в одном из глухих переулков Петербургской стороны, жил, как муж с женой, но не женился.

— Жениться — связать себя. Литератору, художнику, артисту не следует жениться, они должны быть свободными; недаром их профессии называются свободными, — говаривал Виктор Петрович, сидя в компании таких же как он "литераторов уличных листков" в излюбленном ими ресторанчике на Малой Конюшенной.

Геркулесов мнил себя "литератором", и в первые годы его газетной работы перед ним даже витала надежда на известность, на славу.

В душе он был артист: немножко художник, немножко музыкант, немножко актер и очень немножко писатель.

Художество его не пошло дальше легких набросок карандашом; по музыке он преуспел лишь настолько, чтобы с трудом по слуху наигрывать на рояле мотивы из слышанных опереток; как актер он подвизался лишь на любительских сценах и сценах клуба Петербургской стороны, недалеко ушедшей от любительской, да и то во второстепенных ролях, а как писатель ограничивался сообщением полицейских отметок; впрочем, иногда появлялись его краткие заметки о художественных выставках и рецензии о концертах и спектаклях. В эти отделы, впрочем, редакторы газет пускали его, скрепя сердце, за неимением сведений от другого лица, по-военному правилу, когда за маркитанта сходит и блинник.

День помещения рецензий и отчетов для Геркулесова был днем праздничным.

Товарищи знали об этом по одному виду, с которым Виктор Сергеевич входил в ресторанчик на Конюшенной.

— Где помещено?.. — спрашивали они с иронической улыбкой. Геркулесов не замечал ни ее, ни тона и показывал газету.

— Читали?..

Обыкновенно оказывалось, что не читали, и Виктор Сергеевич требовал у лакея газету, где была напечатана его заметка, и тут же вслух прочитывал ее.

Товарищи слушали внимательно, тем более, что за этим чтением — они знали это — следовало угощенье на счет автора, скромное, но даровое.

При состоянии карманов "писателей уличных листков" последнее качество было главным.

— Молодец, Геркулесов, однако, как ты умеешь отделать...

— Буренину сорок очков вперед даст...

— Что твой Стасов об искусстве разговаривает...

— Иванова за пояс заткнет...

Такие замечания слышались по адресу автора, смотря по роду прочтенной заметки.

Геркулесов сиял и пропивал почти последние деньги.

Повторялась старая, но вечно новая басня о "Вороне и Лисице".

Напиваясь, он делался мрачным, и те горькие мысли, которые у трезвого точили втихомолку его мозг, вырывались наружу...

Он говорил о людской несправедливости, о редакционном кумовстве, о неумении выбирать и ценить людей редакторами и издателями.

— Писатель, большой писатель во мне погибает! — восклицал он, потрясая кулаком в пространство.

Это уже считалось пределом для его опьянения, товарищи исчезали из-за стола один за другим и нетвердой походкой удалялись из ресторана.

Геркулесов некоторое время оставался погруженным в горькие думы.

Заботливый приказчик помогал ему рассчитаться и посылал одного из лакеев проводить его до извозчика.

В глазах этого приказчика он был все же нужный человек, да и опасный — "постоянный гость" и "газетчик".

Мнить себя непризнанным великим писателем Виктор Сергеевич стал с того дня, как в одном из еженедельных, на первых же номерах прекратившемся, журнале был напечатан его маленький рассказ: "Секрет".

Редактор-издатель — бывший судебный пристав, рассыпался в похвалах его таланту, предсказывал ему будущность, но гонорара не заплатил.

После этого, чисто литературного, дебюта Геркулесов исписал целый ворох бумаги, но, увы, бывших судебных приставов, ценителей изящной литературы не было более в среде редакторов петербургских газет и журналов, и писания Виктора Сергеевича не предавались тиснению.

Отсюда и происходила его мрачность после выпитой лишней рюмки вина.

В трезвом виде Геркулесов примирился с годами со своей судьбой и даже с иронией называл себя не литератором, а "специалистом по пожарам".

Действительно, Виктор Сергеевич — страстный охотник до пожаров, описывал их с необычайною точностью и даже не без таланта. Этим скромным дарованием и объясняется то, что он был принят постоянным сотрудником одной очень распространенной газеты.

Но повторяем, не эта сравнительная обеспеченность положения подвинула его решиться на брак с Агнией, для этого существовали другие причины.

В течение семилетнего совместного сожительства Агния Петровна несколько раз готовилась быть матерью, но всегда неблагополучно.

— Нет Божьего благословения! — говаривала она.

Виктор Сергеевич хотя был немножко вольнодумцем и вслух смеялся над Агнией за ее отсталость и глупые предрассудки, но после третьих досрочных и неблагополучных родов женщины, которую, если он и не любил в романтическом смысле, но привык видеть около себя в течение долгих лет, и которая все же часто выручала его и делила с ним и горе, и радость, стал задумываться.

Незадолго до получения Геркулесовым постоянных занятий в распространенной петербургской газете "Столичная Сплетница", именно в то время, когда он мечтал о сотрудничестве в ней, Агния Петровна снова почувствовала себя матерью.

— Одна болезнь и мука, — добавила она, сообщив своему сожителю о своем положении; — не доношу, как всегда, не доношу, нет Божьего благословения.

— Вот что, Агния, — после некоторой паузы, сказал Виктор Сергеевич, — если Бог даст, получу место в газете тут одной, тогда я на тебе женюсь... Ребенок будет законный...

— Милый!.. — воскликнула Агния Петровна. — Да неужто?

— Сказал, значит верно...

К чести Геркулесова, надо сказать, что он действительно умел держать слово.

Это знала Агния Петровна и усердно молилась, чтобы он получил желанное место.

Место было получено, и Виктор Сергеевич, как мы уже знаем, заказал визитные карточки и затем женился.

Свадьба была более чем скромная.

Присутствовали необходимые свидетели — товарищи по перу жениха, квартирная хозяйка и несколько подруг невесты по мастерской.

Невеста была в своем праздничном платье с блузкой, несколько скрывавшей ее положение, жених — в тщательно вычищенном сюртуке.

Некоторая полнота талии невесты не удержала, однако, шаферов приколоть к своим сюртукам цветы флер д'оранжа.

Квартирная хозяйка уступила на этот торжественный вечер свои комнаты, где гости с рюмками водки и стаканами пива в руках, то и дело кричали "горько" и желали счастья молодым.

Молодые целовались.

Жизнь после дня свадьбы пошла своей обычной колеей.

Нравственно успокоенная, Агния Петровна действительно родила девочку, но, по словам квартирной хозяйки, такого "заморыша", что глядеть было страшно.

Но "заморыш" был жив — благословение Божие оправдывалось.

Мать, озабоченная, чтобы ребенок остался в живых, чутко прислушивалась ко всем советам кумушек Петербургской стороны.

Одним из почти единогласных советов было окрестить ребенка именем святой, празднуемой в день ее рождения.

Девочка родилась 19 августа и к выбору предстояло два имени Агапии и Феклы.

Агния Петровна выбрала последнее, тем более что так звали ее бабушку.

Немножко вольнодумец Виктор Сергеевич, как и все вольнодумцы, был суеверен и, попротестовав несколько для проформы, согласился.

Девочку окрестили Феклой.

Ребенок, действительно, месяц от месяца стал поправляться, как бы оправдывая народную примету, на которой был основан совет кумушек Петербургской стороны.

К году уже это был совершенно крепкий, здоровый ребенок.

Время летело.

Постоянное сотрудничество в газете "Столичная Сплетница", хотя и не давало многого, но все-таки, некоторым образом, обеспечивало существование семьи Геркулесовых, так как Агния Петровна должна была расстаться с золотошвейной мастерской и брать лишь небольшую работу на дом.

Заработок ее, однако, все же служил некоторым подспорьем, и Геркулесовы жили сравнительно безбедно, хотя и остались в прежней комнате на Петербургской стороне.

Когда Феклуша подросла и ей пошел уже шестой год, Агния Петровна снова стала ходить в мастерскую, и заработок еще более увеличился.

Дома за девочкой, по просьбе матери, присматривала квартирная хозяйка.

Когда девочке минуло восемь лет, Виктор Сергеевич стал сам учить ее грамоте, и Феклуша оказалась чрезвычайно понятливой и прилежной.

— Вся в меня! — с гордостью говорил отец.

Они могли бы при заработках Геркулесова жить еще в большем довольстве, если бы не несчастная наклонность Виктора Сергеевича к рюмочке.

Его нельзя было назвать пьяницей, так как один он не пил ни вина, ни водки и даже забывал, порой, выпить рюмку перед обедом, но при всякой случайной даже компании не мог удержаться, чтобы не выпить лишнюю рюмку, а раз ему она попадала в голову, он, как мы видели, напивался почти до положения риз.

В таком-то виде однажды летом он возвращался с приятелями пешком из Лесного, попал под паровую конку, которая и отрезала ему обе ноги.

Несмотря на то, что это случилось невдалеке от клиники, Виктор Сергеевич истек по дороге кровью, и в клинику принесли один обезображенный труп.

Дочери Геркулесова — Феклуше шел в то время двенадцатый год.

Погоревав о потере мужа, Агния Петровна поместила дочь ученицей в ту же мастерскую, в которой работала сама, и стала жить на вдовьем положении в той же комнате на Петербургской стороне, в которой жила с мужем и куда теперь ее милая девочка, как она называла свою дочь, приходила только по воскресным и праздничным дням.

Жить стало, конечно, труднее, и Агния Петровна, из желания побаловать дочку на праздниках сладким кусочком и обновкой, работала не только в мастерской, но и дома, не разгибая спины.

Пять лет такой жизни окончательно подорвали ее силы; к

этому присоединилась еще простуда, она заболела воспалением легких.

Отправленная в Обуховскую больницу, она через три недели отдала Богу душу от скоротечной чахотки, развившейся из воспаления.

Смерть любящей матери случилась именно в тот год, когда ее любимая дочь кончила ученье и стала в мастерской такой же мастерицей, как ее мать.

Обе они мечтали о совместной жизни и работе, но неумолимая коса смерти сделала Феклушу сиротой.

Квартирная хозяйка оставила молодую девушку в той же комнате, где жили ее родители, и даже сбавила ей цену. Девочка выросла на ее глазах, она привыкла к ней и любила ее как дочь.

Одиночество — это страшное ощущение окружающей пустоты и беспомощности, несмотря на отношение к Феклуше квартирной хозяйки, охватило молодую девушку.

Возвращаясь из мастерской, она, охваченная холодом пустой, неприютной комнаты, проворно ложилась в постель, пытаясь убить сном скуку долгих, особенно зимних, вечеров.

Феклуша была странная девушка.

В ней бушевали и смутно боролись и страстность, и отвращение к труду, и презрение к бедности, болезненная жажда неизведанного, неопределенное разочарование, страшное воспоминание тяжелых дней при жизни матери, а в особенности при жизни отца; злопамятное убеждение непризнанного писателя, что покровительство достигается низостью и подлостью; врожденное стремление к роскоши и блеску, нежная истома, наследованная от отца, нервозность и инстинктивная леность матери, которая делалась бодра и мужественна только в тяжелые минуты и опускалась, как только проходила беда — все это мучило и волновало ее.

К несчастью, мастерская, куда она ходила, не могла удержать ее, направить и пробудить ее добрые инстинкты.

Женская рабочая мастерская — это преддверие житейского омута.

Феклуша скоро свыклась с разговорами своих подруг.

Сгибаясь над своей кропотливой работой, они находили время болтать без умолку.

Их разговоры не отличались разнообразием — все они вертелись на мужчинах.

Такая-то жила с богачом, столько-то получала в месяц.

И все принимались восхищаться новым медальоном, кольцом или серьгами — подарками любовника.

Все завидовали счастливице и приставали к свои любовникам, чтобы в свою очередь похвастать обновкой.

Такова атмосфера всякой женской мастерской.

106

II

ПАДЕНИЕ

Девушка погибает с того момента, как попадает в общество других девушек.

Болтовня мальчишек в школе и в мастерской ничто перед россказнями работниц.

Мастерская — это пробный камень добродетели, золото там редко, преобладают неблагородные металлы.

Девочка падает, увлеченная не любовью, как расписывают романисты, но из зависти и, отчасти, из любопытства.

Фекла слушала о похождениях своих подруг, их забавные и опасные приключения, дивилась их выразительным глазам и лихорадочно дрожащим губам.

Они же подшучивали над ней и прозвали ее "цыпленком".

Послушать их, так все мужчины — дураки.

Одна, например, рассказывала, как она посмеялась над одним человеком накануне, заставивши ее напрасно прождать.

— Ничего, сильней привяжется!

Другая делала несчастным своего любовника, уверяя, что он ее тем сильнее любит, чем больше она его обманывает.

Все путали своих обожателей, вертели ими как волчками и все этим хвалились.

Фекла уже перестала краснеть, когда слышала откровенные, циничные признания.

Она только стыдилась, что не достигла высоты развития своих товарок.

Она уже не колебалась, а ждала только удобного случая.

Жизнь ей стала казаться невыносимой: все работа да работа, а в воскресенье и в праздники томительное одиночество.

Поневоле пойдешь к подруге, которая живет самостоятельно, т. е. с мужчиной.

Случалось, что парочка была молода и сошлась еще недавно и неустанно целовалась.

Положение третьего лица в этом дуэте всегда смешно, а потому ей приходилось уходить и оттуда, еще сильнее опечаленной и возбужденной.

Нет, уже будет с нее такой уединенной жизни, этих вечных адских мук, непреодолимого зуда ласк и денег! Надо чем-нибудь кончить и подумать об этом серьезно.

Такое решение возникло в голове Феклуши.

По вечерам ее почти всегда провожал какой-то старик, суливший ей золотые горы, и еще редко молодой человек, поджидавший на Литейной — мастерская помещалась на этой улице — медицинский студент.

Это был знакомый нам Федор Дмитриевич Караулов.

В выборе не могло быть сомнения.

Старик порешил ее сердечное колебание, тем более, что другой претендент не мог предложить ей ничего, кроме любви и молодости.

Старик между тем бросил вызов кратко, но выразительно:

— Деньги!

Кроме того, старик казался очень благовоспитанным и приличным, что льстило самолюбию молодой девушки, тем более, что у ее подруг любовники были по большей части приказчики из гостиного двора.

Она пала... пала благодаря лишь таким грубым побуждениям, которые, однако, сковывали душу и тело.

Она пала и почувствовала отвращение.

На другой день утром в разговоре с подругами она уже сожалела о прошедшем, но вечером, по выходе из мастерской, с гордостью взяла под руку старого развратника, ее купившего.

Но мужества хватило ей ненадолго.

Нервы не выдержали, и раз вечером она бросила в лицо старику деньги, вытолкала его за дверь и решилась жить по-прежнему.

Это вечно старая история пьяниц, которые сознавая, что им вредно вино, клянутся бросить его и не начинать никогда и — начинают, когда привычка заявляет свои права.

Выпьет рюмочку, хочется другую, а потом и пошло... бросила одного любовника и взяла другого.

На этот раз она выбрала молодого.

Он, пожалуй, даже и любил ее, но был так с ней нежен и почтителен, что это ее злило и она порядком его мучила.

Они расстались, наконец, по взаимному согласию.

Ну, тогда она пошла, как и все прочие: неделя, дня три, даже два — и она уже пресыщалась ласками своего избранника.

Тем временем она заболела и не успела поправиться, как последний любовник ее бросил.

К довершению несчастий, доктор запретил ей заниматься золотошвейным мастерством.

"Что тут делать?" Что предпринять? — мелькало в ее голове.

Наступило положение тем более гнетущее, что воспоминание ее относительного благосостояния, которым окружал ее первый избранник, приходило ей частенько на ум.

Она попытала счастья на других заработках, но они были так ничтожны, что за них не стоило и приниматься.

В один прекрасный день или лучше сказать ночь голод выгнал ее на улицу.

Петербургская панель сделала свое дело, она осталась на ней и пошла обычной дорогой падшей женщины.

Она поплыла вниз по течению, существуя случайной прибылью и голодая, когда дул противный ветер.

Первый опыт нового ремесла был сделан.

Все было кончено: отдаваясь первому встречному, она становилась жертвой общественного темперамента.

Однажды вечером, в одном из увеселительных заведений, куда она пошла попытать счастья с одной из своих новых подруг, "маленькой Муськой", как звали эту девушку, сокращая ее фамилию в том особом мирке "милых, но погибших созданий" и их кавалеров, Феклуша встретила молодого человека, который искал, как почти все посетители "увеселительных заведений", приключений.

Ее розовый ротик, ее лукавая улыбка и ее стройная фигурка, потухающий и внезапно вспыхивающий взор — все это увлекло юношу.

Случайная встреча обратилась в привычку.

Они кончили тем, что поселились вместе.

Он был из тех захудалых петербургских пшютов, которых можно встретить фланирующих по Невскому проспекту под вечер, а днем в бильярдной ресторана Доминика.

Худой, изможденный, со всеми признаками чахотки, одетый с претензией на шик — тип, всегда нравящийся падшим женщинам.

Он предложил Феклуше сожительство — почти брак, всегда лелеемая мечта этих дам.

Она согласилась.

Он жил в меблированных комнатах по Литейной, и Феклуша перебралась туда.

Но там долго они не прожили.

Их выселили за неплатеж денег.

Меняя по той же причине комнату за комнатой, они приютились наконец в ужасном логовище, во флигеле громадного дома на Сенной под именем Вяземской лавры.

Эти трущобы обладали всеми прелестями человеческих конур.

Дверь на ржавых петлях, вымазанная охрой, длинный темный коридор в жирных пятнах, невозможно грязная лестница, скрипящая под ногами и пропитанная отвратительным запахом сточных труб и отхожих мест.

При малейшем ветре хлопали все двери.

В третьем этаже они выбрали себе комнату с пестрыми обоями, местами порванными, сквозь которые сыпалась штукатурка.

В этом печальном жилище не было даже обычных убогих удобств меблированных комнат, ни засиженных мухами зеркал, ни олеографии в облезлых золоченых рамах, изображающих сцены из Тараса Бульбы или Дорогого гостя, и ландшафтов, на которых небо зеленее деревьев.

Голые стены были чем-то обрызганы, а русская печь глядела черным зевом и производила ужасающее впечатление.

Меблировка состояла из деревянной кровати, стола без ящиков, ситцевых занавесок, закопченных и съежившихся от нечистоты, двух стульев с рваными сиденьями и покосившегося от времени комода.

Они прожили тут месяца два, перебиваясь кое-как и питаясь грошовыми отбросками Сенной площади.

Феклуша начинала уже подумывать о лучшей жизни, когда, к ужасу своему, заметила, что она беременна.

Она залилась слезами, призналась своему сожителю, что ребенок не его, убеждая его, что он теперь свободен, и этой выходкой окончательно привязала его к себе.

Они согласились лишать себя почти необходимого, чтобы откладывать деньги для предстоящей болезни.

Но намерение осталось лишь намерением.

По прошествии шести месяцев Феклуша упала с лестницы и это ускорило ее разрешение от бремени.

Ясной декабрьской ночью, когда в доме не было ни гроша, она почувствовала первые родовые боли.

Сожитель ее поспешно исчез и явился в сопровождении жившей в том же доме акушерки.

— Да тут можно замерзнуть! — воскликнула последняя, вошедши в комнату. — Надо развести огонь.

Но не успела она договорить эту фразу, как молодая женщина вытянулась, пронзительно застонала и упала бледная, изнеможенная на свое жесткое ложе.

Она родила девочку.

Акушерка вытерла ребенка, обернула его тряпками и ушла, обещая понаведываться.

Ужасная ночь тянулась с томительной медленностью.

Молодая мать стонала и жаловалась на бессонницу. Ее сожитель, дрожа всем телом от холода, сидел на стуле и укачивал крошку, которая жалобно стонала. По временам из его наболевшей груди вырывался пронзительный свистящий кашель.

Часа в четыре утра пошел снег.

Ветер завыл в коридоре, потрясая дурно вставленные окна и задувая оплывающую свечу.

В комнате был такой же мороз, как и на дворе.

Ребенок иззяб и был голоден; к довершению горя пеленки распустились, и молодой человек не мог их привести в порядок своими окоченевшими руками.

Все эти грязные мелочи жизни, холодная комната, стонущая женщина, кричащий ребенок привели его в мрачное отчаяние.

Он перестал качать малютку, а та, естественно, кричала еще сильнее.

Следствием этой ночи было — смерть ребенка и любовника.

Один оставил этот прекрасный мир от слабости и холода, а другой умер, отправленный на другой день в больницу, от развившейся быстро чахотки.

Эта страшная ночь доконала его.

Одна Феклуша вышла здоровой и невредимой из этой передряги и даже похорошела.

Несколько времени просуществовала она уличными случайностями.

Однажды днем, обескураженная и голодная, она столкнулась со своей бывшей товаркой по мастерской.

Этой не пришлось натыкаться на рифы и подводные камни.

Она плыла на всех парусах.

Эта случайность решила участь Феклуши.

Подруга начала хвастаться выгодами своего положения, она сыта и довольна, шикарно одета и ведет беспечальную жизнь.

Феклуша зашла с подругой в один из нижних ресторанов пассажа, выпила на ее счет несколько рюмок водки и отправилась с ней в ее вертеп, переступила его порог, рассуждая мысленно, что она может уйти отсюда, когда ей заблагорассудится.

На другой день она уже была собственностью притона любви.

Первые дни новизна обстановки и жизни не позволяли ей задумываться над своим положением.

Ей даже показалось в тумане почти постоянного пьянства, что именно здесь та пристань, где она найдет спокойствие.

Но это продолжалось недолго. Натура перестала принимать спиртные напитки. Они стали ей противны до тошноты. Наступило невольное отрезвление. Глаза открылись.

III

В ПРИТОНЕ ЛЮБВИ

Если бы несчастная молодая девушка могла пить до потери сознания, до забвения этой гнусной жизни, до самоотречения от этих крепких несокрушимых оков, от этого ненавистного ремесла, которое не признает ни отвращения, ни утомления, эта животная жизнь, пожалуй, показалась бы ей возможной.

Она действительно и пила, но и в мрачном одурении кутежей не могла примириться с этой жизнью, которая вынуждает быть всю ночь на выставке, которая вынуждает улыбаться, невзирая на горе, болезнь, скуку с этой жизнью, которая иногда по целым часам приковывает к пьянице, с обязательством выносить его пошлые требования, жизнью ужасней геенны огненной, ужаснее тюрьмы и каторги, так как нет другого существования более унизительного, более жалкого, как ремесло этих несчастных, обреченных на подлый труд, влекущий за собой зловещее изнеможение.

В одну из ночей Феклуша особенно чувствовала смертельную тоску и отвращение.

Она уже с полчаса полулежала на подушках турецкого дивана, крытого ярким полосатым трипом, стараясь собраться с мыслями и прислушаться к болтовне подруги.

Малейший шум заставлял ее вздрагивать.

Нервы ее были напряжены до последней крайности.

Она чувствовала в себе омерзение и утомление, как бы после долгой попойки.

Иногда она как будто успокаивалась и омраченным взором глядела на окружавшую ее роскошь.

Канделябры, стены, обтянутые красным атласом с белыми шелковыми кокардами и цветами, шитыми золотом.

Все это рябило у ней в глазах и мелькало, как яркие искры между красными углями.

Минутами взор ее обращался на громадное зеркало, занимающее почти всю стену гостиной.

Она видела в нем свое отражение, видела себя, нагло развалившуюся на подушках, причесанную по-бальному, видела свое короткое платье, разукрашенное кружевами, свою чересчур открытую шею и грудь, и обнаженные руки, уснащенные бьющими в нос духами.

Ей не верилось, что это она сама.

Она с интересом рассматривала свои набеленные руки, подведенные брови, красные, как кусок мяса, губы, ноги в ярких шелковых чулках, вздымающуюся грудь, всю трепещущую прелесть ее тела, вздымающегося под легкими складками воздушного платья.

Особенно ее пугали глаза.

Они ей казались чудовищными и в их мрачной глубине ей почудилось что-то до того наглое и нахальное, что она покраснела под румянами.

Она отворачивалась от зеркала и как-то тупо, почти бессознательно оглядывала своих подруг.

Они сидели в той же гостиной и в раззолоченной соседней с этой комнатой зале, во всевозможных позах, растянувшись на диванах ничком, сидя на корточках на ковре, и свернувшись в комок в креслах.

Тут были и толстые, и худощавые, и брюнетки, и блондинки, с самыми разнообразными прическами, с распущенными косами, завитыми или просто висящими прядями челками на лбах, в высоких прическах, перевитых бусами, или со спускающимися по шее "bandeaux".

Платья были тоже всевозможных фасонов, с единственным общим колоритом циничной откровенности.

Всюду сверкали настоящие и поддельные бриллианты, и при каждом движении их обладательниц сыпали лучи света.

Перед зеркалом остановилась высокая стройная женщина и, подняв руки, начала вкладывать шпильку в свои густые темные волосы.

Ее тоже короткое, еле доходящее до колен, легкое газовое платье-бебе приподнималось при движении рук и широко отделялось своею прозрачною материею от ее круглого, твердого тела.

Груди волновались по мере движений локтей, и их пышная округлость резко выделялась под мягкой материей.

Распустившаяся прядь волос извивалась по волнистой ткани, обрисовывающей бедра и ноги с высоко перетянутыми подвязками.

В этих комнатах, пропитанных запахом амбре, пачули и шипра, стоял оглушительный шум.

Там и сям раздавался резкий смех, иногда бесцеремонная ругань, слышались крепкие слова.

Вдруг раздался звонок.

Все моментально стихло.

Каждая старалась оправиться, а дремавшие на диванах и в креслах проснулись и, потирая глаза, усиливались хоть на минуту оживить потухающий взор.

Дверь отворилась и двое молодых людей вошли в зал, а затем прошли в гостиную.

Феклуша опустила голову, стараясь стушеваться и моля внутренне небо, чтобы ее не заметили, внимательно разглядывая узоры ковра, чувствуя на себе пристальный взор одного из вошедших.

Боже, как она презирала мужчин, явившихся сюда как на базар!

Она не понимала того, что большинство приходящих в этот вертеп стремились забыть в распутстве томительную скуку, гнетущую злобу, безумное горе.

Она не понимала, что большинство обманутых любимыми

женщинами, насладившиеся тонким ароматом дорогих вин, стремятся в кабак отведать подкрашенное дрянное вино из толстых, почти всегда грязных стаканов.

Один из мужчин жестом поманил ее к себе.

Она не двигалась с места, взглядом умоляя подруг о пощаде.

Но те кругом хохотали и зубоскалили.

"Мадам" устремила на нее мрачный взор.

Феклуша испуганно вздрогнула, поднялась как кляча, бросающаяся со всех ног под хлестким ударом кнута.

Она прошла гостиную, кругом осыпаемая градом насмешек и диких возгласов.

Наутро она проснулась с давящим сознанием своего позора, ее единственной мыслью было скорей бежать из этого подлого дома, бежать и где-нибудь далеко, далеко отсюда забыть неподдающееся забвению горе.

Случайные уличные встречи все же имели в ее глазах характер свободного выбора, она не была на улице вещью, какой становилась здесь, где мог ее взять всякий, протягивающий к ней руку.

Часто в падшей женщине сохраняется болезненно щепетильное сознание своего собственного достоинства, она создает иллюзию, чтобы успокоить его.

Потому-то уличная искательница приключений чувствует себя оскорбленной и униженной в учреждении, где самопродажа скована железными тисками безволия, где человек низведен уже действительно на степень неодушевленного товара.

Так было и с Феклой.

Все окружающее было ей противно до тошноты.

Она с омерзением оглядела свою комнату, пропитанную смесью запахов сильных духов и человеческих испарений, эти густо завешенные толстыми драпировками окна и пустые бутылки от шампанского и портера на столе — оглядела и содрогнулась.

Все еще спали.

Фекла оделась, проворно сбежала с черной лестницы, вышла во двор и направилась к воротам.

Около них, на ее счастье, спал сладким сном дежурный дворник.

Она отодвинула засов калитки с традиционным окошечком, в которое сторож рассматривает и оценивает посетителей вертепа, избегая впускать чересчур большие и подгулявшие компании, и очутилась на улице.

Тут только она вздохнула полной грудью.

Вертеп помещался на Ямской.

Она пошла наудачу, ни о чем не думая и шатаясь, как пьяная. Вдруг острая боль кольнула ее в сердце.

Она мгновенно вспомнила, что убежала без спросу, что

произвольно нарушила условия, и с диким видом загнанного зверя торопливо осмотрелась.

Она была на Владимирской площади.

На середине ее она увидела двух городовых, спокойно беседующих друг с другом.

Панический страх сжал ей горло, ноги подкосились, ей показалось, что городовые сейчас заберут ее и поведут в участок.

Ей казалось, что лучи солнца, блестя на куполе Владимирской церкви и на рельсах конно-железной дороги, освещали одну ее и поэтому ее все видят.

Она не замечала снующих прохожих и катящиеся мимо нее извозчичьи экипажи, занятая своими мыслями.

Она повернула назад по Кузнечному переулку и пошла по направлению к Николаевской улице.

Она шла теперь медленнее и обдумывая дальнейший маршрут.

Она решилась приютиться у одной из своих приятельниц, жившей на Колокольной улице.

Увы, подруги не было дома, но так как хозяйка квартиры, сдаваемой по комнатам, где она жила, уверила Феклу, что ее подруга должна скоро вернуться, то молодая девушка решилась прийти несколько позже, а потому, вышедши, снова прошла на Николаевскую и тихим шагом прогулки направилась к Невскому проспекту, зевая по сторонам.

Она останавливалась у всех окон, встречающихся изредка на этой улице магазинов и разглядывала товары.

Побродив с полчаса, она снова вернулась на Колокольную, но оказалось, что подруга еще не вернулась.

Опять пришлось бродить по улице.

Ее томил голод.

Она подходила уже к углу Невского проспекта и вспомнила, что в угольном доме есть магазин с закусочной на правах трактира и несколькими отдельными кабинетами — она не раз закусывала тут со случайными встреченными ею на Невском кавалерами.

Но она никогда не заходила туда одна.

Она в нерешительности остановилась у двери, раздумывая, не зайти ли ей.

Она стала трусливее ребенка.

Минут десять она простояла в нерешительности, смотря то на дверь, то на соседние окна, завешенные зелеными занавесками.

"Это окна кабинетов..." — мелькнуло в ее голове.

Наконец она решилась — отворила дверь и вошла.

В закусочной никого не было.

Несколько лакеев стояло в меланхолических позах ожидания. За буфетным прилавком сидел и читал книжку небольшого роста старичок-приказчик, прозванный почему-то завсегдатаями закусочной "аптекарем".

Появление женщины вызвало некоторое оживление.

Женщины одни в общей зале появлялись редко.

Феклуша села на дальний столик в углу.

К ней подошел лакей, который, как ей показалось, дерзко оглядел ее.

"Не угадал ли он, из какой она вырвалась каторги?" — мелькнуло в ее голове.

Она приказала подать себе кружку пива и два бутерброда с ветчиной.

Лакей принес требуемое и поставил перед ней на стол, покрытый скатертью сомнительной чистоты.

В это время дверь закусочной с шумом растворилась, и на ее пороге появился господин, одетый с претензией на франтовство, с совершенно бритым, сильно помятым и морщинистым лицом, с красным носом, в поношенном цилиндре и пальто ульстере.

Он снял шляпу и отер фуляровым платком выступивший на его лбу пот.

— Наконец-то и вы заглянули к нам, Геннадий Васильевич, — приветливо встретил его буфетчик.

— Уф, устал, братец, — отвечал вошедший, пожимая руку "аптекарю". — Жид-то мой поручил мне набрать труппу для своего театра... Денег-то на расход много не дает, а изволь ему представить звезд первой величины!.. Такая уж у него замашка... Ну, вот я и гоняюсь с утра до поздней ночи в поисках за петербургскими звездами, а их и днем с огнем не сыщешь... Дай-ка рюмку водки, "двухспальную", да закусить что по острее.

Геннадий Васильевич Аристархов — такова была его фамилия — грузно опустился на стул у столика, ближайшего к буфетному прилавку.

IV

АРТИСТКА

Геннадий Васильевич Аристархов пил уже четвертую "двухспальную" рюмку, закусывая маринованными миногами, и успел в это время приметить молодую девушку, мрачно приютившуюся в углу комнаты.

Видимо, вдохновенный присутствием женщины, он пустил в ход все свои остроты и выложил весь запас своей ловкости и любезности.

Когда он заметил, что она усмехнулась, он тотчас подсел к ней и предложил ей чашку кофе.

Она отказалась; но он был так забавен, так мил, казался таким добрым малым, что она понемногу с ним разговорилась.

Геннадий Васильевич внимательно осмотрел ее.

"Она прелестна, — думал он, — в хорошеньком костюме она увлечет всех. Она немножко утомлена и сконфужена, у нее быть может и угла нет... если у нее есть хоть маленький голосишко, я обделал бы славное дельце... знаменитость из закусочной! В две недели я выучу ее петь и играть. Если у нее нет никакого таланта, она все же прехорошенькая, а на сцене это главное".

Такой план относительно Феклы Викторовны Геркулесовой внезапно родился в голове старого актера, и он тотчас же стал приводить его в исполнение.

Он тут же предложил молодой девушке сделаться "артисткой", с одушевлением и красноречиво, в радужных красках рисуя ей ее будущее.

Феклуша согласилась с его доводами.

Она сочла себя спасенной.

Пребывание в течение нескольких дней в притоне любви пройдет незамеченным! — так, по крайней мере, думала она, тем более что хозяйка притона, считая ее гостьей своей постоянной пансионерки, не спешила с исполнением нужных формальностей, и Феклуша, с чувством необычайного удовольствия, ощупывала в кармане своего платья свой паспорт, который хозяйка не успела у нее взять.

Аристархов предложил переселиться временно к нему.

Молодая девушка, после некоторого раздумья, лишь для проформы, согласились.

Геннадий Васильевич, заплатив за себя и за нее и предложив ей галантно руку, вышел гордо из закусочной.

Он жил на Песках, занимая небольшую комнату, перегороженную ситцевой занавеской.

Он предложил ей занять любую половину.

Обучение артистки началось.

Их встреча произошла в конце сентября, а через две недели, в октябре месяце, "Зал общедоступных увеселений" на Фонтанке открыл свои гостеприимные двери на зимний сезон, и в числе "известных шансонетных певиц" значилась m-lle Фанни.

Так перекрестил Феклушу Геннадий Васильевич Аристархов.

Новая жизнь на первых порах понравилась ей.

Как все несчастные, которых нужда и горе загоняли в трущобы, она против воли испытывала странное сожаление, почти болезненное, непонятное стремление вновь погрузиться в омут, почти тождественный с тем, из которого только что выбралась.

Это утомительное, лихорадочное существование, бессонные ночи, вечная толчея, суета, усталость, прогоняемая вином и смехом, все это прельщает бедняжек, и они летят в пропасть с головокружительной быстротой.

Фанню — так мы теперь будем называть ее — от страшного возврата к прежней жизни спасло, во-первых, то, что она мало пробыла в гостеприимном приюте, и главное — суетливая закулисная жизнь, ежедневная выставка перед публикой, дружба с товарищами по профессии, сплетни, волнения самолюбия, а вечерами одевание и повторение исполняемых куплетов.

Лихорадка театральной деятельности была для нее лучшим предохранительным средством от омута, омута, чуть ее совершенно не поглотившего.

Геркулесов продолжал постоянно муштровать ее и репетировать с ней новые номера.

— Так-то, малютка, — говорил он ей, развалясь на треногом диване их комнаты, — ты недурно поешь, ты довольно грациозна, у тебя уже есть некоторый навык, но этого еще мало... Ты слушай меня, я старый актер, исколесивший все провинции, тертый калач, и на сцене как моряк на воде, вот что я тебе скажу... У тебя мало этого шику, развязности нет; положим, все это разовьется со временем, да все же не надо плошать, и теперь вот, к примеру, ты хоть и вертишься, а нет соли, пикантности нет... Смотри на меня... У меня ноги как жерди, руки гнутся как виноградная лоза, я разеваю рот как лягушка, извиваюсь на тысячу манер, — наконец, когда сигнал подан, я пою, подчеркиваю последнюю строку куплета и увлекаю публику. Ну-ка, пропой твои куплеты, я тебя научу где и как провести оттенок. Ну, раз, два, три, внимание, мои уши к твоим услугам, ну же, я жду...

И молодая девушка начинала петь, повторяя по несколько раз фразы, внимательно следя за указаниями своего учителя.

Прошло недели две.

Однажды во время антракта горничная, находящаяся при уборных артисток, подала Фанни Викторовне письмо.

Молодая девушка вскрыла, прочла, и на лице ее появилась довольная улыбка.

— Посмотрите, Геннадий Васильевич, — она все продолжала говорить с ним на вы, хотя он говорил ей ты, — что я получила, как это вам понравится.

Актер развернул письмо, и углы его губ приподнялись до ноздрей, обнаружив красные десны, и его намазанное, подклеенное лицо потрескалось.

— Это стихи, — заявил он, явно возмущенный, — попросту

118

говоря, у того, кто тебе их написал, нет ни гроша. Порядочный человек стихов не напишет.

— M-lle Фанни на сцену! — крикнул режиссер.

Молодая девушка побежала на призыв.

Она была прелестна в костюме, который сама смастерила из кусочков газа и шелковых тряпочек. Ее стан был затянут в розовую тюлевую кирасу, вышитую фальшивым жемчугом; голову украшала широкополая шляпа, одетая на затылок, целый лес причудливых белокурых завитков спускался на лоб, ее губы слегка шевелились, они были влажны, красны, чувственны, и вся она увлекала и очаровывала неотразимо.

Перед ее появлением в зрительном зале стоял невообразимый шум.

Зрительный зал в этом третьестепенном петербургском театрике был гораздо интереснее сцены.

Публика "Зала общедоступных увеселений" была самая своеобразная и разнообразная; тут были студенты, художники, представители артистической и литературной богемы, лакеи, флиртирующие горничные и мастерицы из магазинов, второсортные "эти дамы", подгулявшие приказчики.

Все это шумело, перебрасывалось между собою откровенными замечаниями, остротами, не обращая почти внимания на то, что делается на сцене.

При появлении m-lle Фанни, однако, все смолкло. Даже двое из самых неугомонных крикунов, перекликавшихся между собой через всю зрительную залу, притихли.

Молодая артистка исполнила свой номер и была награждена шумными рукоплесканиями и криками: bis... "браво".

Она стала посреди сцены и кланялась, приседая и делая ручкой.

В голове ее вертелась мысль, кто из этой публики прислал ей стихи.

Все взоры были прикованы к ней, во всех одинаково отражался произведенный ею восторг.

Трудно было узнать среди увлеченной молодежи автора стихотворения.

Занавес опустили после еще нескольких исполненных ею и другими номеров программы, а ее любопытство осталось неудовлетворенным.

На следующий вечер, часа за два до открытия увеселительного заведения для публики, когда на сцене при открытом занавесе шла репетиция, а директор находился в буфете, наблюдая за порядком в этой важнейшей части подведомственного ему учреждения, он вдруг почувствовал, что его кто-то ударил по плечу.

Он обернулся и столкнулся с молодым человеком, который пожал ему руку и спокойно спросил:

— Ну, как вы поживаете?

— Но... но... да так себе, а вы? — пробормотал, растерявшись от неожиданности, директор.

— Благодарю вас, понемножку. Пойдемте-ка, потолкуем; вы меня не знаете, я вас тоже. Но слушайте, я литератор и намереваюсь написать горячую статью о вашем театре.

— А-а, очень приятно, очень приятно, конечно, я... а позвольте узнать, где вы пишете?

Молодой человек назвал одну из малораспространенных петербургских газет...

— Д-а-а... — протянул несколько разочарованный директор, — прошу вас, сядем...

— Благодарю вас, но теперь у меня другая цель.

И он прошел мимо удивленного директора в зрительную залу, а затем на сцену.

Новоприбывший был, видимо, ловкий парень.

Он кинул направо и налево несколько любезностей, всем обещал хвалебную статью, особенно m-lle Фанни, которую он так пожирал глазами, что ей нетрудно было угадать в нем автора стихотворного письма.

Он начал ходить ежедневно и явно ухаживать за ней.

Дело кончилось тем, что однажды вечером он увез ее.

Геннадий Аристархов, следя за проделками молодого человека, приходил в ярость, которую он выражал в бурной брани, изливая свою злость и горе перед своим закадычным другом, комиком буфф — Ласточкиным.

Он был раздражен уже ранее, когда Фанни Викторовна при первом получении жалованья переехала от него, наняв себе меблированную комнату поближе к "Залу общедоступных увеселений", в одном из переулков между Фонтанкой и Троицкой улицей.

— Оперилась и вон из гнезда... — со злобой проворчал он, когда она объявила ему об этом своем решении, но, однако, не протестовал.

Она с своей стороны продолжала относиться к нему с прежней дружеской теплотой.

В ночь первого отъезда Фанни Викторовны из "Зала общедоступных увеселений" с Леонидом Михайловичем Свирским, так звали журналиста, Аристархов по окончании спектакля, когда в залах начались танцы, засел в буфете с Ласточкиным и стал усиленно пить пиво.

По правде сказать, лицо Геннадия Васильевича после полудня принимало всегда ярко-красный оттенок.

Он уверял, что у него засаривалось в горле, пока он не

пропускал несколько, "двухспальных", рюмок водки, а затем он переходил на пиво, которое истреблял необычайное число кружек.

Так было и в данном случае.

Через несколько времени он начал уже клевать носом и не обращался к своему товарищу, который дремал в состоянии сильного опьянения.

Аристархов уже начал икать, что не помешало ему, однако, проговорить целый язвительный монолог и разразиться целым потоком ругательств, с примесью крепких слов, а в заключение опять икотой.

— Дура девка, право дура, да; ну, да; хорошо поймать богатого молодчика, а нет, так лучше бы держалась старого урода Геннадия; он, правда, не красавец, не молод, это сознаться надо, но он артист; а она предпочла ему стихоплета. С этим ремеслом с голоду сдохнешь! Это ясно и чисто как мой голос. Но сегодня, впрочем, я немного охрип, это напоминает мне одну песенку, которую я пел в Харькове в опереточном театре, когда был первым тенором... Да, прошли мои красные дни... Эй, Ласточкин, слушай меня, говорю тебе, я был отцом для нее, благородным отцом, я позволял ей перемигиваться с богатыми молодыми людьми, но с бедными, с этими общипанными птицами, нет, извините, тут уже я был строг...

Геннадий Васильевич, тронутый до слез, подкрепил свой монолог сильным ударом кулака об стол.

Пиво расплескалось и обрызгало его старую рожу и испестрило ее крупными каплями.

— Ну, однако, пора!.. Идем спать... Эй, Ласточкин, идем. Подымайся, товарищ тебя призывает! Так я когда-то распевал в Харькове, не помню только мотив.

Он силился подняться, но, сделавши несколько попыток, остался на месте.

— Ах, черт возьми, какие мне подносили подарки, — продолжал он вслух свои воспоминания. — Эх, горе, мое горе, как подумаешь, что все миновало и даже волосы вылезли! Эй, ты, человек, прощелыга, получи, остальное в свою пользу, — указал он слуге на недопитые кружки пива... Ну, идем, товарищ.

Собравшись с силами, он встал, и, схватив под руку Ласточкина, потащил его к выходу.

Тот оказался, впрочем, крепче своего товарища и стал, в свою очередь, его поддерживать.

Между тем Фанни Викторовна и Свирский шли под руку пешком. Ночь была ясная и лунная и первой захотелось пройтись, болтая о пустяках.

Они повернули в Щербаков переулок, пересекли Троицкую улицу, Владимирскую площадь т пошли по Кузнечному переулку.

Разговор их был до крайности однообразен.

Он восхищался ее внешностью, голосом, она расспрашивала подробно, где он живет.

Но этот предмет скоро истощился.

Собака лежала на тротуаре и лениво заворчала на них.

Они заговорили о собаках.

Он любил больше кошек, она обожала маленьких мопсиков, белых болонок и уродливых мосек. Разговор опять оборвался.

Они замолчали, как вдруг из-за поворота улицы появился пьяница, пробираясь по стенке.

Они послали ему вдогонку несколько укоризненных слов и снова смолкли.

Прошел городовой.

Она слегка вздрогнула.

Он поспешил рассмешить ее.

По правде говоря, пора было им прийти...

И они пришли.

Он позвонил у большого подъезда громадного дома на углу Пушкинской улицы и Кузнечного переулка.

Это был известный меблированный дом "Пале-Рояль".

V

В ПАЛЕ-РОЯЛЕ

Газ уже был погашен.

Заспанный швейцар отворил им дверь с огарком в руках.

Леонид Михайлович взял у него из рук этот огарок, а на камине швейцарской ключ и повел Фанни Викторовну по темной лестнице на четвертый этаж, где он занимал угольный большой номер, состоящий из прихожей, приемной и глубокого алькова за занавеской, в котором стояла кровать, помещался мраморный умывальник, вделанный в стене, с проведенной водой и маленький шкапчик.

Отперев дверь, он пропустил молодую девушку в номер, освещенный лишь лунным блеском через четыре окна.

При этом освещении обстановка номера казалась почти фантастической.

Множество картин и фотографий, висевших на стенах, статуэток и безделушек, стоявших на письменном столе и этажерке, салфеток на столах и большой ковер на полу уничтожали казенный вид меблированной комнаты и придавали ей уютность.

Он зажег лампу, стоящую в углу на высокой металлической подставке с матовым тюльпаном, опустил занавеси на окнах и при этом мягком освещении комната получила еще более уютный, приветливый вид.

Фанни Викторовна сняла шляпу и тальму и села на турецкий диван.

Он поместился у ее ног на брошенную им на пол подушку, которых несколько лежало на диване, и стал восторгаться ее талией, уверял, что умирает от желания поцеловать ее волосы, которые волнистыми прядями спускались на белоснежную шею.

От одного из ее движений выскользнула шпилька и длинная тяжелая коса, рассыпавшись, упала на ее платье, которое, плотно обхватывая стан, великолепно вырисовывало ее соблазнительно сложенную фигуру.

Но она была печальна и рассеянно оглядывала комнату человека, к которому пришла, увлеченная его страстными признаниями.

Внимание ее обратила на себя самая большая висевшая на стене картина, это была копия с гравюры Гогардта, на которой были изображены сцены из жизни куртизанок.

Она встала с дивана и подошла посмотреть поближе.

Растрепанный вид этих прелестниц, пьяный юноша, у которого красивая девушка вытаскивает из кармана часы, вся эта обстановка с веселящимися стаканами, женщинами, ругающими и грозящими друг другу ножами, в углу полулежащая женщина в обтрепанных юбках и с полурасстегнутым корсетом. Сверх шелковых чулок она надевает высокие сапоги, ее лицо было украшено двумя мушками, на лбу и верхней губе.

Вся эта смелая, беспощадная правда жизни вызвала в ней горькие воспоминания.

Перед ней быстро пронеслось видение прошлых пирушек.

Она долго молчала, как очарованная, внимательно рассматривая картину.

Наконец, сквозь зубы, как бы очнувшись, она проговорила:

— Как это хорошо сделано.

Она опять села на диван.

Леонид Михайлович был задумчив.

Оба они были расстроены.

Она раздумалась о своей прежней жизни. Картина Гогардта, в связи с пройденными ею сейчас улицами, по которым она бежала из притона на Ямской, пробудили в ней воспоминания.

Все замашки грязных вертепов, все вкусы и привычки публичных женщин, от которых она старалась отвыкнуть, таились в ней.

Чем больше она следила за собой, чем больше избегала грубых выражений, крепких слов, тем назойливее они срывались с ее языка.

Она смотрела так мрачно на тюльпан горящей лампы, что Леонид Михайлович не знал, что делать.

Часы, стоявшие на камине, пробили три часа.

— Не пора ли спать? — заметил Свирский.

Она прошла за занавеску алькова, а он уселся в одно из кресел и погрузился в размышления.

По правде сказать, мысли его были невеселы.

Он рано лишился материнской заботливости, привезенный в Петербург и помещенный в гимназию. Мать жила в маленьком имении Тамбовской губернии и экономила на нужды сына, отправившегося в столицу.

Он окончил гимназический курс и поступил в университет, но не выдержал искуса до конца и вышел со второго курса юридического факультета.

Широко воспользовавшись предоставленной ему свободой, он в столичном разгуле иссушил свою душу и тело.

Чувствуя в себе истинный талант, который ценится артистами и уважается простыми смертными, он, очертя голову, бросился в омут литературы.

По несчастью, в этом омуте было мало живительной влаги и он жестоко расшибся о камни.

Он вынырнул, не достигнув благодетельной глубины.

Он, правда, жил своим пером, но это была жалкая, полуголодная жизнь.

Принужденный насиловать мысль, желая воплотить все причудливые образы, которые плодило его воображение, он напрягал свои нервы и его одолевала усталость.

Иногда, в счастливую минуту, он создавал страницу поразительно смелых строк, как бы под внушением злого духа, но на другой день был не способен набросать и трех строк, и после многих усилий малевать слабые образы, которые хотя и печатались, но ускользали от внимания критики.

Он мечтал о возбуждении своего духа, о том, что талант его просветлеет от осуществления одной из его чудовищных фантазий, фантазий поэта и художника.

Он грезил о любви женщины, женщины в роскошном наряде, освещенной фантастическим ореолом богатства, одним словом, женщины, для него невозможной.

Он жаждал любви женщины тщеславной, с блестящими глазами, с меланхолией во взоре.

Он мечтал о ней, о женщине с янтарной кожей, с легкой синевой под глазами, он стремился к ней, непонятной и мудрой.

Он представлял ее себе волнующейся и трепещущей, но по большей части скромной и преданной.

Это были его лучшие неосуществимые мечты — та жажда неизведанного счастья.

Фанни обилием и богатством шевелюры, живыми, выразительными глазами, чувственным выражением губ осуществляла до некоторой степени его идеал, который он так долго и тщетно искал.

Он восхищался ею на сцене и считал ее способной сыграть ту роль, которую он назначил ей в своих мечтах.

Теперь он думал об этом, и вдруг вспомнил, что ему место не на кресле.

Фанни Викторовна сперва удивилась его отсутствию, потом заснула.

Она привыкла видеть себя рабой чужих желаний и никогда не встречала подобного человека.

Неизведанный ею пыл страсти, свежая струя юности, бешенное увлечение дохнули на нее и очаровали ее.

Она говорила себе, что для любви, видно, нужно быть иначе созданной, она была бесконечно благодарна ему, что он сумел изгладить в ней воспоминание ее старых грехов.

Она, казалось, испытавшая альфу и омегу любовных наслаждений, она — забылась и увлеклась искренно.

В первый раз она была не вещью, а женщиной.

Утром Свирский проснулся первый и растерянно посмотрел на нее.

Она спала, раскрыв рот, вытянув ноги и закинув голову.

Он спрашивал себя, не спровадить ли ему и эту, как многих других.

Фанни между тем открыла глаза и так мило улыбнулась, что он расцеловал ее и спросил, хорошо ли она спала?

Вместо ответа, она выскользнула из его рук и чмокнула его в губы.

Он потерял голову от восторга.

Он счел ее достойной всевозможных ласк, и осыпал ее потоком нежностей.

Но ее одеванье поставило его в тупик.

Она одевалась, как и все женщины: сидя на кровати, натягивала свои длинные чулки и шпилькой застегивала пуговицы ботинок.

Вставши, она вышла из-за занавески алькова, подошла к туалетному столику и принялась, прежде всего, как делают все они, отдернув занавеску, смотреть на улицу.

У какой женщины не бывает этого жеста?

Какая женщина не сделает обычный глупый вопрос:

— У тебя есть мыло? Ах, и пудра... какая прелесть, из каких духов?

Он внутренно упрекал себя в том, что считал ее исключением, однако, тихо вздохнул, когда она совершенно оделась.

Он сожалел, что она уходит; он удерживал ее и уговаривал позавтракать.

Нет, ей нельзя, она ждала прачку и торопилась домой.

Этот ответ раздражил его.

Все женщины, когда хотят уйти, все выставляют один и тот же предлог.

Он, к несчастью, слишком хорошо это знал.

Она, однако, уступила его просьбам, и Леонид Михайлович позвонил.

Явившемуся коридорному он приказал принести из помещавшейся внизу столовой два бифштекса и кофе, а в магазине купить бутылку белого вина и яблок.

Вскоре все было принесено и они начали завтракать, прерывая этот завтрак поцелуями.

Из коридора доходил звук фортепьяно.

Какая-то консерваторка разучивала этюды.

С улицы слышны были шум и визг саней.

Наконец она встала, потянулась, поцеловала его еще раз и исчезла, назначив свидание в тот же вечер в "Зале".

Когда она ушла, он почувствовал себя одиноким.

Его комната показалась ему скучной и холодной.

Он оделся и вышел.

Он посетил издателя, который был ему должен, но не получил ни копейки.

Надо было как-нибудь убить день.

Он пошел бродить по улицам и зашел к Доминику.

Пробило два часа.

Он решил, что просидит, не вставая целый час за поданной ему кружкой пива.

Читал и перечитывал журналы, зевал, закурил сигару, подумал, что окружающие его вели дурацкие разговоры, поминутно глядел на часы. Позвал, наконец, человека, заплатил за пиво и вышел, внутренно упрекая себя, что не высидел пяти минут до часу.

Он снова пошел фланировать по Невскому, прошел до Адмиралтейства, несколько времени полюбовался на адмиралтейский шпиц, как бы на что-либо для него новое, вернулся, снова зашел к Доминику, приказал подать себе содовой воды, снова перечитал номера журналов и снова ушел.

Он очень обрадовался, увидя на углу Малой Конюшенной приятеля, которого он обыкновенно избегал, и угостил его в ближайшем ресторанчике коньяком, а когда часы, наконец, пробили шесть, поспешил расстаться с ним.

Настал час его свиданья с Фанни.

Он скверно, без аппетита, пообедал и торопливо побежал в "Зал общедоступных увеселений".

Там никого еще не было, но его привыкли видеть приходящего первым.

Артисты, впрочем, были уже все в сборе.

По обыкновению пьяный Аристархов кричал и приставал ко всем.

— Эй, Фанни, скажи-ка мне, милочка, что сталось с писакой, который за тобой волочается? Ты все еще его любишь, плутовка? Ну, ну, не гримасничай, видишь, шучу. Не хочешь ли кофейку и рюмочку ликера... Я прикажу подать...

Свирский быстро вошел и увлек Фанни Викторовну со сцены в залу.

Они передали друг другу впечатления дня.

Леонид Михайлович жаловался на скуку, которую ощущал в разлуке со своей милой.

Та, по временам, довольно мило улыбалась, хотя делала вид, что это ее не удивляет.

Его, чересчур явно выражаемая, нежность и любовь делали ее, как всех женщин, заносчивой и надменной.

То, чего бы они искали в другом как милости, здесь они принимали как должное, даже с некоторым пренебрежением.

Женщина по натуре своей или раба, или деспота, в зависимости от того, с кем столкнет ее судьба — с палачом или с жертвой.

Свирский, считавший себя знатоком женщин, под влиянием охватившей его чисто животной страсти к этой женщине, позабыл это правило и сделался жертвой.

Фанни Викторовна поняла его слабую струну и с этого же вечера стала им верховодить.

Он терпеливо переносил ее владычество, ожидая ласки, как награду за рабство.

Вечер в "Зале" прошел по обыкновению. Те же артисты, те же песни, та же публика, те же шансонетки и арии.

По окончании своего номера во втором акте, m-lle Фанни, как и накануне, исчезла из "Зала" с Леонидом Михайловичем.

На этот раз они наняли извозчика и заехали перед тем, как возвратиться домой, поужинать в отдельный кабинет ресторана Палкина.

VI

ПО-СЕМЕЙНОМУ

Фанни Викторовна зачастила своими посещениями к Леониду Михайловичу.

Она проводила у него почти все свое свободное время и даже перетащила в его номер половину своего скарба, не желая подниматься по утрам слишком рано и бежать домой переодеваться.

Целый месяц они были безмятежно счастливы.

Вдруг над ними разразился двойной удар.

Аристархов и Фанни Викторовна по интриге "левой руки" директора "Зала общедоступных увеселений", так звали за кулисами дебелую певицу, имевшую сильное влияние на директора, потеряли место, а газета, где работал Свирский, прекратила свое существование, впредь до возобновления, когда она выйдет улучшенной и более соответствующей идее издателя, как сказано было в успокаивающем обобранных подписчиков объявлении.

В этой катастрофе у Леонида Михайловича пропали заработанные сто рублей, а молодая девушка очутилась без места, на улице.

Она плакала и заявляла, что не хочет быть ему в тягость, что она будет искать и, конечно, найдет другое занятие, что Аристархов все-таки ее друг, и что она, наверное, получит место в том театре, куда поступит он.

Свирский ненавидел актера и постоянно сдерживал бешенство, когда Геннадий Васильевич с ней фамильярничал или заигрывал пошло и грубо, — как, по крайней мере, казалось Леониду Михайловичу.

Он объявил наотрез Фанни Викторовне, что ни за что не позволит ей даже видеться с ним.

— Так что же мне делать? — вздыхала она.

Он пожал плечами.

В душе каждый думал одно и тоже и каждый ждал, чтобы другой высказался.

Он больше не мог жить на два дома.

Надо устроиться одним хозяйством.

Издержки, таким образом, будут сокращены наполовину.

Решили бросить "Пале-Рояль" и нанять маленькую квартирку, где и поселиться вместе.

Это было тем легче, что, несмотря на жизнь в меблированном доме, у Свирского была своя мебель: письменный стол, этажерка, кровать и проч. Приходилось прикупить, конечно, но это не беда. Он достанет денег.

Фанни Викторовна взялась стряпать, убирать комнаты, шить белье и даже стирать, в крайнем случае она даже могла сшить себе платье и сделать шляпку.

Свирский убеждал себя, что вдвоем они проживут дешевле, чем он жил один.

Когда это решение было принято, они не успокоились, пока не привели его в исполнение.

Он торопил ее, занял денег, заплатил за ее комнату, купил на рынке кой-какую мебель. Квартиру в две комнаты с кухней он уже подыскал заранее на Коломенской улице.

Они переехали.

С помощью вещей Свирского, картин, подушек и салфеток, их квартира приняла не только уютный, но даже шикарный вид.

Оба были в восхищении и прыгали как малые ребята.

Их первый вечер был восхитителен.

Фанни Викторовна привела все в порядок, отложила белье для починки, и он любовался на нее, когда она, сидя в кресле перед горящей лампой, ловко работала иглой.

"Как я буду работать! — восклицал он. — Здесь все так уютно, так располагает..."

А пока занятые деньги — триста рублей — исчезали с ужасающей быстротой.

Каждый день предстояли новые издержки: были нужны стаканы, тарелки, горшки, кастрюльки, сковороды...

Он ужасался и утешал себя тем, что его сто рублей в месяц, которые ему обещали в новой редакции, совершенно достаточно.

Нужно было немного потерпеть, и его положение изменится к лучшему.

Газета, в которую попал Свирский, тоже не просуществовала и месяц, — пришла нужда, а с ней жестокое разочарование сожительства.

Благодаря нищете любовь быстро испаряется.

Леонид Михайлович становился все сумрачнее и сумрачнее.

Сначала его бесили разные мелочи, но чем дальше, тем он все более и более возмущался.

"Почему, например, она не ставила его кресла к письменному столу?

Что это за страсть читать его книги и загибать в них углы? И к чему, наконец, она на его пальто и брюки навешает своих юбок и капотов, почему не вбить еще лишний гвоздь, а то ему приходится рыться в целом ворохе юбок, чтобы достать свой пиджак".

Приходится переносить кухонную вонь, тяжелый запах перегорелого масла, смердящее шипенье лука, хлебные крошки на ковре, на всей мебели нитки и разные обрезки.

Его уютные комнаты поставлены вверх дном.

А по тем дням, когда мыли белье — просто хоть вон беги!

Появлялась тогда безобразная поденщица с жилистыми руками и не менее жилистыми ногами.

И что за необходимость класть гладильную доску на письменный стол и повсюду громоздить сырое белье.

Его приводили в отчаяние и ужас поток воды на полу, тяжелый запах щелока, пар от белья, покрывающий его картины.

Его раздражали эти ежедневные неприятности, его бесило отсутствие приятелей, которых стесняла женщина.

Его закадычный друг Федя Караулов — медицинский студент, бывший товарищ его по гимназии, был у него один раз и как от чумы убежал из квартиры, когда он его познакомил с Фанни.

Появилась полная невозможность и неудобство работать при сожительнице, которая от нечего делать или из желания поболтать навязывала ему все дрязги дома, дерзость дворников и пр.

Беспрестанные жалобы на обиды, кислые мины, когда ему вздумается выйти вечером, или когда ему захочется почитать в постели, сетования о новом платье, вздохи по поводу рваных сорочек, оханье, когда нет денег, а более всего его возмущали скверные обеды, вследствие того, что большая часть денег ушла на покупку перчаток.

Наконец, что он выиграл, стеснив свою свободу?

Куда девались шикарные платья, изящные юбки, черные шелковые корсеты, весь этот обожаемый им мир.

Актриса и любовница исчезла, ее заменила плохая служанка.

Он был лишен даже радости первых дней их связи, когда он восторженно шептал: "Она сегодня придет!.."

Когда он прислушивался к ее шагам по лестнице "Пале-Рояля", когда он дрожал от нетерпеливого волнения — увы, все это было давно!

Нет больше веселой болтовни на диване, нет и серьезных рассуждений и споров с друзьями по поводу той или другой книги или статьи.

Извольте говорить о литературе или искусстве с женщиной, которая поминутно зевает и зовет спать.

Это умственное самоубийство, это отсутствие интеллигентности тяжелым гнетом давило его.

Она, с своей стороны, тоже была недовольна.

Она находила, что он охладел к ней и занимается более своими книгами.

Она одинаково возмущалась его молчаливостью и его упреками.

Они взаимно обвиняли друг друга в неблагодарности.

Леонид Михайлович был убежден, что с его стороны была большая жертва связать себя с нею, а она уверяла себя, что пожертвовала собою.

Ведь она все делала: чистила мебель, помогала поденщице мыть и гладить белье, не виделась с приятельницами, которых он вежливо отвадил, и взамен всего этого она терпела нужду.

Она не в состоянии даже купить себе платье.

Наконец, она скоро устала от своих ежедневных домашних трудов, квартира не выметалась, на обед и на ужин она зачастую прямо покупала ветчину, колбасу...

Он ворчал на нее.

— А где же я возьму денег? — спрашивала она.

Когда он возражал, что дешевле сварить кусок мяса, чем покупать закуски, она охала, жаловалась на головную боль и ложилась спать.

Она даже не убирала остатки закуски.

С измученным видом она раздевалась, укладывалась на кровать в соседней комнате и каждые четверть часа прерывала его работу вопросом:

— Что же ты, придешь или нет?

Сначала он ворчал в ответ, после это надоедало ему и он тоже ложился.

Она не шевелилась, притворялась спящей, едва-едва оставляла ему место на кровати или, повернувшись спиной, отдергивала ноги, как только он подвигался к ней.

Он нетерпеливо гасил лампу и пробовал уснуть.

Все эти пустые придирки, эти мелкие дрязги бесили его.

Он кончил, однако, тем, что уступил, и чтобы наслаждаться ее ласками, приходилось закрывать глаза на ежедневную неурядицу.

В конце концов, она все же на него дулась, находя, что он незаботлив и обещала себе самой позаботиться о себе при первом удобном случае.

Кроме того, он был ревнив, и после одной ссоры по поводу грязи на ее подоле, ясно указывавшей, что она, вопреки ее уверению, не сидела дома, сожительство их стало невыносимо.

Она уходила из дома когда он сидел в редакции над своими отметками или рылся в книгах в Публичной библиотеке, но каждый раз упорно отрицала его обвинения.

Однако, он не мог решиться подсматривать за ней.

Иногда он проверял расходную книгу, отыскивая, не занесены ли новая шляпка или галстук.

Он принимался вычислять расходы, боясь, что этих покупок в записи не окажется, недоумевал, если вся сумма ушла по назначению, откуда же она брала деньги на эти покупки...

Вдруг ее прогулки прекратились.

Она упорно стала отказываться выйти на улицу даже с ним.

Эту резкую перемену он приписал женскому капризу, против которого бесполезно спорить.

Чтобы он мог понять это упорство, ему надо было знать ее прошлое, а он знал только отрывки и некоторые эпизоды ее жизни — словом, то, что она заблагорассудила ему рассказать.

Дело было в том, что Феклушка вспомнила мудрое житейское правило одной из прежних своих подруг:

"Можно любить человека и не быть ему верной".

Это делается сплошь да рядом.

Она попыталась снова пуститься в уличную авантюру.

В клиентах недостатка не было, но, идя раз с одним из своих случайных кавалеров, она встретила сыщика, который внимательно посмотрел на нее.

Она перепугалась до смерти.

Положение ее было очень шаткое.

Ввиду ее прошлого, сыщик мог всегда препроводить ее в участок, как возвратившуюся к прежней жизни.

Она дрожала теперь при каждом звонке в дверях, при каждом шуме на лестнице.

Она выходила лишь за необходимыми покупками и тотчас возвращалась домой.

Эта постоянная боязнь измучила ее.

Чтобы избавиться от страха, она стала потихоньку пить водку.

Полупьяная она сидела по целым часам одна на стуле или диване, устремив осоловелый взгляд в одну точку, иногда вздрагивала и с отчаянием хватала себя за голову.

Ее охватывал жар, голова кружилась, тело не повиновалось духу, она чувствовала себя как в тисках и не будучи в состоянии шевельнуть ни рукой, ни ногой, засыпала там, где сидела.

Иногда, вместо этого онемения, ее охватывала лихорадка, являлись галлюцинации и после этого страшный упадок сил.

Голова слабо и беспомощно сваливалась, и она так сидела неподвижно до возвращения Леонида Михайловича, который приводил ее в чувство, не догадываясь о роковой причине ее обморока.

Но однажды, когда она при его возвращении вскочила и стала метаться по комнате, натыкаясь на мебель, как бы ослепнув от усиленной невралгии, он схватил ее, чтобы удержать на ногах, и привлек к себе очень близко и ощутил запах водки.

— Ты пьяна! — крикнул он голосом полным отчаяния и оттолкнул ее от себя так, что она упала, потеряв равновесие, на пол.

Это падение точно отрезвило ее.

Она вскочила и с тем выражением в глазах, которое бывает у собак, когда их бьют, бросилась ему на шею, заливаясь слезами, крепко обвила ее, прося прощения и обещая бросить ужасную привычку.

VII

РАЗЛУКА

Прошло несколько дней.

Однажды, возвратясь домой, Леонид Михайлович нашел у себя письмо.

Он сорвал конверт и по мере чтения мертвенная бледность разливалась по его лицу, и вдруг крупные слезы полились из его глаз.

Фанни Викторовна тоже разрыдалась, когда узнала, что у ее возлюбленного была больна при смерти мать, о чем его и извещали письмом.

С ней сделалась истерика.

Он был тронут ее чувствительностью.

Хотя порыв этот был следствием нервного расстройства, но все-таки слово мать кольнуло ее прямо в сердце.

Она вспомнила свое детство, о котором старалась забывать, вспомнила, что ее мать умерла в нищете; она представлялась ей всегда склоненной над ее колыбелью, целующей ее руки и согревающей ее своим дыханием.

Ей пришли на память даже песни, которые она напевала ей.

Все эти воспоминания убаюкали ее, она заснула и крепко проспала до утра.

Когда она проснулась, ее друг уже был на ногах и собирался ехать.

Она с жаром обняла его, обещала писать, хотела его проводить до вокзала железной дороги, но он и без того опоздал, а пока она будет одеваться, он, наверное, пропустит поезд.

Она должна была отказаться от своего проекта.

Когда Свирский уехал, она проворно оделась.

Вдруг почему-то она почувствовала себя свободной и счастливой.

Ее тянуло на воздух.

Она забыла свой страх и бросилась из одной крайности в другую: ей хотелось встретить сыщиков, подразнить их, выругать, сказать им в лицо, что они скоты.

Но возбуждение исчезло, лишь только она вышла.

Миновав Пушкинскую улицу, она очутилась на Невском проспекте и пошла по направлению к Полицейскому мосту.

В одном из приютившихся близ этого моста на Невском проспекте ресторанов в качестве одной из буфетчиц служила ее подруга.

Ей посчастливилось выйти замуж за повара ресторана, и он добыл ей это место.

Ресторан принадлежал к числу тех, которые посещаются по вечерам "этими дамами", а молодые буфетчицы тоже служат приманкой для посетителей и охотно из-за буфетной стойки перепархивают в отдельные кабинеты, поддерживая таким образом торговлю ресторана.

Было раннее утро.

Ресторан, когда она вошла в него, был еще пуст и не совсем прибран, некоторые столы были еще без скатертей, на полу валялись окурки сигар и папирос, лакеи в фартуках со щетками и тряпками в руках мели и чистили общую залу.

Мария — так звали подругу Фанни Викторовны — уже была за буфетной стойкой.

Подруги расцеловались и прошли в один из пустых, тоже еще неубранных после ночной попойки кабинетов.

— Ты получила мое письмо? — спросила таинственно Мария.

— Нет.

— Голубушка моя, да ведь тебя ищет полиция, мне сказала об этом Соня... Недавно, оказывается, узнал тебя сыщик, который было потерял тебя из виду.

Фанни была поражена.

Итак, ее опасения оправдались.

За ней продолжают следить, несмотря на то, что она не числилась в списках "погибших, но милых созданий".

Теперь придут на квартиру к Леониду. Старший дворник узнает все и расскажет ему, когда он приедет.

Леонид поймет, кто она и какую вела жизнь.

Все это промелькнуло в ее голове и вылилось дикой мыслью не возвращаться больше домой.

Она сообщила это решение своей подруге.

Та приняла глубокомысленный вид, очень неподходящий к ее глупенькой, смазливенькой рожице, и одобрила это решение.

— Я бы предложила тебе укрыться на несколько дней у меня, но боюсь, что мой благоверный разозлится... Иди к Стефании, она теперь артистка и живет как княгиня...

— Я тоже артистка... — с гордостью сказала Фанни. — Где она играет?

— Теперь нигде... Она пела в Малом театре, но затем разошлась с антрепренером и живет в свое удовольствие...

— Но где же она живет?

— И этого я не могу тебе сказать... Знаю, что где-то на Морских или в прилегающих к ним улицах и переулках... Во всяком случае подожди до вечера, а там увидим... Подумай на досуге и решись на что-нибудь...

Наступил вечер, а Фанни все еще не знала, что предпринять.

Она ушла из ресторана, бродя по улицам, и очутилась на Дворцовой набережной.

Она чувствовала себя так тяжело и тоскливо, что, присев на каменной скамье, стала смотреть сквозь слезы как струится вода.

Нева в этот вечер бурно катила свои мутные волны, отражая там и сям лучи зажигаемых фонарей.

Направо, на барке с углем копошилось несколько мужских и женских фигур, налево виднелся Николаевский мост с часовней в конце.

Вправо же расстилался Троицкий мост, самый оживленный мост Петербурга в летнее время, как главный путь на острова и в загородные злачные места столицы.

Муха кружилась около лица Фанни, затем улетела.

Пошел мелкий дождь.

Молодая девушка уже ни о чем не думала.

Она глядела на Неву и не видела ее.

Дождь пошел сильнее, крупные капли оросили ее лицо.

Она вздрогнула и как бы очнулась от забытья.

Перед ней носился неумолимый призрак полицейского сыщика.

Она встала со скамьи, перегнулась через перила набережной, и у нее даже мелькнула мысль, не покончить ли с собой.

Эта мысль заставила ее вздрогнуть.

Она отошла от перил и хотела бежать, как вдруг какой-то мужчина, видимо пьяный, взял ее за руку.

— Ах, да это Фанни! Вот тебе на! Ты чего на таком дожде мокнешь, что ты не видела здесь?

И Геннадий Васильевич Аристархов — это был он — заметив, что она очень бледна, спросил, не больна ли она.

Фанни призналась, что еще немного и она бы бросилась в реку.

— Глупости, моя милая, — трагически изрек актер, — что ты с голоду умираешь, что ли, убила ты кого-нибудь, подралась с подругой или убежала из острога, что хочешь наложить на себя руки?.. Не унывай, кралечка! — воскликнул он, держа свою трость наперевес, как ружье.

Она молчала.

— Ну, голубка моя, слушай... На кой черт тебе топиться? Это глупо даже в пятом акте драмы... Да что тут толковать, не к лицу мне роль ангела-хранителя, никогда, по крайней мере, я не разучивал ее... Пойдем-ка лучше, выпьем бутылочку пивца... или лимонаду с коньячком... Да что ты опешила? Пари держу, что все это по милости твоего красавца. Наверно господин Свирский обидел тебя. Так брось его к черту, только и всего.

При произнесении фамилии Леонида Михайловича Фанни зарыдала.

— Ну, вот, — заворчал Аристархов, — полилась водица!

— Послушай, — воскликнула она, — раздражаясь еще сильнее от слез и прямо переходя с ним на ты, — лучше не мешай мне, дай мне умереть! Напрасно ты думаешь, что мне не надоела моя жизнь? Ты знаешь, что в минуту увлеченья легко спрыгнуть через перила. Одна минута и конец всему! Лучше покончить с собой, чем биться так, как бьюсь я! Говори и думай что хочешь, но Леонид все-таки добрый человек! Я злила и мучила его, как последняя тварь. Я напивалась допьяна, а он ухаживал за мной и укладывал, и убаюкивал, как ребенка. А ты, что бы ты тогда сделал? Ты бы сам нализался и бросил бы меня на произвол судьбы. Думай обо мне как хочешь! Между такими, как мы с тобой, разве бывают церемонии? Нет, уж будет для меня этой собачьей жизни! Помнишь, когда ты со мной познакомился в закусочной, то ты за какую добродетель меня принял? Нет, голубчик, я уже тогда была последней тварью! Очищайся после как хочешь, а все душок-то останется, который, как масляное пятно на платье, ничем не выведешь! Да и наконец беда невелика, у меня нет ни отца, ни матери, пожалеть мне некого, да и меня некому. Смотри, один прыжок и... кончено.

Она бросилась к перилам набережной, но Геннадий Васильевич успел удержать ее и оттащить на середину улицы.

Она, однако, вырвалась от него и бросилась бежать.

— Батюшки мои, да она сошла с ума, чего доброго и в самом деле наделает беды! — воскликнул Аристархов и бросился за ней.

Он почти догнал ее на углу, но, к несчастью, ноги его болели и, кроме того, от быстрой ходьбы туалет его порасстроился, и он должен был остановиться и оправиться.

Он едва дышал, страшно запыхавшись, но все-таки не терял ее из виду.

Когда она исчезла у него из глаз, он кричал, звал ее, рискуя попасть в участок.

Он бежал сломя голову; его ботинки не выдержали такой бешеной скачки, и Геннадий Васильевич, запнувшись разорванной подошвой о какой-то бугорок на тротуаре, растянулся во весь рост...

Он был ошеломлен, но когда поднялся, то увидал картину еще более его поразившую.

Молодую девушку городовой вместе с каким-то штатским господином усаживали на извозчика.

Господин сел с ней рядом.

Аристархов понял и вдруг неистово и благим голосом закричал:

— Караул!..

Больше припомнить он ничего не мог.

На другой день, проснувшись в части, Геннадий Васильевич был до крайности удивлен.

Он старался возобновить в своей памяти, за что могли его забрать.

Не чувствуя за собой никакой особой вины, он, не без основания, заключил, что просто был пьян.

Вдруг он вспомнил свою встречу с Фанни.

— Я разыщу ее во что бы то ни стало... — решил он.

Забранный, действительно, лишь для протрезвления, Геннадий Васильевич в тот же день был выпущен из части и побрел к себе домой.

Жил он на Большом проспекте Васильевского острова, в деревянном флигеле каменного трехэтажного дома.

Во флигеле, состоявшем из трех комнат, ему были отведены две, а третья была занята под кладовую, где хранился всевозможный старый хлам, от старых кучерских армяков до ломаных подков включительно.

Старый актер называл свое помещение во флигеле "мое Монрепо" и благословлял судьбу, пославшую ему благодетеля, поселившего его на даровую квартиру, да еще к тому же довольно сносно меблированную.

Благодетелем этим оказался юный купеческий сын, бывший завсегдатай "Зала общедоступных увеселений", как раз в момент выхода из состава труппы Аристархова лишившийся престарелого родителя — матери он лишился ранее — и очутившегося обладателем тятенькиных капиталов и описанного нами дома.

Купчик закутил, а отставной актер стал его неизменным спутником. Пресытившись всеми наслаждениями, которые могли дать злачные места приневской столицы, наш саврасик пожелал сделать заграничный вояж, а во время своего отсутствия из России поручил присматривать за домом Геннадию Васильевичу, поселив его во флигеле.

В доме был неграмотный дворник Архип — старик лет шестидесяти, служивший с малых лет, еще при деде и отце купчика.

"Ты веди книгой и справляй по дому все полицейские обязанности, — сказал Аристархову купчик, — но деньги с жильцов получать не моги, на то есть Архип. Дочь его тебе стряпать будет за мой счет, чай, сахар, керосин тоже мой и четвертной билет жалованья... Согласен? Приеду из заграничных земель, опять куролесить будем, а туда тебя везти неравно испугаются... И без тебя там прохвостов довольно".

Геннадий Васильевич, пропустив мимо ушей своеобразную откровенность своего амфитриона, с радостью согласился на предложение и принял место.

Таким-то образом он приобрел "свое Монрепо", и надо отдать

справедливость, аккуратно исполнял свои обязанности, которые, впрочем, оставляли ему много времени для служения богу Бахусу.

VIII

ВМЕСТЕ ТОШНО, ПОРОЗНЬ СКУЧНО

Когда Леонид Михайлович поехал к своей больной матери, он совсем не думал о Фанни Викторовне.

Во время путешествия его, видимо, поглощала мысль об опасности, угрожающей его матери, и о том, что этой беды он не будет в состоянии предотвратить.

Он пробыл у нее несколько дней.

По миновании кризиса прошло беспокойство, и он снова начал мечтать о Фанни.

Любил ли он ее?

Он и сам этого хорошенько не знал.

Конечно, когда-то она сильно увлекала его.

Пока они не жили вместе, пока его не удручали мелочи взаимной жизни, он был серьезно влюблен в нее.

Но уже спустя неделю, когда порывы деликатности были совлечены, когда взаимные недостатки, неуловимые при других обстоятельствах, стали терзать его, он охладел к ней, потому что исчезла та чудная неизвестность и таинственность, без которой всякая старость притупляется.

Куда девалось его инстинктивное влечение к прекрасному?

Отведавши радостей и упоения страсти, он очутился за кулисами вседневной жизни, и эта жизнь быстро приелась ему.

Он затосковал, не видя исхода из этого однообразного, жалкого существования.

Поразмыслив хорошенько, он понял, что эта девушка отравила ему жизнь своими низменными вкусами и привычками, пьянством и порочными наклонностями.

Он не скрывал своего охлаждения.

Если бы он уехал из Петербурга по другой причине, он вел бы себя как школьник на каникулах.

Праздная жизнь в доме матери невольно заставляла его вспоминать бурное столичное житье.

Он припоминал веселые обеды с ней, ее разные милые

выходки в продолжении первых дней, разные школьничества и шутки.

Издали все недостатки обожаемого существа побледнели.

Он теперь уже несколько идеализировал ее, и она казалась ему лучше и милее, чем когда-либо.

В любовнике проснулся поэт. На пьедестал богини он поставил куклу.

Короче — теперь он умирал от желания снова обладать ею.

Большую роль в этом возбуждении играло беспокойство.

Все его письма оставались без ответа, и он боялся какого-нибудь несчастья.

Он не мог найти себе места: скучал и тосковал по ней.

Наконец мать его совершенно поправилась, и уже ничто не удерживало его в деревне.

Он уехал.

Дорога, показавшаяся ему томительно-долгой, еще более усиливала его желание скорее увидеть Фанни.

Напрасно он пытался убить нескончаемые часы, стараясь заинтересоваться ходом поезда, следил за каждым движением паровоза, наблюдая как отражались солнечные лучи на окнах вагона, но он не мог забыться и думал только о ней.

Он наблюдал за своими случайными спутниками и по несколько минут неотводно глядел на их веселые или скучные лица.

Большей частью тут были крестьяне и крестьянки.

Его, как литератора, занимали их беседы, удачные выражения, жизненная философия русского народа, выраженная кратко, но содержательно.

Он вынул записную книжку и даже стал записывать многое из слышанного, но это скоро ему наскучило, и он убрал книжку и карандаш.

Высунув голову из окна вагона, он следил за однообразными картинами засеянных полей, отдаленных лесов, деревень, сел с куполами храмов, которые, казалось, двигались и бежали вслед за поездом.

Потом им снова овладели мрачные мысли.

Наконец поезд пришел.

Свирский быстро выскочил, сел на первого попавшего извозчика и с бьющимся сердцем подъехал к дому, где занимал квартиру.

Поднявшись на третий этаж, он позвонил.

Никто не шел отворять ему довольно продолжительное время.

Он позвонил еще раз. Подождал и начал трезвонить.

Соседняя дверь отворилась, и в ней показалась голова женщины.

"Ключ от этой квартиры у дворника. В ней никого нет", — сказала она.

Сердце Свирского упало.

Он хотел задать женщине вопрос, но она уже скрылась и заперла за собой дверь.

Леонид Михайлович несколько минут постоял на площадке, затем спустился вниз и разыскал дворника.

Тот передал ему ключ и объяснил, что барышня уехала на другой день после его отъезда, не давши отметки, и он отметил ее неизвестно куда.

— Тут вот каждый день разыскивал вас какой-то актер.

— Старый?..

— Да, старый, веселый такой, под хмельком всегда.

— Когда он был последний раз?

— Позавчера, кажись... Да вот он и идет, легок на помине.

Они стояли у ворот.

Леонид Михайлович обернулся и, действительно, увидел Аристархова, шедшего по тротуару нетвердой походкой.

Он пошел к нему навстречу.

— А, это вы... — сказал актер. — Я пришел к вам с недоброй вестью! Фанни погибла для вас навсегда, она стала снова достоянием всех... Что касается до меня, то я, оплакивая артистку, никогда не перестану восхищаться ею как женщиной. Она выше всех остальных уже тем, что не хочет и не умеет обманывать. Она не солжет вам теперь, когда высокая комедия любви покончена навсегда. То, что другие зовут падением, последней ступенью разврата, я считаю искуплением и правдой.

Сказав эту тираду, быть может даже составленную из старых ролей, Геннадий Васильевич приподнял свою шляпу, измятую во всяких превратностях судьбы, и не успел Свирский прийти в себя от его сообщения, удалился так быстро, как позволяли ему его больные, отяжелевшие от вина ноги.

Леонид Михайлович как-то бессознательно только посмотрел ему вслед, поднялся снова к себе, отпер квартиру, вошел и упал в кресло, подавленный всем тем, что ему пришлось перенести за какие-нибудь полчаса.

Немного успокоившись, он оглядел комнаты.

Все в них было так, как в день его отъезда.

Под кроватью в беспорядке валялись сапоги.

Постель была не убрана, одеяло скомкано и брошено на пол, подушки смяты.

Все доказывало, что квартира брошена тотчас после его отъезда.

На блюдечке из папье-маше, стоявшем на туалете, еще лежали шпильки, в углу — туфли, кофта была повешена на спинку стула, умывальный таз был полон грязной мыльной водой, в квартире был страшно тяжелый воздух, слышался сильный запах полосканья и духов, которые стояли незакупоренные.

Весь этот ужасный беспорядок напомнил ему исчезновение Фанни, одним словом, то, чего он никак не мог предвидеть.

Он вскочил, как ужаленный, при воспоминании о ее нежном личике, о ее стройной, соблазнительной фигуре.

Следующие дни были для него еще ужаснее.

Он жил в Петербурге жизнью затворника, без семьи и друзей, выходя только пообедать в ближайшем трактире.

Он отлично изучил трактирную жизнь, до мелочей присмотрелся к народу, толкущемуся там беспрерывно, прислушался к перебранке лакеев в засаленных фраках, проворно снующих между столами, до тошноты пригляделся к шалопаям-завсегдатаям; все это достаточно прискучило ему.

Он выходил из своего логовища растерянный и усталый, возмущаясь чужой радостью, угнетенный безысходной тоской.

Иногда он примечал на перекрестке женщину, по платью или фигуре похожую на Фанни.

Он вздрагивал и бежал за ней.

Оказывалось, что он ошибся. Он возвращался домой, поспешно усаживался в кресло, пробовал писать, с яростью бросал перо, брал книгу, глядел на часы, нетерпеливо ожидая одиннадцати часов, чтобы улечься спать.

Тяжелые были для него дни... Но по вечерам, когда наступали осенние сумерки, он начал хандрить еще более, злоба сильнее душила и терзала его.

Что бы он ни делал, он не переставал думать о Фанни.

Она представлялась ему страстная и возбужденная; он припоминал ее развалистую походку, она улыбалась ему с пылающим взором и горящими устами, и он вскакивал в сильном волнении и бежал из дому.

К этому состоянию примешивались ужасные мелочи жизни, которые раздражают и не такие слабые натуры. Это безделицы: белье, которое некому починить, оборванная пуговица, обившиеся края платья, все пустяки, которые женщина умеет уладить в два стежка, — все это утомляло и злило его булавочными уколами, и он еще сильнее тяготился своим одиночеством.

Первый раз в жизни он подумал о женитьбе, но он не был обеспечен и по совести не мог решиться на такой шаг.

Он упрекал себя за то, что не удержал Аристархова, не узнал от него адреса Фанни и бесплодно искал актера по всем трактирам и ресторанам, где тот когда-то часто бывал.

Однажды вечером, когда он по-прежнему безуспешно гранил тротуары, его остановил один приятель, студент медико-хирургической академии, большой весельчак и постоянный посетитель "Зала общедоступных увеселений".

Леонид Михайлович рассказал ему свое горе и спросил его, не знает ли он, где живет старый шут Аристархов.

— Знаю, — отвечал тот. — Он поступил в старшие дворники к одному купчику, мотающему наследственное тятенькино состояние.

— Старшим дворником? — переспросил Свирский.

Приятель рассказал ему историю поступления Геннадия Васильевича в заведующие домом молодого купеческого савраса, известную уже нашим читателям, и дал адрес Геннадия Васильевича.

На другой же день, утром, Леонид Михайлович был у Аристархова.

Несмотря на ранний час, Свирский застал его уже за бутылкой пива.

Геннадий Васильевич был, что называется, в градусе.

На вопрос Леонида Михайловича о Фанни, он заорал во все горло:

— Она моя душа, она моя жизнь!

Затем, подмигивая, он встал из-за стола, за которым сидел, и подошедши к стоявшему Свирскому, похлопал его по плечу.

— Эге, душа моя, видно задело за живое? В ней есть смак, а признайтесь, что она похожа на Нану Сухоровского, такие же глаза и волосы.

— Но я спрашиваю вас не о том, мне нужно узнать ее адрес. У меня есть дело... — проговорил Леонид Михайлович, едва удерживаясь, чтобы не броситься на актера с палкой, которую держал в руке.

— Дело... говорите... Я и она — это тоже самое.

— Где она живет?

— Как где... Здесь, где и я...

— Здесь... — упавшим голосом произнес Свирский.

— Эге, не понравилось... Старый друг, душа моя, лучше новых двух.

Леонид Михайлович быстро повернулся, чтобы выйти, но в это время дверь, ведшая в другую комнату, отворилась и на ее пороге появилась Фанни.

На ней была грязная, полурасстегнутая блуза; она тоже была, видимо, с похмелья, так как глядела на Леонида Михайловича посоловевшими глазами.

Увидев его, она, однако, побледнела еще более и двинулась было к нему, но он сделал презрительный жест, как бы отстраняя ее от себя, и вышел.

Он слышал как за ним раздался какой-то стон.

Это застонала Фанни, в отчаянии ломая свои руки.

— С чего это ты, моя милая? — с усмешкой спросил ее Геннадий Васильевич, когда дверь за Свирским затворилась.

Она молчала, с выражением душевной муки смотря на затворенную дверь.

Он заговорил, раздражаясь и возвышая голос при каждом слове:

— Послушай, у меня накипело на сердце. Я тебя вытащил из ямы, где ты издыхала, я тебе помог отделаться от полиции и привел тебя сюда, где ты можешь вволю жрать и пить. Твоему житью позавидует любая женщина, и взамен всего этого ты меня вышучиваешь и строишь из меня дурака. Это, наконец, невтерпеж. Это за мое же добро, чудесно! Нет, уж извини. Ты шляешься когда и где угодно, и я молчу; ты заводишь себе молодых балбесов, которые напевают тебе про любовь, а ты сдуру им веришь. Ты думаешь, если в ресторане на карте написано тюрбо, так тебе и подадут тюрбо, — нет, шалишь, тюрбо-то уже давно вывелось! Правду, значит, говорят, что есть дуры, которые всему верят! Я знаю вас, негодяек, вы уж не можете обойтись без того, чтобы не завести сразу целый десяток дружков, да не в том дело, это, положим, очень естественно, но я не хочу быть твоим запасным! Слышишь ты! Не зарься на своего писаку. Он тебя опять хочет подцепить. Ну, так вот и подумай, милая, хорошенько.

— Я думаю!.. — сказала Фанни Викторовна.

— Да и подумай! Беги к своему пылкому дружку! Нет, слушай, погоди и подумай хорошенько. С ним безысходная нужда и скука, со мной тебе жизнь — вечное веселье.

Но молодая девушка, не дослушав его, ушла в другую комнату.

Геннадий Васильевич встал и направился за ней.

Он застал ее собирающей свои пожитки.

— Послушай, я не злопамятен... Выпьем-ка лучше пивца. Послушай, да брось это тряпье, да и куда ты собираешься?.. Ведь, конечно, не к Свирскому? Ну, уж если бы ты вздумала идти к нему...

— Ну, так что бы было? Да неужели же ты думаешь, что я слушала все твои россказни. Ты меня выручил из ямы — это правда. Но для чего — это вопрос... Для того, чтобы я делила с тобой твою скотскую жизнь... Что касается Леонида, я бы его любила, быть может, если бы он был настоящим мужчиной, если бы он сумел взять меня в руки. Но все равно, я сегодня полюбила до безумия; он презирает меня, и это-то меня и тронуло. О, я не скрою от тебя, я готова была бежать за ним.

— Очень ты ему нужна теперь!

— Я знаю, что знаю! Да ты дурак после этого. Разве не прощают женщин? Так тогда бы не было на земле несчастий и к чему бы заводить тюрьмы и судей. Да и трудно ли добиться прощения. Смотри, как просто!

143

Она подошла к нему и протянула свои пухлые, румяные губки.

Аристархова всего передернуло.

Он хотел обнять ее.

— Назад, старый!.. — крикнула она. — Это только комедия, ты же сам учил меня. Так видишь ли, в чем дело... Ты мне порядочно опротивел. Прощай...

— Знаешь ли, Фанька, — сказал Геннадий Васильевич, — у меня явилось бешеное желание поколотить тебя.

— Ты, меня! Смотри не суйся, а то я разобью тебе морду этим графином.

Аристархов как зверь бросился на нее, схватив на лету пущенный ею графин, и со всей силой бросил ее на пол.

Она с трудом поднялась и поглядела на него скорее с удивлением, чем с гневом.

— Ну, я рассчитался с тобой, теперь дрыхни тут... — проговорил актер.

Он вышел, запер дверь на задвижку, но через несколько минут, пройдясь по соседней комнате, он снова отпер дверь, приотворил ее и сказал:

— Послушай, если хочешь, ступай к Свирскому, я тебя не стесняю.

Она не произнесла ни слова.

Геннадий Васильевич проворчал:

— Вот это дело. Теперь, когда она знает, что я ее не держу, она с места не двинется. Ведь вот какое дурачье эти поэты, сочиняют стихи, плачут, стонут, молят, точно этим проймешь женщин, — добавил он наставительно. — Они любят того, кто вовремя их колотит. Их мараскином не прельстишь, им надо чего-нибудь покрепче... Вот теперь я себя славно устроил.

Аристархов был прав.

Фанни Викторовна дошла до такого сильного отупения, что ее оживляли только подобные сцены.

Рабская любовь, любовь, подогреваемая грубостью и оскорблениями, возбуждала нервы; бешеное возмущение рабы, странное удовольствие бить своего владыку, дикая потребность быть битой самой, — все это довело молодую девушку до крайности.

У нее были минуты такой слабости и такого изнеможения, когда она не шевелясь переносила побои и лишь тихим стоном умоляла не убивать ее. Но порой и у нее вырывались порывы бешеного гнева, когда она рыча, как пантера, бросалась на своего сожителя, стаскивала его на пол, била и колотила все, что попадало под руку, а затем измученная, едва дыша, отталкивала от себя Геннадия Васильевича, который отправлялся в ближайшую портерную и отвечал на вопросы своих приятелей завсегдатаев относительно его растрепанного костюма:

— Ничего, пустяки, я посчитался с моей красавицей...

Однажды после такой сцены он явился в портерную с окровавленным лицом.

Все расхохотались.

Его раздразнили насмешки, он вернулся домой и избил Фанню чуть не до смерти.

Ее насилу отняли у него, посадили на извозчика и отправили в первый ближайший дом, где отдавались меблированные комнаты.

Она сразу излечилась от своей глупой собачьей привязанности.

Когда на другой день она проснулась разбитая и вся в синяках, она изумилась сама, как у нее хватало сил выносить такую подлую жизнь, и почувствовала страшное отвращение к человеку, у которого хватало духу так ее колотить.

У нее оказались кое-какие деньжонки; она просидела несколько дней, никуда не показываясь, пока не прошли на лице синяки. Тогда она оделась, как можно аккуратнее, и пошла к одной знакомой актрисе опереточного театра, с которой когда-то столкнулась в компании, кутившей в ресторане.

Это еще было до знакомства со Свирским, и актриса уговаривала посещать ее, обещая устроить ей судьбу.

Актриса эта переживала уже свою тридцать пятую весну и жила на содержании у одного женатого старца, который утешался зрелыми прелестями содержанки, пресыщенный свежестью своей жены.

Он был всего года два как женат на третьей.

Актриса помыкала им как мальчишкой, покрикивала на него, как на лакея, и тем все более и более привязывала к себе...

Такова подлая натура мужчины.

IX

У АКТРИСЫ

Когда Фанни Викторовна явилась к Стефании Егоровне Чернской, таковы были имя, отчество и фамилия бывшей опереточной актрисы, жившей, по выражению буфетчицы Мани, в свое удовольствие, она застала ее валявшеюся на диване.

Перед ней стояла горничная, рассматривавшая ее руку и предсказывавшая ей всевозможные радости жизни.

Фанни Викторовна прервала этот интересный сеанс хиромантии и в нескольких словах объяснила Стефании Егоровне свое положение.

— Вы попали ко мне очень удачно, — сказала актриса, — у меня сегодня кое-кто соберется, будет очень весело, вот увидите. Много будет богатой молодежи, и я могу вас с кем-нибудь познакомить...

— Я буду вам очень благодарна...

— За что тут, не за что... Мы, женщины, обязаны помогать друг другу. Я рада, что, наконец, вы взялись за ум. Видите, я очень счастлива... Правда, мой содержатель — урод, но я и держу его в черном теле и не очень балую... Вы также выберите себе женатого или совсем юного мальчишку... Не играйте только в любовь — это нам совсем не к лицу.

Вечер вышел действительно очень оживленный.

Содержатель Стеафании Егоровны явился первый, а за ним принесли корзины с вином и всевозможными закусками.

Жуирующий коммерсант был большой шутник и весельчак. С виду он был очень благообразен, высок, плотен, с начинавшей уже сильно седеть окладистой бородой и солидных размеров брюшком, и если бы не особенность его физиономии, на которой нос ярко-красного цвета резко выделялся от остального цвета лица, его можно было назвать еще бравым мужчиной.

Он начал угощать Фанни привезенными им с собой конфетками, причем объяснил ей, что хотя он и женат, но все его счастье заключается в Стефании, и заключил свою откровенность предисловием, что он обожает женщин и что его величайшее удовольствие ужинать в веселой компании с прелестными женщинами.

Начались звонки.

Приглашенные не запоздали.

Тут были и молодящиеся старики с игривой усмешкой на беззубых устах, и солидные люди в модных воротничках, в коротких сюртучках и широких панталонах, набеленные женщины с разрисованными лицами, и молодые, с хриплыми голосами, с выпуклыми и плоскими грудями, даже мальчишки, чуть ли не со школьной скамьи.

Все это общество толпилось в небольшой зале и гостиной уютной квартиры Чернской в Кирпичном переулке.

Маленькая неловкость первой минуты скоро рассеялась, женщины оправились, толстый коммерсант громко смеялся, Стефания Егоровна разыгрывала очень важно роль хозяйки дома; горничная фамильярничала с девицами, разнося в изобилии глинтвейн и все мало-помалу развернулись.

Женщины еще несколько церемонились.

Люди опытные дожидались ужина.

Кто-то предложил потанцевать.

Кадриль прошла очень прилично, но мало-помалу пары увлеклись, содержатель Стефании не в состоянии был долго сдерживать свой нрав и принялся откалывать разные двусмысленные шуточки, и, наконец, все оживились.

Перед ужином старички расстегнули жилеты, помахивали фалдочками и, заложив руки за проймы жилеток, обливались потом, свистали, пристукивали и веселились от души.

Горничная, наконец, растворила дверь в столовую.

Все бросились туда, расселись, как желали, парочками, и принялись за предложенные яства.

Гости были веселы, амфитрион тоже.

Он то и дело приказывал подавать шампанское и целовал поблекшими устами ручки своих соседок.

Этим он подал пример другим.

Пары уселись теснее.

Фанни Викторовна сидела возле одного молодого человека, который разговаривал только о скачках и о своих выигрышах на тотализаторе.

Когда же этот предмет разговора истощился, он ей сказал несколько пошлых комплиментов, на которые она отвечала лишь улыбкой, решивши порасспросить о нем у Стефании Егоровны.

Она выбрала минуту, когда хозяйка обходила гостей, и спросила ее на ухо относительно своего соседа.

— Ах, это ужасно богатый дурак, — также шепотом отвечала Чернская, — хорошо бы вам его подцепить, будьте с ним любезны, но не позволяйте ему забыться, с такими болванами это самая лучшая система.

Встали из-за стола и пошли в гостиную пить кофе с ликерами.

Все как-то раскисли.

Старички засели в кресла и не шевелились.

Они дремали и сопели.

Молодые закурили сигары.

Некоторые сильно побледнели и спешили скрыться, другие уселись возле своих дам и принялись шалить и возиться.

Кавалер Фанни вздумал ее поцеловать, но она резко осадила его.

Он несколько опешил, но утешился тем, что в таком обществе он нашел женщину, которая умела себя держать, и не бросилась на шею с первого раза.

— Вы у меня ночуете? — спросила Стефания Егоровна.

— Если я вас не стесняю... — отвечала Фанни Викторовна, взглядом указывая на дремавшего на кресле амфитрона.

— Нисколько... Я его выпровожу...

* * *

Неделю спустя после этого вечера Фанни Викторовна Геркулесова была уже обладательницей квартиры на Кирочной улице, убранной с известным пошлым шиком.

Как бы в отместку за то, что она когда-то ела руками, теперь она не хотела есть иначе, как на серебре, она не забыла потребовать самую дорогую мебель, бронзу, громадные зеркала в золоченых рамах, словом заставляла себя окружить показной роскошью.

Молодой и действительно глупый богач не жаловался на издержки, он был счастлив, когда его содержанка производила фурор на набережной своими великолепными и бросающимися в глаза туалетами, и он слышал, как про него говорили:

— Он положительно разоряется.

Мысль, что он способен проесть свое состояние, восхищала его.

Фанни Викторовну возмущала его глупость.

Когда он приводил целую толпу таких же, как он шалопаев, расчесанных, раздушенных и распомаженных, и они, растянувшись на диванах, важно, с идиотским восторгом обсуждали статьи лошадей, она бешено ломала себе руки.

Правда, случалось, он приводил к ней людей серьезных, но такие были всегда навеселе.

Они брали ее за подбородок и таинственно шептали:

— Вы, конечно, знаете, милочка, что завтра биржа будет решительная, до сих пор все колебалось, благодаря неустойчивости брянских...

— О я ничего не знаю... И смотря на вас, на богатых людей, я прихожу к убеждению, что создана любить оборванцев...

Ее содержатель нашел, что она дурно воспитана, но приписал эту выходку лишнему бокалу шампанского.

Фанни также упрекнула себя в глупости и с тех пор не произносила ни слова.

Ее содержатель был ей противен с первого же дня знакомства.

Обыкновенно он являлся часа в два с сигарой в зубах.

Он болтал о лошади, которую рассчитывал пустить на бег, о проигрыше в клубе, о какой-нибудь городской совсем для нее не интересной сплетни.

Она молчала, ожидала хоть какой-нибудь ласки или нежного внимания, в котором не отказывает женщине даже самый отъявленный негодяй.

Она так и не дождалась от него никаких выражений симпатии, не говоря уже о любви.

148

Невольно, почти с ненавистью смотрела на него Фанни Викторовна, сравнивая его со Свирским.

Какая разница была между этими двумя людьми.

Сколько в том было нежности, предупредительности в мелочах. Иногда они с вечера были оба не в духе, но тотчас все незаметно исчезало, и царила любовь, всецело поглощавшая их существа.

Эти незабвенные воспоминания порой так сильно овладевали ею, что она с бешенством отталкивала от себя своего властелина и, скрипя зубами, кричала, чтобы он убирался вон, что она устала и хочет спать.

Ненависть ее к нему возрастала прогрессивно.

Она с трудом удерживалась от дикого желания задушить собственными руками этого идиота или же, по крайней мере, избить его так, как она бивала Аристархова.

Она до такой степени тяготилась этим человеком, что у нее пропала даже охота разорять его.

Она по целым дням лежала на диване, курила папиросу за папиросой и пила ликеры и коньяк, к которым пристрастилась.

Убитая и опечаленная, она не жила, а прозябала.

Это уединение, это отсутствие общества, хотя бы ей подобных, эта сонливость должна была окончиться так же плачевно, как это было некогда у Свирского.

Она пила все более и более, и когда алкоголь затуманивал ее бедную голову, ей представлялась квартирка Леонида Михайловича.

Этот человек, которого она когда-то так терзала, мстил ей теперь, вызывая воспоминания о его неизмеримой доброте.

Фанни Викторовна пила, чтобы забыться, чтобы навек изгладить из памяти милый образ, но, наконец, ее желудок не выдержал — она заболела воспалением брюшины.

Она должна была прекратить это безумство, когда после нескольких недель, проведенных в постели, окруженная если не лучшими, то самыми дорогими докторами, она выздоровела.

Однажды вечером, страдающая сильнее, чем когда-либо, раздраженная, нервная, она проворно оделась, вышла из дому, села на первого попавшегося ей извозчика и поехала к своему бывшему возлюбленному.

Она это сделала как-то машинально, бессознательно.

Свежий воздух привел ее в себя.

Было десять часов вечера, она было уже хотела крикнуть вознице ехать назад.

— В самом деле, она, должно быть, сошла с ума, — думалось ей, — если она решилась ехать к Леониду.

— Да еще живет ли он там, дома ли, а самое ужасное было то, если она встретит там другую?

149

— Да и как он ее примет?

Если бы она вернулась к нему на другой день их встречи у Аристархова, нет сомнения, что он не только не оскорбил бы ее, но в конце концов принял бы ее с распростертыми объятиями.

Теперь, конечно, его бешенство прошло, гнев утих, но если вместе с тем изгладилось и всякое чувство к ней.

Ведь он просто-напросто может попросить ее уйти.

Молодая девушка еще колебалась, когда извозчик, проехав Пушкинскую, выехал на Коломенскую улицу.

Фанни Викторовна махнула рукой, указала извозчику ворота, где остановиться, расплатилась и быстро вышла, как бы не давая себе времени опомниться, взошла на лестницу и, задыхаясь, позвонила у его дверей.

Раздавшийся звонок, слышанный с лестницы, заставил ее вздрогнуть.

Несколько минут ожидания показались ей целой вечностью.

Наконец за дверью раздались торопливые шаги. Она узнала в них каким-то чутьем шаги Леонида и вся как-то съежилась.

Она даже схватилась рукою за косяк двери, чтобы не упасть.

Дверь отворилась, и Леонид Михайлович Свирский очутился лицом к лицу с Фанни Викторовной Геркулесовой.

X

РАЗОГРЕТОЕ ЧУВСТВО

Леонид Михайлович смущенный глядел на свою неожиданную гостью.

— Как? Это ты? — невольно вырвалось у него.

— Да, знаешь, я ехала мимо, хотела узнать о твоем здоровье... Ты здоров?

— Да, но...

Она зажала ему рот рукой и торопливо заговорила, после того как он машинально запер дверь, а она сбросила свою тальму.

— Молчи, молчи, не будем говорить о прошлом. Я не для этого приехала к тебе. Поговорим лучше о другом... Много ли ты работаешь?.. Нашел ли место? Веселишься ли?

Она положительно засыпала его вопросами, а между тем он рассеянно слушал ее и с беспокойством глядел на видневшуюся из первой комнаты входную дверь.

Она заметила, наконец, этот взгляд.

— А, ты ждешь кого-то! — упавшим голосом сказала она. — Как я раньше не догадалась... В таком случае я ухожу... Что она блондинка или брюнетка?

— Блондинка... и, главное, порядочная...

— Порядочная... — с иронически злобным смехом повторила она. — Так стало быть и порядочные ходят по вечерам одни к мужчинам! Милый мой, она такая же, как все мы, может только поприличнее нас и больше гримасничает при свиданиях! Слушай, я хочу ее видеть, я сорву с нее личину скромности, ты увидишь, как облупится с нее эта порядочность... Но, Боже, какие я говорю глупости, что мне за дело порядочная она или нет.

В эту минуту тихо брякнул звонок.

Свирский вскочил.

Фанни Викторовна, как бы обезумев, схватила его и обвила своими руками.

Он старался освободиться, но ее глаза зажглись бешеным огнем, ее губы пылали, и она, вся трепещущая от охватившего ее волнения, не пускала его к. двери.

Звонок звякнул второй раз, несколько сильнее.

Он сделал вновь порывистое движение, чтобы освободиться от висевшей у него на шее женщины.

— Я люблю тебя... — страстно шептала она, — не отворяй, не отворяй, не смей отворять, иначе я подерусь с ней...

Леонид Михайлович уступил, он был взбешен насилием.

До чуткого слуха их обоих донеслись сбегавшие вниз по лестнице легкие шаги.

Звонок больше не повторялся.

Фанни выпустила из объятий Леонида Михайловича и села на стул.

Он также машинально опустился на стул около нее.

Они так порядочно времени сидели и молча глядели друг на друга.

Она не выдержала первая, вскочила и стремительно уселась к нему на колени и обняла его.

Он безучастно принимал ее ласки.

Ее возмущало бессилие этих ласк.

Она соскользнула с его колен и стала быстрой, взволнованной походкой ходить по комнате.

— О все мы одинаковы! — вдруг после продолжительной паузы заговорила она. — И еще хотят, чтобы их любили! Люди, которые смотрят на нас, как на яичную скорлупу. Да, так принято, повозиться с женщиною, мы ведь на это только и годимся; нет, по сущей правде, мы достойны сожаления за то, что обречены жить с такими существами; когда мы надоедим, нас очень просто выгоняют: ступай, матушка, ищи другого! И еще нас обвиняют в нечестности! Боже, да ведь это борьба, ведь понимаешь ты, что тут кто сильнее, тот и одолевает! Помнишь, ты мне рассказывал о какой-то женщине, не помню как ее звали, я ведь неученая, только она была не живая, а статуя. Ты мне говорил, что она ожила от поцелуев того, кто ее сделал; теперь наоборот, мы превращаемся в мрамор, когда нас поцелуют! Боже, Боже, если бы ты знал, как я устала от этой жизни! Слушай, я солгала, я не случайно пришла к тебе, я хотела поласкать тебя, я жаждала ласк сама, положим это глупо, может быть, но бывают дни, когда богатые люди для нас невыносимы и, наконец, естественное дело, кто нас кормит, того мы ненавидим.

Он ее не слушал.

Она с ужасом заметила это.

Тогда она решила во что бы то ни стало увлечь его.

Она снова уселась к нему на колени, охватила его голову своими дрожащими руками и вдруг горячо, страстно поцеловала его.

Он не выдержал и порывисто прижал ее к себе.

Улыбка самодовольства скользнула по ее губам.

Она подумала, что она победила.

Но увы, это была лишь временная вспышка.

В эту ночь он спал скверно, встал очень рано, сел на стул в спальне и смотрел на спящую девушку.

Нет, решительно он был равнодушен к ней. Она опротивела ему с тех пор, как он узнал ее жизнь, но как было устоять от огня ее глаз и сладости поцелуев.

Фанни Викторовна повернулась, улыбаясь во сне, подняла голову, вытянула шею, сорочка спустилась с плеча и открыла белое, блестящее, как атлас, тело.

Он смотрел на нее, удивляясь, что женщина, которую он не особенно давно обожал, не возбуждала его больше.

Он чувствовал только стыд, что-то вроде презрения к себе за то, что поддался еще раз очарованию ее ласк, конечно, также щедро расточаемых и другим.

Без сомнения, та, которая любила его теперь как женщина, уступала во многом Фанни.

У нее не было этих страстных, бешеных, увлекательных порывов, но глубокое чувство, и она была даже слишком тиха.

Леонид встретился с ней как-то вечером на улице, и она почти равнодушно пошла к нему.

Она была замужняя и рассталась с мужем, потому что судьба связала ее с негодяем, который бил ее, но всегда, когда она вспоминала его, у нее текли из глаз слезы.

Она оплакивала свою горькую участь и говорила, что не прочь была бы жить с ним, будь только у нее дети.

Она показалась бы несносной всякому другому, но не Леониду Михайловичу, который мог, судя по себе, сочувствовать ей.

Он даже кончил тем, что привязался к бедняжке, до того скромной, что она боялась поднять глаз, и до того не кокетливой, что она на ночь заплетала свои волосы в мелкие косички.

Он жалел, что не отворил ей вчера и не принял ее и в эту минуту был страшно зол на Фанни.

Он не хотел глядеть на нее, но она открыла глаза и позвала его.

Он снова чуть не увлекся ее вызывающим взором, но безжалостный дневной свет, пробиваясь сквозь занавески, озарил ее поблекшее от ночных оргий лицо и ту особенную печать разврата, которая ясно говорила о том тяжелом ремесле, которое загоняло эту девушку в самые грязные притоны.

Он не отвечал на ее призыв, зевнул и стал смотреть в окно, отдернув занавеску.

Фанни Викторовна быстро встала, оделась и подошла к нему.

— Ты прав, мы приелись друг другу, чувства нельзя разогревать, как вчерашний суп, да и он обыкновенно бывает кислым... Я мечтала воскресить наше былое увлечение, но мы оба бессильны пробудить прошлое... Лучше расстанемся навеки и не будем встречаться... Я ухожу, и на этот раз прощай навсегда.

Она протянула ему руку.

Он не мог удержаться и поцеловал ее в щеку и, тронутый сильнее, чем ему хотелось сознаться, запер за нею дверь.

Фанни Викторовна вернулась домой усталая и сердитая.

Ее "хозяин", как злобно шутя она называла своего содержателя, оказывается прождал ее всю ночь и к ее возвращению сочинил несколько частью сантиментальных, частью колких слов.

Но едва он разинул рот, как она строго посмотрела на него и сказала:

— Это моя квартира или нет?

— Твоя... — робко ответил он.

— В таком случае вы прекрасно сделаете, если уберетесь вон.

Он был изумлен, пробормотал какие-то ругательства, но все-таки не заставил себе повторить приглашение удалиться.

Когда он ушел, Фанни Викторовна вздохнула свободно и, подбежав к буфету, одним глотком выпила целый стакан коньяку, затем с яростью схватила бутылку и принялась тянуть из нее.

Эта выходка уложила ее в постель, но не прогнала дурного расположения духа.

Толпа молодежи начала приезжать к ней, предлагая заменить выгнанного приятеля, но она предпочла перебрать их всех, но не отдаться одному.

Началась прежняя жизнь, без увлечения, без любви и чувства

даже малейшей нежности к целому ряду мужчин, которые сменяли один другого.

Казалось, она сгорала на любовном огне.

Она дошла до того, что брала себе в любовники первого встречного.

Наконец, она утомилась от такого житья и начала прогонять всех ее посетителей.

Лежа по ночам под шелковым пологом, она мучилась бессонницей и думала о прошедшем.

Она оплакивала свою дочку, так скоро умершую, вспоминала с любовью молодого человека, который ухаживал за ней в это тяжелое время.

По мере того, как ей вспоминалась ее горькая жизнь, она дрожала, ужасалась грязи, в которой лежала, а когда припомнила, что стояла в ряду продажных тварей, в тишине алькова слышалось и рисовалось ей зловещее веселье и грязная роскошь веселого дома.

Она припоминала, как она вошла туда, сконфуженная и робкая, и добрые полупьяные женщины говорили ей:

— Не бойся, ты скоро привыкнешь.

Но она не привыкла, хотя затем вскоре вернулась туда же.

Благодаря Аристархову, который поручился за нее, объявив, что женится на ней, она вышла из-под контроля полиции, и при мысли, что она опять теперь окунется в эту ужасную жизнь, и полиция снова начнет травить ее, мороз подирал ее по коже.

Она не смягчала перед собой страшные подробности этой жизни, но, однако, влеклась к ней, как бабочка на огонь.

Все казалось ей, лучше бурная опасность гнусного ремесла, чем ее теперешнее, раздирающее душу уединение.

Так продолжалось несколько дней. С того же момента, как она выгнала своего "хозяина", заменив его многими, прошел уже целый год.

Однажды, не будучи в состоянии лежать без сна в постели, она ранним для нее утром, часов около десяти, оделась и вышла на улицу.

Утренняя свежесть и яркие лучи солнца прогнали на минуту ее тяжелые думы.

Она вышла на Литейный проспект, перешла его и по Пантелеймонской прошла в Летний сад.

Там она села на скамейку и смотрела на землю, чертя зонтиком на песке.

Но ей и тут не было покоя.

Вокруг нее резвились дети, и их игры раздражали ее.

Они напоминали ей ее безмятежное детство.

Но утренние прогулки все-таки, как новинка, понравились ей.

154

Она стала ежедневно по утрам бродить по Петербургу без цели, куда глаза глядят.

Через несколько дней она незаметно для себя очутилась на Сенной площади.

Влекомая воспоминанием, она добралась до дома Вяземского и вошла во двор.

Страшный увидала она люд.

Толпа оборванцев наполняла двор "Вяземской лавры". Это был час их незатейливого полдничанья.

Торговцы и торговки с разного рода съестным, издававшим далеко не ароматический запах: вареной печенкой, жареной колбасой, печеным картофелем и яйцами, похлебкой, гороховым супом и киселем, там и сям устроились на дворе, причем для сохранения жара, просто-напросто сидели на котлах и железных ржавых ведрах, в которых хранились результаты их кулинарного искусства.

Голодные, в невозможных лохмотьях, едва прикрывающих тело, потребители обоего пола толпились у этих кочующих столовых с деревянными чашками, а иные с черепками в руках.

Фанни Викторовне сделалось жутко при дневном свете при этом скопище людей, на лицах которых были написаны пороки и преступления, сгущенные мрачной краской безысходной нищеты.

Занятые, иные утолением голода, а другие созерцанием счастливцев, его утоляющих, так как многим из этих оборванцев не хватало грошовых средств воспользоваться кулинарными услугами торговцев и торговок, эта разношерстная толпа не заметила изящно одетую барыню, появившуюся среди них.

Вдруг Фанни Викторовна вздрогнула, вглядевшись пристально в одного старика, который с жадностью ел похлебку.

Она с тревогой глядела на это поблекшее лицо, небритую седую бороду и подслеповатые, слезящиеся глаза.

Она глядела на эту лысую голову, на нищенское платье, на всю грязную и жалкую фигуру старика и его сгорбленную спину, дрожащие ноги, трясущиеся руки и была поражена до глубины души.

В нем промелькнули для нее знакомые черты.

Нищий поднял голову и тоже пристально посмотрев на нее, вдруг тихо сказал:

— Ты не узнаешь меня, я Геннадий Аристархов.

Она невольно вздрогнула.

— Как, это ты?.. Боже, до чего ты дошел!

— Видно такова судьба... Мой амфитрион, вернувшись из заграничного вояжа, спился совершенно и умер от белой горячки в больнице, а, я выдержал этот последний, почти трехмесячный жестокий кутеж, но окончательно потерял голос и силы...

155

Наследники покойного выкинули меня за дверь из моего Монрепо и вот...

Он сделал рукой неопределенный жест.

Она стояла и молчала.

— Ты находишь, что я очень изменился, правда, я одет несколько небрежно, у меня туалет не по моде и сапоги дырявые, да что же будешь делать! Но поговорим лучше о тебе. Знаешь ли, ты все такая же плутовка и одета с большим шиком. Тебе, видно, повезло! Изволь-ка раскошелиться, да поделись со своим старым дружником.

Он протянул руку.

Фанни Викторовна, не помня себя, вынула кошелек и положила ему в руку, затем быстро сняла с себя серьги, брошь, золотые часы, кольца, словом все, что было на ней драгоценное, и также отдала их Аристархову.

Тот с недоумением смотрел на сыпавшиеся в его руки богатства, и из его глаз вдруг полились градом горькие слезы.

Он не успел выразить свою благодарность, так как горло его сдавила судорога, а молодая девушка стремглав выбежала из этого земного ада.

XI

В АНАТОМИЧЕСКОМ ТЕАТРЕ

Был ранний час утра.

Служитель при анатомическом театре медико-хирургической академии, обязанный прибирать анатомический зал, отворил дверь, которая вела из препаровочной в мертвецкую, опустил занавеси, вытер стол, переменил в мисках хлор, накинул простыню на один из трупов, поправил ее на другом, и не стесняясь, по-видимому, отвратительным запахом, принялся прибирать и мыть обе залы.

Анатомический зал был почти пуст.

Посреди комнаты стоял огромный стол, покрытый цинком, а в углу был устроен фонтан.

Служитель, убирая, равнодушно взглянул на труп старика, лежавший на столе, приготовленный для вскрытия.

Ноги трупа были выпрямлены, живот вздулся как шар, лицо

было уже покрыто землистой синевой, щетинистая седая борода и ярко-красный нос делали его отталкивающим.

Но все это не производило на сторожа никакого впечатления.

Он осмотрел стол, уверился, что отверстия для стока жидкости открыты, и жестяные ведра висят на своих обычных местах, затем он выполоскал под краном губку, и, увидев на столе красное пятно, с необычайным усердием снова обмыл стол и даже вытер стены, прибрал в угол чьи-то забытые калоши и выходя столкнулся в дверях с двумя студентами.

Один из них был тот самый, который указал Леониду Михайловичу Свирскому года два тому назад местожительство Геннадия Васильевича Аристархова, а другой — наш старый знакомый Федор Дмитриевич Караулов.

— Это хоть и глупо, — говорил первый, — но когда притащили в клинику этого беднягу Аристархова, меня всего передернуло, я в одну минуту пережил всю мою жизнь; я вспомнил, как увлекаясь в "Зале общедоступных увеселений", аплодировал ему и m-lle Фанни, и припомнил даже мой последний разговор со Свирским.

— Ах это та Фанни, которая жила с ним и затем его бросила? — заметил Караулов.

— Да, та самая.

— Знаешь, я знал ее еще золотошвейкой и честной девушкой...

— Ты, женофоб?

— Да, и я серьезно увлекался ею тогда, но она предпочла мне какого-то старика.

— Ну, с тех пор она переменила много и молодых, и старых.

— Где же она теперь?

— Где, это трудно сказать: на сцене театра, в притоне или больнице, таким всегда эти три дороги.

— А что сталось со Свирским?.. Я был у него давно, когда он только что сошелся с ней... И перестал ходить.

— Ты приревновал?

— Ничуть... Просто мне было неприятно воспоминание о моей минутной слабости... Так что же с ним?.. Ты не знаешь?

— Ну, батенька, это целая история... Я могу теперь обстоятельно ответить на твой вопрос, так как только вчера получил от него письмо из Одессы, где он хорошо пристроился к одной из местных газет...

Вообрази, он... да нет, лучше прочти его письмо, прелюбопытно...

В это-то время они и столкнулись со сторожем.

— Ну что, Акимыч, что нового?

— Нынче к нам притащили из клиники еще одного... Говорят интересный субъект, умерший от пьянства и других излишеств.

— Ах, Боже мой, да ведь это должно быть Аристархов

157

окочурился, а я-то собирался повидать его в палате! Ну, нечего делать, пойдем смотреть, как будут анатомировать беднягу.

Они вошли.

Вскоре анатомическое зало стало наполняться, но профессора и прозектора еще не было.

Они воспользовались этим временем, встали к окну у фонтана и начали читать письмо Леонида Михайловича.

"Ты хочешь знать, — писал Свирский, — что я делаю и как провожу время. Я работаю усиленно, а по вечерам брожу по берегу моря, смотрю вдаль на его волны и чувствую, как покой постепенно, тоже широкой волной, вливается в мою душу.

Поговорим о тех, с кем расстался полгода тому назад: ты мне писал, что Фанни падает все ниже и ниже, но ты мог, сообщая об этом, избавить меня от многословия: между нами давно все было кончено, и ты знал это. Не только я не чувствую к ней никакой любви, но даже не интересуюсь ею; жизнь ее теперь не изменится. Еще несколько перипетий богатства и нищеты, вот и все; она умрет ударом от пьянства, или бросится в Неву. По правде сказать, не стоит столько толковать о ней, да и что мне за дело, что с ней будет? Нужно, наконец, сообщить тебе важную новость: я женюсь!

Погоди, не возражай! Слушай: помнишь, когда мы собирались у меня, как мы подшучивали над женитьбой! Как это казалось нам смешно и глупо. Два разумных существа соединяются при пении певчих и в присутствии нетерпеливых гостей, спешащих на даровое угощение, потом через определенное время парочка производит на свет ужасное созданье, которое пищит день и ночь, и мать жалобно уверяет, что у него режутся зубы! Помнишь, как мы, покуривая грошовые папиросы, решали, что не следует жениться и связывать себя не на шутку.

Как вы мне теперь смешны с вашей пресловутой свободой, которую брак убивал, говорили вы, и едва выйдя от меня, вы бросали вашу свободу жалкой твари, которая отравляла вам каждый ваш свободный шаг. Послушай, сознайся, по совести, разве ты не презираешь всех этих погибших созданий? Разве, когда мы бываем с ними наедине, не возмущают они нас своим нахальством и грубостью? Разве иные из моих товарищей не последовали уже моему примеру, но они женаты на своих прежних любовницах, которые не чешутся и не выпускают из рук карт, с тех пор как побывали в церкви. И еще слава Богу, если они настолько аккуратны, что зашпиливают оборванное платье булавками и не заставляют мужей штопать чулки. Или припомни нашего милого Семенова! Он женился на бесприютной девочке, которая прошла огонь и воду; эта дура рядится в пух и прах, лезет, куда ее не зовут, и садится за стол, когда ей впору его накрывать! Вот конец вашей хваленой независимости! Жениться на любовнице, это тоже, что броситься из огня да в полымя. Да еще извольте найти любовницу. У меня они были, знаю я, что это такое! Я пробовал ухаживать за женщинами-труженицами, но они не полюбили меня. Тогда я ударился в другую крайность, я стал увлекаться женщинами, закутанными в шелк и кружева, и, признаюсь, я любил обстановку женщины больше ее самой. Не абсурд ли это? Теперь, когда я опомнился, я удивляюсь, каким я был дураком! Не бойся, я не наскучу тебе описанием красоты моей будущей жены, я не скажу тебе, что у ней глаза голубые, как небо, или черные, как ночь; нет, она даже не хороша, но что до этого, мы всегда постараемся глядеть друг на друга ни преувеличенно любезно, ни сурово; так как немыслимо осуществить на земле идеальную жизнь нашей мечты — я постараюсь удовлетвориться обыденной жизнью, как это ни покажется тебе смешно.

Что тебе сказать еще? Я сжег свои корабли и покончил с прошлым; что же касается Фанни, так как ты в конце письма снова упоминаешь о ней, то я простил ей все ее грехи против меня, ее обман и лукавство; подобные ей женщины уже тем хороши, что заставляют сильнее любить и уважать женщин другого сорта; они наводят нас на мысли о женщинах истинно честных. Но я, вероятно, надоел тебе своими рассуждениями, дружище, прости мне это пустословие и от души протяни руку твою старому товарищу

Леониду Свирскому".

— Вот так штука! — воскликнул Караулов, когда они окончили чтение письма.

Кругом послышалось внушительное "тсс".

Они не заметили, занятые чтением письма, как вошел профессор и прозектор.

Старик-профессор, любимец студентов, сняв череп Аристархова, начал лекцию своим ровным голосом.

— Отравление алкоголем, господа...

* * *

После этой лекции Федор Дмитриевич Караулов совершенно потерял из виду Свирского и не слыхал ничего о Фанни Викторовне и ее судьбе. Он позабыл даже ее имя, как вдруг, по прошествии нескольких лет, узнал ее в шикарной содержанке графа Владимира Петровича Белавина.

Узнала его и молодая девушка, и целый ряд картин, теперь уже известных нашему читателю, пронесся в ее голове.

Она вспомнила, что отвергла любовь Караулова и этим, быть может, загубила себя навеки.

Правда, после встречи с Аристарховым во дворе дома Вяземского, она взялась за ум. С помощью Стефании Егоровны

Чернской пристроилась в опереточный театр и стала действительно "звездой из закусочной", как пророчил ей покойный Геннадий Васильевич.

Попав в театральный мир веселящегося Петербурга, она встретилась с графом Белавиным и вскоре сошлась с ним, всецело подчинив, как мы видели, его себе своим демоническим характером.

Она действительно вышла переулками на улицу, но в душе ее жило тяжелое предчувствие обыкновенного, хотя и страшного, для таких, как она, конца.

Это-то предчувствие и вылилось у ней мыслью, что она была бы, быть может, счастливее, если бы осталась в переулках.

XII

В ЛОНЕ СЕМЬИ

Федор Дмитриевич Караулов уехал за границу, не видавшись с графом после сцены в квартире Фанни Викторовны.

Прошло более двух лет.

Память современной любви, самое название которой стало банально, а чувство заменилось чувственностью — коротка, но искренняя любовь, выражаясь народным языком, "не ржавеет", и представление о "вечной любви", созданное поэтами, хотя изредка, но является почти реальным.

Это именно та любовь, где чувственность не играет ни малейшей роли, где любят душу человека, не имеющую пола, и где чудный образ любимой женщины вызывает скорее поклонение, нежели страсть.

Такова была и любовь Федора Дмитриевича Караулова к графине Конкордии Васильевне Белавиной.

Ее муж продолжал свою беспутную жизнь, предаваясь все более и более тем чувственным излишествам, которые сушат мозг и ослабляют тело, но от которых, как от привычки отравлять свой организм ядами, нет сил отстать, а надо только все увеличивать и увеличивать дозы, до окончательного разрушения организма — смерти.

Федор Дмитриевич между тем работал усиленно за границей и следы этой работы, появляясь и в специальной медицинской, и в общей прессе, делали его имя все популярнее и популярнее в России.

Графиня Конкордия Васильевна пришла, наконец, к роковому открытию, что ее любовь к мужу испарилась из ее сердца, которое, к ужасу ее, наполнялось сначала неопределенным, а затем все более и более принимавшим определенные очертания чувством к отсутствующему другу.

Она называла это чувство словами: симпатия, уважение, но инстинктивно понимала, что эти слова не выражают его, что они только мгновенно успокаивают ее совесть, совесть замужней женщины — она любила Караулова.

Она любила его любовью глубокой, чистой, любила сердцем неутешным, обливающимся кровью.

Не любовника представляла она себе в этом человеке, а друга любящего, самоотверженного, но и это ей не всегда удавалось.

В продолжение года она вся отдалась Богу и дочери, она делала все, чтобы потушить разгорающееся пламя, пробовала забыть.

Но увы, забвения не приходило; ничто не могло изгладить образ отсутствующего, и чем больше графиня Конкордия удалялась от света, тем более все напоминало ей о нем, ей некуда было укрыться от самой себя, а она сама и он были одно и тоже.

Его популярность в Петербурге росла, и всюду она слышала и читала его имя.

Караулов, видимо, приговорил себя к ссылке, рассчитывая остаться за границей дольше, нежели того требовала командировка.

Его исследования, как мы уже говорили, произвели фурор не только в русском, но и в европейском медицинском мире.

Друзья звали его в Россию, чтобы насладиться первыми лучами славы, но Караулов был глух к этим призывам.

Таким образом Федор Дмитриевич и графиня Белавина, разлученные друг с другом, без малейшей связующей нити, как бы физически умершие друг для друга, духовно были вместе, не расставаясь ни на одну секунду.

Подле Конкордии Васильевны росла и хорошела маленькая Кора.

Только здоровье ее было не из крепких, она то и дело хворала.

Глубоко огорченная мать трепетала каждый раз, когда ночью подходила на цыпочках к маленькой кроватке любоваться на свою дочь после приступа беспокойного кашля или же почти беспричинной дурноты.

Она склонялась тогда над спящей девочкой в позе, как бы предохраняющей ребенка от неумолимой косы смерти.

Так проводила свое время мать между тем как отец все ниже и ниже опускался нравственно.

Он окончательно сделался игрушкой своих страстей.

В тридцать лет он выглядел стариком.

Оргии следовали за оргиями и им не виделось конца. Чуждый всякого расчета, он сорил деньгами жены направо и налево.

Он был положительно окован любовными интригами.

Только чудо могло спасти его от погибели.

Таков закон.

Подобная жизнь для человека — это огонь, пожирающий смолистые деревья, находящий поддержку для своего пламени в их собственном соку.

Это род болезни, где физическое состояние больного действует удручающе на нравственное.

От уступки к уступке он дошел до привычки.

Им овладела хроническая болезнь, а необходимой решимости остановиться не доставало, да и не могло быть по самому ходу болезни.

Он уже не имел ни удержу, ни остановки.

Он бегал от одной к другой, поглощенный лихорадочным желанием менять свои удовольствия и свои капризы.

Между тем он приближался к роковым годам мужчины, когда страсти напоследок начинают бушевать с удвоенной силой и разум уже, ввиду ослабевшей воли, не способен противостоять их победоносному шествию.

Графиня Конкордия Васильевна употребляла все свои усилия, чтобы его исправить или, лучше сказать, вылечить.

Много раз она начинала серьезный разговор со своим мужем на тему о его жизни, ведущей к несомненной погибели, но из этого ничего не выходило, кроме резкостей с его стороны по ее адресу, и она должна была волей-неволей прийти к убеждению, что его болезнь неизлечима.

Тогда она покорилась, закрыла глаза на все, не желая видеть того, чему она не могла помешать.

Но нравственная гибель ее мужа соединялась и с гибелью его благосостояния, и не одного его, а ее, графини, и маленькой Коры, их дочери.

Граф Владимир Петрович в своих безумных увлечениях действительно потерял сознание о долге перед семьей вообще и перед женой, как единственной собственницей бесчестно расточаемых им денег.

Он положительно потерял совесть, которая одна в этом случае еще может удержать человека от падения по наклонной плоскости жизни.

Резкие, скажем более, жестокие слова Караулова, сказанные последним в квартире Фанни Викторовны, были забыты графом.

От огромного состояния его жены осталось немногим более половины.

Конкордия Васильевна, в которой проснулось чувство матери, заботящейся о будущности своей дочери, решилась сделать тяжелый шаг.

Она уже потеряла надежду вернуть к себе своего мужа, необходимо было спасти от него хоть часть состояния для себя и, главное, для маленькой Коры.

Рассказы о гомерических кутежах и безумных тратах графа Владимира Петровича Белавина, о которых говорили в Петербурге, доходили, конечно, да еще и приукрашенные до ушей графини Конкордии и еще более убеждали ее, что задуманный ею шаг сделать необходимо.

Однажды под влиянием полученного известия о новом безумстве своего мужа, она в присутствии Надежды Николаевны Ботт не выдержала и воскликнула:

— Этот негодяй, кажется, дождется, что я потребую у него отчета в моем состоянии, как у вора!

Г-жа Ботт бросила на нее загадочный взгляд.

Видимо, в ее уме созрело какое-то решение.

Доверчивая молодая женщина не заметила ничего в этом сосредоточенном выражении лица ее подруги.

— По правде сказать, я давно удивляюсь вам... — заговорила Надежда Николаевна. — Вы положительно святая простота!

— Что вы этим хотите сказать?

— Только то, что вы можете по вашему произволу не пользоваться вашими правами, но не имеете права пренебрегать вашими обязанностями... Если вы можете дарить ваши деньги мужу, то не можете дарить ему денег вашей дочери...

— Это-то меня и побуждает начать с ним серьезный разговор, — грустно заметила Конкордия Васильевна.

— И это необходимо... Это прямо естественно, что вы, наконец, пожелали узнать положение ваших дел, которые, как вам справедливо кажется, ведутся не особенно тщательно и аккуратно...

— Да, да, я так и сделаю... — заспешила графиня и переменила разговор.

Совет Надежды Николаевны Ботт вызвал в уме графини Конкордии окончательное решение.

"Она должна действовать так, иначе поступать ей нельзя, не жертвуя интересами своей дочери, рискующей остаться после ее смерти нищей, — думала она, — надо положить предел расточительности безумца".

Случай к разговору вскоре представился.

Граф Владимир Петрович, видимо, утомленный каждодневными оргиями, остался целый день дома.

Он обедал с женой и с дочерью.

После обеда в гостиной он подозвал к себе маленькую Кору и с несвойственной ему трогательной нежностью стал ласкать ее.

Кроткий ласковый ребенок естественно поддался ласкам отца.

Графиня Конкордия, сидевшая в уголку с каким-то вязаньем в руках, издали наблюдала эту сцену.

Это единение контрастов — чистое, невинное создание, не ведающее еще и жизни, а не только тех ее сторон, в которых, как в омут, погружен был ее отец в погоне за житейскими наслаждениями — представляло трогательную картину.

Граф взял дочь на руки.

Он ее качал и целовал, играл с нею, как бы наслаждаясь чистотой и спокойствием ее души, которые составляют удел чистой совести.

Маленькая Кора сперва застенчиво и нерешительно относилась к этим ласкам, не привыкши к ним со стороны того, кого мать приказывала ей называть "папа" — этого дяди с прекрасным хотя и усталым лицом, которое она нечасто видела склоненным над ее колыбелью.

Но вскоре она освоилась, сделалась ласковее и фамильярнее и через какие-нибудь полчаса уже со звонким смехом, радостная и довольная, перебегала от отца к матери.

Конкордия Васильевна была тронута этими минутами до глубины души.

— Неужели это дитя победит своего отца и возвратит матери мужа! — мелькнуло на мгновение в уме графини, но именно только на мгновение.

Около получаса отцовских излияний утомили графа.

Для этой беспокойной натуры, для этого больного сердца была постоянная необходимость смены впечатлений.

Он воспользовался тем, что Кора отбежала к матери и сам подошел к своей жене с каким-то заискивающе нежным видом.

Можно было подумать, что красота графини, под тяжестью в течение восьми лет носимого ею тернового венца супружества, только созревшая, пробудила в нем пламя первой брачной любви. Увы, этому изнуренному наслаждениями человеку необходимо было более сильное бьющее в глаза и нос средство.

Чистое счастье семейного очага было для него запечатанным письмом.

При приближении к ней мужа у Конкордии Васильевны мелькнула мысль, что случай начать необходимый ей разговор представился.

— Ты хочешь со мной говорить, Владимир? — спросила она, чтобы облегчить начало.

Другой бы при звуке этого голоса и нежного тона слова "Владимир" и этого сердечного "ты", которыми она заменила царившие в их коротких разговорах за последнее время "граф" и "вы", был бы тронут.

Это могло бы быть его спасением.

Но граф Владимир Петрович вовсе не был расположен к супружеским интимностям.

Он подошел к своей жене совершенно с другой целью.

Первый раз со времени их замужества он возбудил с ней вопрос "о делах".

К этому его вынуждали обстоятельства.

— Милая Кора, — начал он, надо сознаться не без колебаний, — я не имел привычки беспокоить вас финансовыми делами, но сегодня не позволите ли мне отнять у вас по поводу этих дел несколько минут.

Эти слова крайне удивили молодую женщину.

Чего он от нее хочет?

Но тем не менее ей было приятно, что граф предупредил ее, что он, а не она начнет этот тяжелый разговор.

Совет Надежды Николаевны Ботт пришел ей на память.

— Я к вашим услугам! — ответила она. — Но здесь, я думаю, не особенно удобно...

Она указала глазами на прислугу, — этих вечных врагов хозяев — няньку, наблюдавшую за ребенком, и лакея, убиравшего кофе.

— У меня, или у вас было бы, мне кажется, удобнее, — добавила она.

Граф согласился.

Он последовал за нею в ее комнату и сел на один из пуфов, между тем как графиня полулегла на chaise longue.

Никогда она не была так хороша, так очаровательна, как в этот день.

Надо было быть самым равнодушным, самым бесчувственным человеком, чтобы не тронуться этой картиной грации и чистоты.

Демон страсти, оказывается, охватывал графа Владимира только тогда, когда он выходил из дому.

То, что говорилось между этим изящным мужчиной и очаровательной женщиной в этой комнате-гнездышке, было далеко не похоже на дуэт любви.

Граф Владимир Петрович был очень затруднен, но видно придумывал слова, чтобы скрыть или, лучше сказать, замаскировать правду, которая покрывала его позором.

Оказалось с первых слов, что ему были нужны деньги.

Но вопрос графини Конкордии, очень простой и естественный, поставил его положительно в безвыходное положение.

Он как-то вдруг замолчал.

XIII

ПЕТЕРБУРГСКАЯ АСПАЗИЯ

— Вы только что сказали, граф, — произнесла спокойно графиня Конкордия Васильевна, — что вы не имеете привычки меня беспокоить делами. Как же это случилось, что вы сегодня вдруг сочли за обязанность советоваться со мной по этому предмету тем более, что в продолжение восьми лет вы находили неприличным со мной об этом говорить... Вы имеете мою полную доверенность и распоряжаетесь моим состоянием по вашему усмотрению... Мое согласие вам вовсе не нужно, я это знаю, и это доказывает то, что вы в течение восьми лет обходились без него... Если это не так по закону, быть может, то объясните мне, в чем дело...

Граф Владимир Петрович почувствовал насмешку, заключавшуюся в последних словах жены.

Графиня, видимо, решилась быть неумолимой.

Если бы он был прав, как вспылил бы он за эту тираду молодой женщины, но он принужден был сдержаться, чтобы достигнуть цели.

Он ответил после довольно продолжительного молчания очень туманно и неопределенно.

— Вы позволите мне оставить эту привычку не беспокоить вас денежными вопросами, так как я, признаюсь, чувствую тяжелое бремя, давящее мне плечи в управлении делами, которые касаются больше вас, нежели меня.

— Это бремя слишком тяжелое для ваших плеч? — с нескрываемою ироническою улыбкой спросила графиня Конкордия.

Граф чувствовал ее взгляд на себе.

Ее прямые вопросы ставили его в тупик более, нежели подходы и ухищрения добрых приятелей и этих дам, которые часто совершали походы на его карман.

Графиня ставила свои вопросы категорически.

Он положительно не знал, как приступить к делу, для которого вел этот разговор.

Путаясь и сбиваясь, он стал говорить о несчастной за последнее время игре на бирже, о непредвиденном падении купленных им на большую сумму бумаг, шедших в гору и вдруг начавших падать.

Он говорил, а спокойный и ясный взгляд жены, казалось, пронизывал его насквозь, и сознание, от которого он не мог отделаться, что она не верит ни одному слову, им произнесенному, тяжелым гнетом лежало на его сердце и путало еще более его мысли.

Когда он, наконец, кончил историю всех своих несчастных спекуляций, она начала говорить в свою очередь.

Без малейшей горечи, без всякой злобы, без резких выражений, она шаг за шагом начала доказывать своему мужу, что все рассказанное им ложь с начала до конца.

Она со спокойствием, его уничтожающим, представила ему другие причины его стеснительного положения, представила примеры его расточительности, вскользь упомянула о его многочисленных изменах, только с точки зрения необходимых для них расходов, дала ему понять, что знает о существовании дома на Фурштадтской, одним словом доказала ему, что ей известен почти каждый его шаг.

Она кончила.

Он молчал.

Его положение было затруднительно, ему не оставалось возможности ни вывернуться, ни солгать.

Оставалось два исхода для человека, припертого, что называется, к стене — во всем искренно сознаться, или же рассердиться.

Граф Белавин выбрал второе и раскричался.

Он начал упрекать свою жену в том, что она натолкнула его на этот путь, который привел их к разрыву, он обвинял ее в холодности, в несправедливости, он даже не остановился перед упреком в ее нравственной чистоте, будто бы отталкивающей мужа.

Она его слушала, не прерывая, хотя, видимо, сдерживая себя силою воли, часто необычайной в хрупком, нежном теле женщины.

Когда же он кончил, она встала, бледная как полотно, и дрожащим голосом произнесла слова, прозвучавшие в будуаре торжественным приговором.

— Я у вас не спрашиваю отчетов, граф. Бог судья, что я позволила разорить вам мое состояние, не только не препятствуя, но и не противореча. Но с минуты, когда вам угодно было со мною возбудить этот вопрос, не находите ли вы естественным, что я хочу позаботиться о будущности моего ребенка и обеспечить его от грозящей нищеты каким-нибудь капиталом?

— Конкордия! — гневно воскликнул граф.

Она его остановила жестом.

— Полноте, граф, не возвышайте голоса, пора окончить этот спор. Он слишком тяжел для нас обоих. Вот, что я решила окончательно и бесповоротно. Вы возьмете половину того, что еще осталось от нашего состояния, и отдадите мне остальное. Я буду располагать этой частью по моему усмотрению, и чтобы вас освободить, а также избавить себя от ваших упреков в том, что я сделала вас несчастным, я уезжаю не только из этого дома, но и из Петербурга.

— Вы покидаете Петербург?

— Конечно... Что же мне здесь делать?.. Единственное близкое мне существо — тетя умерла, и моя жизнь ничем не привязана к столице... Что же касается нашей связи, то я думаю, что она достаточно ослабла для того, чтобы мы расстались друзьями.

— Пусть будет по-вашему, графиня! — сказал граф Владимир Петрович изменившемся голосом. — И вы совершенно обдумали ваше решение?

— Совершенно обдумала.

— Вы решили лишить мужа жены; я виноват перед вами, и вы на это имеете право, но имеете ли вы право лишать отца дочери?

Графиня Конкордия Васильевна вся затрепетала.

— Но я думаю, граф, что наша дочь по праву принадлежит матери, которая отдала ей свою жизнь и свои заботы, а не отцу, который только мотал ее состояние и чуть не довел ее до нищеты. Впрочем, я вас считаю настолько порядочным и не могу предположить, что вы будете настолько бессердечны, чтобы лишить меня этого счастья. Вы очень хорошо знаете, что в моих руках Кора на своем месте. Наконец, наша сделка еще не оформлена, и вы мне не представили отчетов по распоряжению моими капиталами.

Граф наклонил голову.

Он был бледен.

Наказание начиналось.

* * *

Граф не упорствовал желаниям своей жены и подписал все, что она продиктовала.

Графиня Конкордия Васильевна, получив на свою долю около семисот тысяч, тотчас купила себе имение в Финляндии.

Море протекало у подножия скал, на которых возвышалась великолепная вилла, где два существа похоронили: одна свое скрытое горе, другая свои детские годы, а быть может и будущность, на которую оставалась, впрочем, слабая надежда, так как, казалось, маленькой Коре судьбой определено немного лет жизни.

Разлука с женой бросила графа Владимира Петровича окончательно в водоворот обуревавших его страстей.

Графиня Конкордия, помимо ее воли, была некоторой уздой для него. Он был все же на положении женатого человека и порой это его сдерживало.

Отсутствие ее из Петербурга окончательно развязало ему руки, он начал чертить направо и налево.

Прошел год. Лета и насилие над натурою взяли свое, он начал уже поговаривать о молодости сердца, тогда как на лбу и на висках появились морщины, и боль спины и ног порой заставляли его проводить бессонные ночи.

Но он ни разу не подумал вернуться к жене и дочери.

Как это ни странно, он в это время вспомнил о Фанни, с которой хотя и не прервал знакомства, но оставил ее для других, новых и свежих.

Фанни Викторовна этим не огорчилась и приняла своего возвратившегося раба милостиво и с достоинством.

Она за это время успела разорить двух богачей и сумела положить на свое имя кругленький капиталец.

Она была, как мы знаем, еще не стара.

Ей было двадцать восемь лет, и кроме того, она очень похорошела за последнее время.

Это была красота вызывающая, неотразимая, способная довести до безумия, и когда эта женщина являлась с обнаженными плечами и руками, между мужчинами за нею увивавшимися, проносилось что-то вроде стона.

В Петербурге о ней сложились целые легенды.

Рассказывали между прочим, что один из ее обожателей был до того влюблен в нее, что предложил ей выйти за него замуж, грозя в случае отказа, покончить самоубийством.

Он был молод, красив и, наконец, любил ее до безумия.

Случалось, что и она сама про него говорила со вздохом сожаления:

"Бедный мальчик, он действительно влюблен в меня! Что бы предпринять, чтобы его вылечить?"

Она ему, однако, резко отказала в руке.

И "бедный мальчик" сделал так, как сказал.

Он застрелился в ее швейцарской.

Она плакала искренно о нем полчаса. Потом она нашла, что с его стороны было невежливо прийти пачкать мраморный пол и ковры.

Но с этого момента скандальная слава Фанни дошла до своего апогея.

Кровь самоубийцы притягивала мужчин в ее швейцарскую, как орлов-стервятников притягивает падаль.

От поклонников не было отбоя.

"Звезда из закусочной" вошла окончательно в моду и стала разыгрывать роль петербургской Аспазии.

Она покровительствовала наукам и искусствам.

Ее вечера стали привлекать общество из представителей свободных профессий, и постепенно она заняла в Петербурге положение среднее между львицей полусвета и дамою-патронессою.

По странной прихоти судьбы в то время, когда отпрыск старинного рода графов Белавиных падал все ниже и ниже, дочь репортера Геркулесова и золотошвейки возвышалась.

В ее гостиных бывал весь Петербург, много лиц, даже довольно уважаемых, предлагали ей руку, но она отказывала.

Говорили, что она сохранила чувство к первому человеку, поставившему ее действительно на твердую почву — к графу Белавину.

Этого не могли объяснить, так как разнесся слух, что граф накануне окончательного разорения, что он прожил все колоссальное состояние своей жены.

Фанни Викторовна немало поусердствовала в этом предстоящем графском крахе и порядочно-таки повыудила из его кармана в свои часто необычайные фантазии.

— Что же ей делать с ним теперь? — задавали весьма естественный вопрос.

— Не нынче завтра она его прогонит! — отвечали почти все на этот вопрос.

И все ошибались.

В настоящее время Фанни Викторовна не имела никаких материальных замыслов относительно графа Белавина.

В ней просто осталось к нему чувство привязанности, как к человеку, много для нее сделавшему.

Были, впрочем, и другие причины, заставлявшие ее удерживать его при себе.

Он один мог помочь ей в деле, которое составляло заветную мечту ее жизни, казалось, полной теперь исполнением всех ее малейших желаний.

Через несколько времени после возвращения графа под крылышко его повелительницы, она спросила его:

— Скажи, Владимир, что поделывает твой друг?

Его мысли были очень далеки от того, о чем его спрашивали.

— Какой друг? — удивленно спросил он.

— Ну, этот твой друг, такой строгий и нравственный...

— Друг, строгий и нравственный, и мой друг. Я тебя не понимаю! — развел руками граф Белавин.

— Эх, я не помню его имени, — солгала Фанни Викторовна, — но неужели ты не можешь догадаться, о ком я говорю?

— Положительно не могу...

— Он доктор, ты его еще несколько лет тому назад пригласил ко мне на обед, но он испугался нашего общества и сбежал.

— А Караулов... — догадался граф Владимир Петрович, — Федор Дмитриевич... Ты интересуешься Карауловым... Однако как долго.

— Я даже забыла его имя... Так вдруг пришла на память смешная сцена... Где же он?

— Он за границей... Все учится и, видимо, выучиться не может, — шутливо сказал граф. — Его имя, впрочем, часто теперь встречается в газетах, и если он соблаговолит, наконец, пожаловать в любезное отечество, то явится готовой знаменитостью.

— В каком же он городе?

— Вот этого я не могу сказать с точностью.

— Как, ты не имеешь никакого сведения о человеке, которого ты называл своим лучшим другом?

— Увы, не имею, мне стыдно в этом сознаться, но у меня столько было дел с тех пор.

Фанни Викторовна весело рассмеялась.

— Хорош друг...

Граф вздохнул и после некоторой паузы отвечал:

— Я имею слишком много причин его так называть. Я питал и питаю, что ни произошло между нами, к нему искреннюю, истинную любовь.

— Значит, этот господин обладает хорошими качествами, а не просто комедиант... — небрежно бросила Фанни Викторовна.

Граф Владимир Петрович вспыхнул.

— Моя милая, я признаю за тобой опыт в распознавании мужчин, но есть порода их тебе неизвестная, которая никогда не будет предметом наблюдения твоего и тебе подобных. К этой породе принадлежит и Федор Дмитриевич Караулов. Я, быть может, резок, но я говорю правду.

Она нисколько и не обиделась.

Это его поразило, так как он спохватился слишком поздно, что сказал ей дерзость.

Она возразила с веселой улыбкой и внутренно была, видимо, довольна этими пылкими возражениями:

— Это хорошо, Владимир! Ты единственный порядочный человек, которого я знаю. Ты храбро защищаешь твоих друзей. Только ты мог бы избавить меня от дерзости, которую сейчас мне сказал... И главное, без всякого основания...

— Извини меня, мой друг, — сказал граф Владимир Петрович нежно и вкрадчиво, — если я тебя обидел, то, право, я этого не хотел... Что же касается до основания, то ты возмутила меня тем, что назвала моего друга простым комедиантом.

Она расхохоталась, посмотрела прямо ему в глаза и положила свои изящные руки на его плечи.

Они сидели рядом на маленьком диванчике в ее будуаре.

— Я думала далеко не то, что говорила... Но довольно, не будем возвращаться к этому разговору... Я тебе повторяю, что ты не имеешь никакого основания сердиться за твоего друга именно на меня, и если я тебя спросила о нем, то совсем не из желания его обидеть, или над ним насмеяться, далеко нет, напротив...

— Вот как... Но в таком случае, почему ты спросила о нем?

— Я могу сказать одно, что этот Караулов оставил во мне глубокое впечатление.

— Как же это? Ты его видела не более пяти минут.

— Больше и не надо, чтобы получить удар грома.

Настала очередь засмеяться графу.

— Пощади, Фанни, и не говори этого, по крайней мере, мне... Для тебя... удар грома...

Граф продолжал хохотать.

Фанни Викторовна рассердилась на эту выходку более, чем на сказанную им дерзость.

— Но почему же нет? — спросила она строго. — Чем я гарантирована от этого?

— Если ты хочешь знать, изволь... Но не обижайся, я буду говорить правду...

— Говори.

— Первое условие удара грома то, что молния должна найти место, куда ударить, т. е. сердце... Но ты согласись, Фанни, ты хороша, как богиня, ты умна, как демон, зла, как пантера. Но...

Он остановился.

— Что же "но"?.. — спросила молодая женщина.

— Но сердца у тебя нет, никогда не было и не будет.

Вдруг в этой флегматичной и равнодушной женщине произошла положительная метаморфоза.

Она встала, скрестила руки и посмотрела гордо на графа.

Ее голос был как-то особенно чист.

Гнев придал ему металлические ноты.

Она заговорила.

XIV

ЛЮБОВЬ ЖЕНЩИНЫ

— А! — воскликнула она. — Нет сердца! Ты думаешь это? Как это просто сказано! Нет сердца! Обманутая, оскорбленная преимущественно первым любовником, женщина 524 мстит на других, потому что делается практичнее, умнее и расчетливее, потому что общество навсегда ей отказывает в возможности

172

раскаяния и восстановления, она обречена бывает на страшную роль продавщицы удовольствий. Нет сердца! Не скажешь ли ты, что вы, мужчины, сами по себе имеете право нам делать этот упрек? Разве у вас есть сердце? Ни несчастье, ни унижение, ни вечный стыд бедной девушки вас не остановят. Разве ты имеешь сердце, ты, граф Белавин, ты, женившийся на деньгах и не поколебавшийся их бросать по всем углам разврата.

— Фанни! — крикнул граф Владимир Петрович, у которого вся кровь бросилась в голову при этой тираде его содержанки.

Но Фанни Викторовна продолжала:

— Но, милый друг, не можешь же ты требовать себе преимущество оскорблять только меня... Я тебе отплатила... Может быть, я не совсем права, так как, по правде, ты лучше многих других... Нет сердца! Всякая женщина, к несчастью, имеет его, но не встречает вокруг себя человека, которому стоит отдать это сокровище... Она хранит его при себе и никого не любит... Этот призрак любви, которым вы довольствуетесь — не любовь... Где и когда любовь покупалась?.. Если ты веришь этому, ты сумасшедший... Но ты не веришь, нет человека, который этому верил бы. Да вы и не ищете любви... Притворства для вас достаточно, оно вас удовлетворяет вполне, любовь обязывает отвечать любовью, за притворство же, за комедию вы только платите... Большего вы не требуете, да большего вы и не стоите...

Раздражение графа Белавина прошло.

Он восторженно смотрел на молодую женщину, с глубоким почтением прислушиваясь к ее словам.

Она была действительно в эту минуту особенно хороша, а главное, искренна и права.

— Черт возьми, — не выдержал он, — я тобой восхищаюсь, ты красноречива. Я не знал за тобой этого таланта. Право, интересно и поучительно слышать женщину, говорящую громко, что она всю жизнь играла комедию.

— Мы эту комедию играем после, — холодно возразила она, — вы же мужчины, играете ее раньше. Любовь, клятвы в верности, вот ваши вечные слова, слова обмана; фразы, взгляды, жесты, все деланно, а мы бываем настолько глупы, что поддаемся. Но долг платежом красен — мы вам впоследствии платим тою же монетою. Часто тот же мужчина, который заставлял нас проливать кровавые слезы, приходит плакать как ребенок у наших дверей. Не всегда, конечно, так как иначе справедливость торжествовала бы на земле, а этого нет... Но мы имеем утешение отыскать других...

Она остановилась и вдруг переменила тон:

— А ты, мой милый графчик, ты всегда верил, что я была честной девушкой, когда ты меня взял, или по крайней мере, совсем новичком в любви, девушкой с маленьким пятнышком на прошлом, пятнышком, очень удобным для вас, мужчин, потому что оно облегчает как победу, так и разлуку. Успокойся, я прошла огонь и воду и медные трубы раньше, нежели на сцене опереточного театра стала разыгрывать неприступность... Вот тогда ты меня и узнал, мой милый графчик... Ты должен отдать мне справедливость, что я хорошая актриса.

Каждое слово молодой женщины было ударом бича по самолюбию графа Белавина.

Добившись взаимности, на самом деле казавшейся, неприступной m-lle Фанни, он действительно торжествовал победу.

Он с горечью теперь припомнил это, как припомнил и даже почти мгновенно высчитал все произведенные им на нее расходы, доходившие до внушительной цифры.

Фанни Викторовна читала на его лице, как в открытой книге.

Она наслаждалась смущением разоренного ею любовника.

Это была превосходная актриса, которая давно уже и твердо изучила свои жизненные роли.

Она решила, наконец, нанести ему последний удар.

— Таким образом, мой милый, ты не удивишься, если обеспечив себя материально, я решилась теперь уделить нечто и своим чувствам. Я люблю твоего друга Караулова, и эта любовь продолжается уже несколько лет — одно из доказательств, что я серьезно влюблена. Настал и для меня час воскликнуть: Да здравствует любовь!

Граф Владимир Петрович пожал плечами.

— Я тебя отлично понимаю и даже очень тебе сочувствую, но мне тебя жаль.

— Жаль?..

— Жаль, потому что твои мечты ни на чем не основаны, у них нет почвы для успеха.

— Почему это?

— Потому что в любви прежде всего должны быть двое.

— Ну что же, мы, кажется, двое, я и тот, кого я люблю.

— Вот тут-то и запятая... Ты мне еще не доказала, чтобы тот, кого ты любишь, платил бы тебе той же монетою...

— Почему бы ему меня не полюбить... Разве я не стою этого?

Она выпрямилась, как бы выставляя на оценку всю себя, все сокровища своего бюста и все богатства своего тела.

Граф засмеялся.

— Ты ничего не утратила из своей красоты, — подтверждаю это, напротив, ты все хорошеешь... К несчастью, все это решило бы участь другого, но не Караулова.

— Да разве он не человек, не мужчина?

— Почти что нет, он Иосиф прекрасный.

Фанни Викторовна расхохоталась.

— Я не особенно верю в существование современных

Иосифов. Но если это так, то я еще более довольна... Я имела бы в муже то, что обыкновенно мужья требуют от жен.

— От твоего мужа?.. — воскликнул удивленно граф Владимир Петрович. — Так ты ищешь в Караулове мужа?

Она спокойно смерила его с головы до ног.

— Разве это уже так невозможно?

— Положительно... Я думал о легкой интрижке и первый бы назвал дураком Караулова, если бы он оттолкнул такую женщину, как ты... Но если дело идет о браке, то я тебе могу положительно предсказать заранее полнейшую неудачу.

— Посмотрим! — бросила небрежно Фанни Викторовна. — Будем говорить о другом.

Он повиновался, она заговорила о каких-то петербургских сплетнях, но в уме графа Белавина нет-нет, да и восставала картина, заставлявшая его невольно улыбаться: Фанни и Караулов, стоящие под венцом.

— Ты, говорят, нуждаешься в деньгах? — спросила, между прочим, Фанни Викторовна.

— Я? — отвечал граф. — То есть как тебе сказать, и да, и нет...

— Я вот что придумала... Я живу в доме, принадлежащем тебе...

— Ну, так что же?

— Наши отношения изменились, и это мне неприятно...

— Какой вздор...

— Не вздор, если я говорю неприятно, значит неприятно. Я решила выехать, если ты не продашь мне этого дома... Сколько ты за него хотел бы?

— Перестань говорить глупости...

— Я говорю серьезно... Отвечай...

— Этот дом стоит триста тысяч...

— Он заложен?..

— Ну само собой разумеется...

— За сколько?

— За двести двадцать тысяч...

— Значит доплатить восемьдесят... Может быть, мне ты уступишь за семьдесят, потому что все равно тебе пришлось бы заплатить комиссии при продаже другому лицу.

— Конечно, я охотно уступлю....

— Значит, это дело решено... Завтра мы совершим купчую крепость.

— Ты не шутишь?

— Ни на одну йоту...

Она подала ему руку, он протянул свою.

Сделка совершилась.

На другой день действительно была совершена купчая

крепость у младшего нотариуса, и Фанни Викторовна стала петербургской домовладелицей.

Таким образом, она еще более упрочила свое положение, рассчитывая приобрести этим более шансов выиграть затеянную ею игру.

Предмет этой игры был Федор Дмитриевич Караулов, ухаживания которого она отвергла еще будучи непорочной девушкой, вдруг возбудивший в ее сердце, знавшем только фикцию любви, настоящую, истинную любовь в те немногие минуты, которые он провел под кровлей этого дома, принадлежащего теперь всецело ей несколько лет тому назад.

С момента этой последней встречи образ доктора Караулова не покидал сердца и ума молодой женщины.

Она узнала из газет, что он возвратился в Петербург.

Федор Дмитриевич действительно возвратился из заграницы и поселился в гостинице "Гранд-Отель" по Малой Морской улице.

Он приехал чуть не крадучись, не желая никому напоминать о себе, зная, что газеты уже раздули в Петербурге его имя.

Но его затворничество не могло продолжаться долго.

На третий день его приезда он, развернув газету, уже прочел об этом известии, а остальные дни он не мог скрыться от "интервьюеров", расплодившихся в Петербурге за последнее время, как грибы в дождливую осень.

Таковы шипы роз, венками которых венчает людей слава.

Он между тем жил только одной мыслью увидать дорогое для него существо, которое не видал столько лет и даже не имел о нем известий, благодаря редким письмам графа Белавина, молчание которого он и теперь не мог объяснить себе, так как его одного он известил о своем прибытии в Петербург.

Однажды вечером, возвратившись домой, Федор Дмитриевич нашел у себя на столе письмо, положенное лакеем гостиницы.

Прочитав его, он вздрогнул.

Оно было анонимное.

В нем говорилось, пожалуй, слишком много, но все-таки недостаточно.

Письмо гласило следующее:

"Если вы еще интересуетесь существованием вашего друга, графа Белавина, приходите в 9 часов вечера в его дом, на Фурштадтской. Вас там будут ждать".

Федор Дмитриевич был положительно удивлен этим письмом и даже несколько раз с недоверием перечитал его.

Он не мог объяснить себе ни страшной уловки, ни загадочной формы.

Письмо это было положительной загадкой, решить которую было очень трудно, если не невозможно.

Почему же граф Владимир не мог ему написать сам?

Письмо, которое он держал в руках, было с начала до конца написано женской рукой.

Адрес был написан тем же почерком.

Неужели графиня Конкордия Васильевна?

Он не мог этому поверить.

Внутреннее чувство говорило ему, что это не была ее рука.

С ее прямым, честным характером она не способна написать анонимное письмо.

Если она хотела жаловаться ему на мужа, она написала бы открыто и подписала письмо.

Да и кроме того, она с мужем живет на Литейной, а в доме графа на Фурштадтской живет, или, по крайней мере, жила, несколько лет тому назад, его содержанка...

Не перевез же граф туда теперь свою жену?

Все эти вопросы так и оставались нерешенными, но они же налагали на него обязанность предпринять что-нибудь.

Он решил отправиться на другой день утром к графу Белавину.

XV

ПЕРЕД РАЗГАДКОЙ

На другой день в первом часу Федор Дмитриевич Караулов отправился к Белавиным.

Всю дорогу он волновался.

Воспоминания одно за другим сменялись в его уме.

Он вспомнил откровенность графини Конкордии относительно поведения ее мужа и ожидающего ее неминуемого разорения.

Он вспомнил обещание, данное им молодой женщине, возвратить ей мужа.

Исполнил ли он?

Что он пытался для того сделать?

Мог ли он сказать по совести, что все?

Отказ от участия в оргии графа и несколько резких упреков по адресу последнего, сделанных им в том самом доме, куда его сегодня вечером вызывают на свидание, составляют ли то, что на его месте друг обязан был сделать?

Федор Дмитриевич поник головой.

Как человек справедливый и строгий к самому себе, он почувствовал угрызение совести.

Он обвинял себя, что он не оправдал доверия, оказанного ему графиней Конкордией.

Это и было причиной молчания с ее стороны при его возвращении в Петербург; он начал понимать теперь значение этого анонимного письма, брошенного с презрением рукой обманутой женщины, видящей в нем сообщника ее мужа, а не человека, способного спасти его, как она рассчитывала.

Удрученный этими тяжелыми мыслями, он прошел Малую Морскую, Невский и незаметно очутился у угла Литейного проспекта.

Повернув в эту улицу, он скоро дошел до дома, где жили Белавины.

Первое, что бросилось ему в глаза, это новый швейцар.

— Граф Белавин-с... — повторил швейцар на вопрос Караулова, дома ли граф Белавин, — они-с у нас не живут-с.

— Не живут... Как давно?

— Не могу знать-с... Я всего здесь третий месяц.

Федор Дмитриевич повернулся, чтобы выйти, но в это время с лестницы спустилась франтоватая горничная.

— Анна Сидоровна, — обратился к ней швейцар, — вот-с господин спрашивают графа Белавина... Вы давно здесь живете... Жили здесь такие-с?

— Как же, конечно, жили... Я даже могу вам сообщить о них, — обратилась она к остановившемуся Федору Дмитриевичу. — Графиня с дочкой уже с полгода уехала в свое имение в Финляндию, а граф переехал на другую квартиру, но куда именно, не знаю...

Караулов должен был удовольствоваться этими сведениями.

Он поблагодарил девушку, вышел и машинально пошел далее по Литейному проспекту, прошел его весь и повернул на набережную.

Он очнулся только у решетки Летнего сада, у той знаменитой решетки, посмотреть которую один англичанин приезжал нарочно из Лондона.

Была прекрасная ясная осень.

Деревья стояли еще в своих зеленых уборах.

Он вошел, прошел в одну из боковых аллей и сел на скамью, под тень густых ветвей старого дуба, вдыхая в себя свежий воздух и убаюкиваемый шелестом листьев.

Сердце его усиленно билось.

Такое множество воспоминаний обуревало его ум, и так сильно вдыхаемый им свежий сентябрьский воздух расширял его легкие.

Он задумался над его собственной жизнью, над его молодостью, лишенной радости, и приближением зрелых лет.

Ему было 33 года, и он провел несколько лет за границей, где, кроме научных занятий, его окружала масса соблазнов, в форме удовольствий, красивых женщин, но он был охраняем от всего этим дорогим образом, который наполнял все минуты его досуга.

Он вернулся в Петербург, полный к графине Конкордии Васильевне той же чистой возвышенной любовью, какую питал к ней с первого мгновения их знакомства.

И теперь при возвращении он не только не встретил ее, не увидал ее приветливой улыбки, но даже не нашел ее в городе.

Она уехала.

Он был одинок, жаждал любви и под ласками родного воздуха чувствовал непреодолимую потребность нежности той, о которой он сам сказал, что вся его слава для него — она.

Он был, повторяем, более одинок, чем графиня Конкордия Васильевна Белавина.

Молодая женщина жила с сердцем, полным любовью, самой чистой, самой нежной, любовью, поцелуи которой освежают все существо человека, любовью к ребенку, любовью матери.

И затем что, собственно говоря, он знал?

Сказала ли ему эта девушка правду, а если и так, то не следовало ли бы, быть может, иначе понять ее?

Не с согласия ли мужа после честного перемирия молодая женщина оставила Петербург.

Разве не возможно, что граф Владимир, утомленный, излечившийся, наконец, от своей пагубной страсти, устроил для своей законной жены такое же гнездышко любви, какие до сих пор создавал для своих любовниц.

Такие мысли, невольно шедшие ему на ум, конечно, его не успокаивали.

Он встал, прошел Летний сад, вышел в другие ворота и отправился к себе пешком.

Петербург — эта огромная, великолепная столица, собственно говоря, населенная пустыня.

Ничего нет печальнее для одинокого человека, как пребывание в этом грандиозном городе, где на всех лицах написано полное безучастие.

По улицам снуют прохожие торопливо с угрюмым, озабоченным видом, и ни в одном взгляде не встретишь привета, как будто задачей их жизни показать, что все и все, кроме них самих, для них чуждо и неинтересно. В этом центре ума и просвещения, в этом горниле государственной и общественной деятельности личность пропадает, расплавляется, уничтожается.

Сама слава не спасает от того томительного одиночества,

которое чувствовал за последний свой приезд Федор Дмитриевич Караулов.

Он обвинял, впрочем, в этом отчасти самого себя, он сожалел, что природа не наградила его более легким, веселым характером. Тогда бы он мог, по крайней мере, помириться с жизнью, какова она есть, находить хорошее во всех ее проявлениях, не требовать, быть может, невозможного, не мечтать об идеалах, так как эти мечты приносят одни страдания.

Вернувшись домой и ходя из угла в угол своей комнаты, Федор Дмитриевич предавался этим размышлениям, с нетерпением ожидая вечера. День казался ему необыкновенно длинным.

Причиной последнего было назначенное ему анонимное свидание.

Он решил идти.

Это было теперь единственное средство узнать, что сделалось с его друзьями, иметь известие о графине Белавиной, выяснить, что случилось с супругами, которых он несколько лет тому назад оставил в таких обостренных отношениях.

Почти в первый раз в жизни он был без работы, да и первый раз в жизни работа теперь была бы для него утомительной.

Наконец желанный вечер настал, и Федор Дмитриевич приготовился идти навстречу сюрпризу, который он, как ему, по крайней мере, думалось, отчасти уже предугадывал.

Он вышел в общую залу ресторана гостиницы, ел мало и без аппетита, как человек, занятый исключительно одной мыслью.

Обед он кончил в восемь часов и решился идти на Фурштадтскую пешком.

Он шел тихо, не торопясь, полагая, что в подобных свиданиях можно опоздать без церемонии.

Было, однако, ровно девять часов вечера, когда он подошел к шикарному подъезду дома, на пороге которого он несколько лет тому назад отряс прах от ног своих.

— Граф Белавин дома? — спросил он у того же, как казалось ему, величественного швейцара, который был здесь в первое его посещение.

Швейцар, видимо, получивший инструкции, почтительно ответил:

— Графа здесь нет, но быть может вы желаете видеть барыню?

Федор Дмитриевич не обратил внимания на то, что швейцар не сказал "графиня", а "барыня".

Кого он мог подозревать, под словом "барыня", как не графиню, раз его, Караулова, пригласили сюда? — решил он.

— Хорошо, — ответил он, — куда пройти?

— Пожалуйте наверх... — заторопился швейцар, снимая пальто с Караулова.

Федор Дмитриевич поднялся по раззолоченной лестнице.

По звонку, данному швейцаром, ему отворила дверь хорошенькая горничная.

— Барыня вас ожидает, пожалуйте в гостиную... — сказала она и скрылась.

Вид горничной поразил Федора Дмитриевича.

Поистине, это была странная прислуга для графини Белавиной.

Или она так изменилась и характером, и привычками? Караулов не понимал ничего из того, что происходило, но по приглашению служанки прошел залу, где несколько лет тому назад имел объяснение с графом Владимиром Петровичем, и вступил в гостиную.

Войдя в эту комнату, он остановился в изумлении.

Кто участвовал в убранстве этой гостиной? Кто выбирал мебель?

Смутные мысли волновали ум Федора Дмитриевича, и даже одну минуту он подумал, что он жертва галлюцинаций.

Голова его кружилась.

Причиной последнего, впрочем, был запах, царивший в этой комнате.

От всех этих восточных материй, от всех этих низких и мягких диванов с массою прелестных подушек, от всех подставок из черного дерева с инкрустацией из перламутра и слоновой кости и бронзы, от этих пушистых ковров, в которых тонула нога, от всех стен, задрапированных бархатистой шерстяной материей, от всего, казалось, распространялся тонкий аромат, который проникал во все существо человека и производил род опьянения: сладострастная дрожь охватывала тело, кровь горела огнем, ум мутился, всецело побежденный желаниями тела.

Федор Дмитриевич собрал всю силу своей воли, чтобы не поддаться этому впечатлению.

Он ни разу в жизни не испытывал такого волнения и такого искушения. Образ графини Конкордии стал носиться перед ним в самых соблазнительных формах.

В то же время он с любопытством осматривал окружающую его обстановку.

Он открыл, что одуряющий аромат несся из зажженной курильницы, стоявшей на высокой тумбе черного дерева. Курильница имела вид древней урны.

Вся гостиная освещалась огромным, спускавшимся с потолка чугунным фонарем с разноцветными стеклами, и это освещение придавало еще более фантастический вид.

Он вдруг догадался.

— Нет, конечно нет! — воскликнул он почти вслух. — Эта

турецкая гостиная скорее будуар одалиски, чем приемная графини Белавиной.

Это не она писала ему письмо.

Но тогда кто же автор?

Единственное предположение, на котором мог остановиться Караулов, было то, что это был сам граф Владимир Петрович, т. е. это он попросил написать ему это письмо, чтобы заинтересовать его и помучить.

Только с какой целью граф это сделал?

Как человек серьезный, Федор Дмитриевич имел склонность искать серьезные причины всех человеческих действий.

Но таких причин он, конечно, придумать не мог.

Граф просто пошутил с ним.

Это было простое ребячество!

А быть может, граф Владимир Петрович помнил слова упрека, которые он, Караулов, бросил ему в лицо в этом же самом доме несколько лет тому назад, за его слабость к жизненным искушениям, и хотел наглядно этой обстановкой показать ему, заставивши испытать их на себе, как трудно противостоять этим искушениям, которые сбивают человека с дороги совести и бросают в водовороте страстей.

Федор Дмитриевич чувствовал, что граф, пожалуй, достиг своей цели.

Внутренний жар его увеличивался, он прямо изнемогал.

Он решился, наконец, отворить дверь, которая как-то сама собою беззвучно закрылась за ним, когда он вошел, и уйти.

Ему показалось, что он уже слишком долго был тут — ничто так не способствует обману во времени, как волнение.

Караулов круто повернулся и уже взялся за ручку двери, когда послышался шорох откинутой портьеры и легких шагов по мягкому ковру.

Федор Дмитриевич обернулся и остолбенел.

Перед ним стояла женщина и с улыбкою приветствовала его.

Караулов был добродетельный, даже целомудренный человек. Караулов любил графиню Конкордию, но Караулов был мужчина.

Создание, которое стояло перед ним, было так прекрасно, что голова доктора закружилась еще сильнее, и все стало вертеться вокруг него.

Он должен был удержаться, чтобы не вскрикнуть.

Он узнал Фанни Викторовну Геркулесову.

Она ничего не пожалела для этой сцены. Это была роль, которую она приготовила заранее.

Самые оттенки света были заботливо рассчитаны и размерены.

Она была одета в бархатный черный пеньюар, тяжелые

шнурки белого цвета стягивали ее талию, руки, плечи и шея были открыты.

Ничего нельзя лучше придумать, чтобы вызвать страсть, как этот контраст тяжелой и темной материи с атласно-белоснежной кожей.

XVI. В когтях соблазна

Федор Дмитриевич Караулов ждал, чтобы она заговорила первая.

Он понял, что она и есть та барыня, о которой говорил швейцар и горничная, а между тем он не мог подавить своего внутреннего волнения и чувствовал, что голос его задрожит, если он произнесет слово.

Грациозным жестом Фанни Викторовна пригласила его сесть.

Он остался стоять.

— Вы принуждаете меня остаться в том же положении, как и вы, — кротко сказала она.

Он имел право быть твердым, но не быть невежливым.

Он сел, но на почтительном расстоянии от своей собеседницы.

Она заметила эту предосторожность.

Протянувшись небрежно на диване, Фанни Викторовна выставила все богатства своего бюста.

— Вы меня боитесь? — спросила она с насмешливой улыбкой.

Федор Дмитриевич имел время оправиться.

Ничто не выказывало его волнения.

Он отвечал с хорошо разыгранным наружным спокойствием:

— Нет, вы меня не пугаете. Только позвольте мне вас просить сейчас же объяснить, что побудило вас написать мне анонимное письмо, и что вы от меня желаете. Я не люблю загадок.

— Загадок, — повторила она.

— Да, загадок, потому что анонимное письмо всегда представляет из себя загадку.

— Извольте, я исполню ваше желание: побудила меня написать вам это письмо — любовь, от вас же я жду только искренности.

Доктор Караулов не ожидал такого вступления.

Он посмотрел на молодую женщину в упор с нескрываемым удивлением.

Она выдержала этот взгляд.

Что же, по ее мнению, особенного она хотела от него?

Он был свободен и хотя добродетелен, но не был обязан никому отдавать отчет в своих действиях.

Она же знала себе цену.

Эта прекрасная грешница понимала, что он не будет сожалеть, если не устоит перед ней.

Она сознавала, что она предлагает, взамен небольшого количества страсти, быть может, откровенного восторга и некоторой неловкости в порывах новичка.

Она решила напоить его сладострастием и обезумить ласками.

Зачем же ей было вести игру более утонченно, зачем играть и притворяться?

— Быть может, — снова начала она, — я виновата перед вами, что не предупредила сначала, кто вас здесь ожидает, но насколько я вас знаю, по рассказам вы — дикарь. Письмо от такой женщины, как я, вас не привлекло бы, напротив, оно заставило бы вас бежать от нее. Вот почему я прибегла к средству, в верности которого не сомневалась, и вызвала вас именем нашего общего друга графа Белавина.

Она оборвала речь, тотчас же заметивши, что сделала большую ошибку.

Действительно, воспоминание о графе Белавине произвело на Караулова оживляющее действие электрического тока в этой одуряющей атмосфере.

Образ графа неминуемо вызвал за собой образ графини.

Федор Дмитриевич пришел совершенно в себя и понял очень хорошо игру своей собеседницы.

— Я вам очень благодарен, — резко начал он, — что вы напомнили мне о вашем письме, будьте же добры сказать мне, скоро ли я увижу графа Белавина?

Она совершенно позабыла, о чем она писала ему.

Это ей напомнило.

— Но разве вы пришли сюда, чтобы видеть графа?

— Конечно, потому что я у него в доме.

Фанни Викторовна не удержалась, чтобы не сделать гневный жест.

— В таком случае вы ошиблись, вы не у графа Белавина.

— У кого же я?

— Вы у меня!

Караулов тотчас же встал.

Хотя он и ранее понял намерение молодой женщины, но все-таки думал, что находится под кровлей друга.

Последние слова Фанни Викторовны окончательно открыли ему глаза.

— Мне остается только извиниться перед вами, — сказал он с холодным поклоном, — в моей непонятной рассеянности и проститься с вами. Прошу вас верить...

Он не успел договорить фразы, как она быстро встала и одним скачком очутилась подле него, блестя красотой. Глаза ее метали искры.

— И вы думаете, что я вас так и отпущу от себя! — воскликнула она.

Они стояли друг перед другом, дрожащие и задыхающиеся.

Молодая женщина употребила всю силу своих чар, и никто, вероятно, не видал ее такой обольстительной.

Уже несколько лет она таила эту любовь, самую чистую, самую идеальную, остерегалась всякого увлечения, она наслаждалась при мысли об этом tete-a-tete, об этой встрече, где в первый раз она отдастся ему вся, безраздельно, от чего она помолодеет, переродится.

И вот в минуту, когда это счастье было у нее в руках, счастье, которого она ожидала, о котором она мечтала, человек, на которого она возлагала все свои надежды возрождения на новой жизни, отвергает ее.

Нет, этого не может быть, этого никогда не будет!

Федор Дмитриевич остановился, пораженный вырвавшимся, видимо, прямо из сердца восклицанием Фанни Викторовны.

— Вы хотите меня удержать силою? — холодно спросил он. — Что же вам от меня угодно?

— Что угодно... — произнесла она, но спазмы в горле не дали ей говорить, и она вдруг неудержимо зарыдала.

Перед Карауловым стояла женщина, настоящая женщина, которую увлекает страсть и которая сбрасывает с себя законы приличий.

Фанни Викторовна с мольбою сложила свои прекрасные руки и устремила взгляд своих глаз, полных слез, на Федора Дмитриевича.

— Слушайте, а потом судите! Я от вас именно и ожидала того, что произошло. Быть может, за это я вас и люблю. Повторяю вам, я люблю вас. Вы не знаете, сколько муки и страдания переживают женщины, подобные мне. Но вы также не знаете, на какую любовь способны такие женщины, раз они полюбят. Вы для меня все: счастье, прощенье, раскаяние, горе, рай, ад, все вместе. Если бы я ранее любила другого человека, как люблю вас, я никогда бы не сделалась такою женщиной, какова я теперь. Нам часто бросают в глаза наши ошибки!.. Увы, но эти ошибки извинительны. Во всем я грешила, кроме сердца. О мое бедное сердце, когда я прислушиваюсь к биению его, под влиянием того чувства, которое вы во мне поселили, мне кажется, что я слышу лепет ребенка. В нем все так полно блаженства, веры в будущее, желания исправиться.

Все это она говорила, обливаясь слезами.

Караулов чувствовал, что его пробирает нервная дрожь.

Он сознавал, что он слабеет перед слезами этой женщины.

Она смолкла, снова разразившись рыданиями.

Он не сказал ей ни одного слова в утешение.

Он не хотел потворствовать капризу этой падшей женщины.

Он не знал таких женщин, но слышал, что они умеют отлично разыгрывать комедии.

К чему она вела этот разговор?

Сдержав свои рыдания, она заговорила снова, как бы предугадывая его мысли.

— Вы, может быть, думаете, что я лгу, что я заранее приготовила для вас эту сцену. Вы думаете, что я вас не знаю, я все знаю, что касается до вас, знаю ваше далеко не обеспеченное положение, ваш талант, вашу славу, ваше бескорыстие. Я не жду от вас ни положения, ни помощи. Мне ничего подобного не надо. Я не солгала, сказав вам сейчас, что вы у меня. Этот дом я купила у вашего друга. Он далеко не в убыток продал его мне, так как я заплатила ему чистыми деньгами.

Фанни Викторовна, прежде всего, была практичная женщина и не могла не дать понять Караулову, что имеет обеспеченное состояние.

Но тут же она поняла, что этот аргумент не может подействовать на Федора Дмитриевича и снова возвратилась к своим чувствам.

— Правда, вы человек дня, человек, о котором говорит весь Петербург... Было бы лестно для женщины быть подругой сердца доктора Караулова. Это льстит женскому тщеславию.

Она остановилась, выпрямилась и посмотрела на него просветленными глазами, на ресницах которых еще блестели слезы.

— Но я не поддаюсь этому чувству. Мне все равно бедны ли вы, или богаты, знамениты ли вы, или неизвестны. Я вижу вас самих, вас, вас самих я люблю всеми силами души моей! Что это вам должно показаться странным, я это понимаю, но я прошу вас, я умоляю вас об одном... Женщина, которая перед вами, грешница. Другим она продавалась, вам она отдается. Не отталкивайте этот дар, который ее возвышает в ее собственных глазах. Возьмите ее. Уступите ей немного любви, а за недостатком последней, не откажите в обмане. Только не говорите мне правды. Дайте мне упиться этой ложью. Вот то благодеяние, та милость, которые вы можете сделать для меня как для женщины. Я красива, богата, многие лица с положением предлагали мне свою руку, иные по любви, иные по расчету... Возьмите меня, я вас буду благословлять так долго, как долго продлится мой сон счастья. Я не буду вас проклинать, когда вы сорвете покрывало с моих глаз.

Удивление Федора Дмитриевича Караулова все возрастало и возрастало. Он слушал ее внимательно и даже с тем удовольствием, с которым человек старается разрешить загадку.

Она была красноречива, подтверждая слова латинской пословицы: "сердце делает оратора".

Он почувствовал жалость к этому молодому, прекрасному созданию, образцовому произведению физической природы.

В то же время он испытывал странное наслаждение, открывая в этой женщине свежесть впечатлений, искренность волнения, которых он в ней не подозревал.

Она была искренна, говоря, что ее сердце лепечет как малое дитя, поразительна была эта ее кротость ребенка, сохранившаяся в женщине, так много вкусившей от жизни.

Он стоял задумчивый, недвижимый.

Это придало смелости Фанни Викторовне.

Она приблизилась к нему.

Он не отступил.

Она взяла его руки в свои.

— Вы не говорите нет? Не правда ли? — заискивающе и нежно спросила она. — О, как приятно знать или, по крайней мере, думать, что любима. Вы сами не любите?

Он вздрогнул.

Эти слова тронули его всегда открытую рану.

— О да! Она права! Это должно быть приятно чувствовать себя любимым.

Он не обратил внимания на ее пожатия, на то, что она силилась привлечь его к себе. Его мысли были далеко. Они были около другой.

Наконец, она выпустила его руки, положила свои ему на плечи.

Это возвратило его к действительности.

Он резко освободился от ее объятий.

Ему вдруг стало стыдно за самого себя.

Что он делал здесь, около этой падшей женщины?

Что привело его сюда?

Не пришел ли он забыться или мечтать о графине Конкордии под этими нечистыми поцелуями?

Он пришел в ужас от этой страшной профанации своего чувства.

Между тем как мысль его витала около обожаемого существа, он был в позорном месте, в руках другой женщины, в ее власти, а эта власть — было ее к нему чувство.

Фанни Викторовна поняла его резкое движение, но не оскорбилась им.

Она только сделалась печальна.

— Я ошиблась, говоря, что вы не любите. Вы любите, и любите так же сильно, как люблю я... Но это не меня вы любите.

Федор Дмитриевич сделал жест протеста.

Он хотел отрицать. Не признаваться же было ему ей в любви к графине.

Она остановила его.

187

— Я не ошиблась. Женщину не обманешь... Я много выстрадала в эти несколько секунд. Но это ничего не значит. Я не могу на вас сердиться, я вас люблю, потому что вы страдаете, так же, как и я. Я вполне вас теперь знаю. Вы очень честный человек, как говорил мне и граф Владимир.

Караулов молчал.

Она продолжала:

— Да, я вас жалею от всего сердца, потому что я читаю в вашем сердце. Женщина, которую вы любите, не знает этого, а вы не такой человек, чтобы ей это сказать. Она может быть так же несчастна, как и вы... Хотите, я вам назову эту женщину?..

— Нет, не хочу! — испуганно воскликнул Караулов.

— Вы видите, — сказала она, — вы изменяете себе... Эта женщина, муж которой не достоин ее, графиня Белавина.

Федор Дмитриевич смотрел на нее бессознательным взглядом.

— Я вам даже могу сказать, как я сделала это открытие, а ваше восклицание подтвердило его справедливость.

Затем она рассказала Караулову все, что знала о семейной жизни графа Белавина, который, как оказывается, ничего не скрывал от нее, и, наконец, о разрыве его с женою.

— Как, они разошлись! — воскликнул Федор Дмитриевич.

— Разве вы не знали? — продолжала она. — Да, графиня совершенно разошлась со своим мужем... Она, вероятно, проклинает меня. Но если вы ее увидите, скажите ей, что не я сделала главное зло... Мы тоже разошлись с графом Владимиром, и та, в руках которой он теперь, выпустит его не так скоро и не так безнаказанно... Поверьте мне...

Во время этого разговора, благодаря сильному волнению, опасность плотского соблазна для Караулова миновала.

Они сели в конце описанного нами разговора, и Фанни Викторовна заметила движение доктора подняться с кресла.

— Я отгадываю, с чуть заметною усмешкой сказала она, — куда вы спешите... Вы надеетесь спасти вашего друга от новой опасности.

— Да... Вы не ошиблись, — ответил Федор Дмитриевич, — я спасу его, или...

— Или погибнете сами, — перебила она его. — Позвольте мне вам дать совет... Откажитесь от человека, которого вы все равно не спасете... Откажитесь и от любви опасной и, однако, не бескорыстной... Утешить обманутую женщину можно лишь помогая ей обмануть обманщика.

Караулов вздрогнул.

Фанни Викторовна попала в его больное место.

Глаза его блеснули гневом.

— Милостивая государыня... — встал он с угрожающим видом.

Она не тронулась с места.

— Протестуйте, сердитесь, — грустно сказала она, — это обязанность каждого честного человека. Но все-таки вы не избежите своей судьбы... Теперь я все сказала и более вас не удерживаю... Но если вы будете благоразумны, то откажетесь от любви к женщине, которая вам не может принадлежать.

Это был новый меткий удар.

Но главная причина нравственного страдания доктора Караулова была та, что его тайна, его заветная тайна находилась в руках этой женщины.

Фанни Викторовна снова точно прочла его мысль.

— Будьте покойны, я не скажу никому об этом... Но если бы вы захотели, я сумела бы вас заставить позабыть и ваше, и свое прошлое.

— Прощайте... — холодно сказал он ей на это и вышел из гостиной, а затем и из дому.

XVII

РАЗРЫВ

Итак, граф и графиня Белавины разошлись! То, что ему сказали на Литейной, подтвердили и на Фурштадтской.

Это известие, сомневаться в котором он теперь уже не имел основания, до глубины души взволновало Федора Дмитриевича Караулова.

Необходимо было узнать подробности.

Нужно ли разыскать графа Владимира, или же сперва повидать его жену?

Вот вопрос, который возник в уме доктора.

Он решил его в первом смысле.

Это было, по его мнению, приличнее и соответствовало законам дружбы.

Ужасные выводы бывшей содержанки графа Белавина раздавались еще в ушах Караулова, и как ни чисты были его намерения относительно графини Конкордии, слова влюбленной кокотки подмешали в их чистоту жизненной грязи.

— Ужели я способен на подобную низость? — спрашивал он самого себя. — Ужели моя любовь, сотканная из поклонения и уважения, омытая слезами, удобренная отречением, могла вырасти в плотское чувство и сделаться причиной нравственного падения для меня и для любимого мною существа? Возможно ли, что, любя графиню Конкордию как неземное создание, я могу соблазниться ею, как женщиной?.. Конечно, нет!

Все сознание человеческого достоинства возмущалось в нем при этой мысли.

А между тем какой-то голос, похожий на голос Фанни Викторовны, назойливо говорил ему:

— Ты мужчина!

Совет молодой женщины восставал в его памяти.

По мере того, как он шел по залитому электрическим светом Невскому проспекту, его мысли постепенно приходили в должный порядок.

Влияние искушения, которое он недавно испытал на себе, постепенно исчезало; кровь отлила от мозга, сделав его снова способным на хладнокровное размышление.

Весь разговор его с Фанни Викторовной восстал в его памяти.

Она сказала, говоря о графе Белавине, что он в руках женщины, которая выпустит его не так скоро и не так безнаказанно.

Эта фраза была загадкой.

Кто же была эта женщина? Кого она подразумевала?

Менее всех, конечно, мог догадаться об этом Федор Дмитриевич, далекий от женщин вообще, а от "петербургских львиц и пантер", к которым, несомненно, принадлежала и та, в чьих руках находился теперь граф Владимир, в частности.

Судьбе, однако, было угодно, чтобы этот вечер был для Караулова рядом неожиданных открытий.

Случай — несомненно самый изобретательный жизненный антрепренер, он устраивает такие представления, до которых не додуматься современным "Барнумам".

Доктор уже шел мимо Казанского собора и переходил Малую Конюшенную, погруженный в свои мысли.

Мимо него сновала вечерняя толпа Невского проспекта. По мостовой взад и вперед катились экипажи, и блеск их фонарей рябил в глазах. Вокруг него раздавался смех, слышались шутки, порой тихий шепот — начало романа, оканчивающегося или слезами, или полным разгулом.

— И это жизнь, — с горечью думал Караулов, — жизнь города, который называется "центром ума". По-моему лучше сумасшествие.

Он чувствовал, однако, что говорит против себя. Он понимал, что он исключение в этой толпе, а по исключению нельзя выводить правила. Все удовольствия ему были противны. Ему было не до них!

По временам, впрочем, на него находило сомнение, если не в

правильности, то в практической целесообразности его взглядов на жизнь, сомнение, которое, подобно крылу летучей мыши, затмевающему свет лампы, набрасывало тень на светлый горизонт его мечты.

— Быть может, — думал он, — он был не прав, отказываясь от удовольствий, которые представляет жизнь. Как они, эти удовольствия, ни казались ему грубыми, ими, однако, увлекается большинство.

Не смешно ли, что он, в поисках за идеалами, видимо, не достижимыми, осудил себя на жизнь отшельника среди шумной толпы.

Хорошо созерцать добро и красоту, но это не под силу порой человеку, состоящему из плоти и крови.

Насмешливый голос шептал ему в уши и бичевал его с явным сарказмом.

— Ведь ты свободен, — говорил ему этот голос, — мир тебе улыбается! Слава окружает тебя! если хочешь быть человеком серьезным, будь им, но не пересаливай... Выбери середину из этих крайностей, в одну из которых ты вдался, а другую презираешь... Упрочь свою знаменитость и свое состояние... Сделай партию богатую и блестящую... Состояние принесет тебе жена, она же принесет и красоту... Любовь — не единственный путь к браку, любовь может прийти после... Она может вырасти на почве привычки и взаимного уважения...

Это было первое решение вопроса.

Но есть и другое.

— Ты мечтал! Но пора мечтаний прошла... Берегись пропустить пору увлечений удовольствиями жизни. Они освежают ум и сердце... Это почти гигиена... Да ведь если ты хочешь остаться верным себе, своей крайности, ты должен запретить себе даже мечтать, так как мечта требует осуществления, ты должен изгнать из своего сердца надежду, так как твои надежды преступны с твоей точки зрения.

Под впечатлением этих роившихся в его голове мыслей Федор Дмитриевич машинально повернул на Большую Морскую и пошел по левой стороне этой улицы.

В то время, когда он подходил к подъезду ресторана Кюба, у этого подъезда остановилась двухместная карета с опущенными зелеными шторами.

Швейцар ресторана отворил дверцы.

Из кареты выскочила дама, а вслед за ней мужчина.

Свет газового фонаря осветил лицо последнего.

Караулов чуть не вскрикнул.

Он узнал графа Белавина.

Женщины он не мог рассмотреть. Она была под густой

вуалью, но ее фигура пробудила в нем какое-то смутное воспоминание.

Граф Владимир Петрович, увидав своего друга, на минуту остановился, как бы колеблясь, но затем, пропустив свою даму в дверь ресторана, подошел с радостной улыбкой к Караулову.

— Вот неожиданная встреча! — воскликнул он. — Дай мне скорей твой адрес. Завтра будем вместе завтракать и поговорим...

Федор Дмитриевич назвал гостиницу, в которой остановился.

— Все там же?

— Да!

Граф Белавин пожал ему наскоро руку и скрылся тоже в подъезде.

Оставшись один, Караулов несколько минут постоял в размышлении, а затем быстро пошел к себе домой.

Ему хотелось остаться одному, чтобы собраться с мыслями, или, лучше сказать, забыть об этих мыслях, заснуть и проснуться завтра утром.

"Странно, — думал он, — фигура и походка этой женщины мне знакомы... Но где я ее встречал?.."

Он и вошедши к себе в номер не решил этого вопроса, разделся и лег в постель... Нравственное утомление дня и хороший моцион, сделанный им, совершили то, что спустя полчаса он уже спал крепким сном.

Проснулся он, по обыкновению, в восемь часов утра, напился кофе и сделал утреннюю прогулку.

В полдень в его номер вошел граф Владимир Петрович Белавин.

— Ну что, как, когда вернулся?.. — забросал он вопросами Караулова, — Впрочем, расскажешь все за завтраком, пойдем к Кюба, здесь у нас невозможно кормят...

Через четверть часа они уже сидели в отдельном кабинете этого ресторана, меблированного мягкой мебелью, крытою малиновым бархатом.

Это было очень удобное место для сердечных излияний и откровенных признаний, которые и хотел слышать от своего друга Федор Дмитриевич.

Тот не заставил себя ждать.

Он начал признание более чем откровенно, он начал его цинично.

Сказавши, между прочим, что он окончательно порвал все с женой, он заметил:

— Ты не сердись на меня, дружище, что я вчера с минуту колебался, узнав тебя, я ведь был с женщиной, но что хуже всего, с женщиной, которая тебя знает, она замужняя, и твое появление ее ужасно испугало.

— А! — произнес Караулов, чувствуя, как какое-то омерзительное чувство стягивает ему горло.

— Да, дружище! Но я ее успокоил! Моя милая, сказал я ей, вы не знаете хорошо Караулова. Это прежде всего воплощенная честность и скромность... Если он и узнал вас, он вас не выдаст...

— Значит, я знаю эту женщину?

— Это-то и есть самое пикантное в этом происшествии!.. — засмеялся граф Белавин. — И это не в исключительно моем обществе ты встречал ее...

Федор Дмитриевич вскрикнул.

— Он догадался, кто это такая. Ему не нужно было слышать ее имя.

На этот раз дружба Караулова не устояла перед нравственным падением, перед гнусным вероломством этого человека, которого он любил как брата. Чаша терпения друга переполнилась.

Граф между тем внимательно изучал карточку завтрака, чтобы отдать приказание человеку, стоявшему навытяжку у двери.

— Оставьте нас, — обратился почти грубо к последнему Федор Дмитриевич, — вас позовут...

Лакей быстро вышел.

Граф Белавин выронил из рук карту и с удивлением посмотрел на суровое лицо своего друга.

— Зачем ты прогнал его? — спросил он с некоторым смущением.

Он догадался, что должно произойти нечто серьезное, что Караулов возмутился его рассказом.

— А затем, — сказал Федор Дмитриевич, взяв со стола свою шляпу, что вы можете одни на досуге изучать меню вашего завтрака... Мы видимся сегодня в последний раз... С этого дня мы умерли друг для друга.

Граф вскочил, весь бледный. Он несколько минут не мог выговорить слова, наконец сказал, заикаясь:

— Ты шутишь... Зачем это?

Караулов смотрел ему прямо в глаза.

— Я далеко не шучу... Пока я был в состоянии прощать ваши глупости, я оставался вашим другом, хотя не щадил вас откровенным осуждением вашего поведения. А теперь вы совершили уже не глупость, а преступление... Я не подам вам больше руки... Вы перешли границы прощения... Проклятие Божие и презрение людей будет отныне тяготеть над вами... Если у вас есть силы раскаяться, раскайтесь и исправьтесь... Вспомните, что вы когда-то были честным человеком...

Граф вздрогнул, как под ударом бича.

Он выпрямился и прохрипел.

— Значит, в твоих глазах, я теперь нечестный человек?..

Караулов уже сделал шаг к двери, но остановился.

— Нет, вы больше не честный человек. Вчера вечером, по анонимному письму я был на Фурштадтской, в доме, который вам больше не принадлежит. Его у вас купила на чистые деньги женщина, которая была когда-то вашей содержанкой... Вы же сами его купили на деньги вашей жены... Я не знаю, вернулись ли полученные вами за дом деньги вашей жене, но я знаю теперь то, что, забыв обязанности мужа, вы забыли и долг честного человека... Вы отняли у вашей жены подругу и сделали ее сообщницей вашего преступления, вы вырвали мать из уважаемого семейства... Имя этой несчастной вам не нужно называть... Я догадался, кто она. Вы это понимаете? Уважение, которое я питаю к святой жертве ваших измен, оплакивающей стыд и несчастье быть женой недостойного человека, налагает молчание на мои уста... Но это последнее открытие меня освобождает, и я считаю своею обязанностью вас покинуть и предоставить вашему стыду... Я это делаю с разбитым сердцем, как акт справедливости. Прощайте, граф, да спасет вас Бог...

Граф Владимир Петрович, как-то весь согнувшись под тяжестью своего унижения, протянул умоляюще руки:

— Федор! Федор! Ты сказал правду! Ты прав! Но не покидай меня. Не дай мне погибнуть!

— Прощайте! — холодно произнес Федор Дмитриевич и вышел из кабинета.

Конец второй части

ЧАСТЬ ТРЕТЬЯ

НАД МОГИЛАМИ

I

СОВРЕМЕННАЯ ПОДРУГА

Прошел год.

Федор Дмитриевич не видал графини Конкордии Васильевны Белавиной.

Он знал, впрочем, все до нее касающееся.

Она жила и зиму, и лето в своей вилле в Финляндии, близ Гельсингфорса, изредка на день, на два посещая Петербург.

Все заботы графини были поддержать слабое здоровье ее дочери, у которой развивалась чахотка.

Мучения матери были ужасны.

Ее дочь была ее единственным утешением, единственным сокровищем, и она только жила ею и для нее.

Графиню Конкордию окружал непроницаемый жизненный мрак, и единственным лучом света, единственным осколком ее мечтаний и надежд юности было сладкое сознание, что она — мать.

Да, мать!

Эти святые материнские обязанности возвышают угнетенное состояние духа, излечивают измученную душу.

Несмотря, однако, на любовь, которой Кора платила за ласки и заботы матери, графиня Конкордия Васильевна с сокрушенным сердцем ясно видела, что ребенок наследовал характер и наклонности своего отца.

Мать предчувствовала, что ей предстоит тяжелая борьба с этим отцовским наследием, тем более что эти страстные порывы маленькой девочки дурно отражались и теперь на ее здоровье.

Поглощенная вся мыслями и заботами о своей дочери, графине Конкордии Васильевне не было положительно времени бросить взгляд на прошлое.

Она смотрела на свою жизнь, как на пост, на который она призвана материнскими обязанностями.

Ни на одну минуту личная ее жизнь не приходила ей даже в голову.

Она была единственная жертва, сложившихся так тяжело для нее, обстоятельств.

Из всех светских знакомств она сохранила дружеские отношения только с Надеждой Николаевной Ботт, в квартире которой останавливалась в свои редкие приезды в Петербург, и которая летом приезжала с детьми гостить на финляндскую виллу графини.

Конкордия Васильевна верила в дружбу Надежды Николаевны, была убеждена, что она ее не обманет, что она верная жена и хорошая мать.

В дни, особенно тяжелые для молодой женщины, г-жа Ботт всегда ей сочувствовала.

Однажды у графини Конкордии Васильевны вырвался в ее присутствии крик более возмущенного нравственного чувства, нежели горя, по адресу мужа.

— Презренный! Он мне обязан всем. Я заплатила все его долги, обеспечила его, а он не заботится сохранить хотя что-нибудь из своего состояния, он продолжает мотать его. Если бы я не позаботилась обеспечить нашего ребенка, он мог бы умереть с голоду на глазах отца!..

Есть крики, которые необходимо подавлять в себе, потому что они служат для других откровением.

Хотя Надежда Николаевна не принимала участия в тратах графа, но она была из тех шатких нравственных созданий, которые добродетельны до тех пор, пока нет соблазна. Сердца она не имела, детей своих не любила, мужа презирала.

В последнем презрении она была почти права.

Отпрыск кожевенного фабриканта, музыкант-дилетант, был прямой, откровенный человек только по наружности.

Он принадлежал, несомненно, к тому типу фальсифицированных хороших людей нашего общества конца века, в котором подобных ему насчитывают 99 на 100.

Слова графини Конкордии не только не прошли мимо ушей Надежды Николаевны, но почему-то даже произвели на нее сильное впечатление.

Как объяснить, что мысль, которая могла бы ей прийти в голову уже давно, до сих пор не приходила и лишь вдруг озарила ее ум.

Она сама это не могла понять.

И это очень естественно.

Она не была совершенно испорченной женщиной, в полном смысле этого слова.

Она была расчетлива и имела все данные, чтобы сделаться порочной, но расчет и порок до сих пор не были связаны в ее уме.

Было время, когда она завидовала красоте, имени и богатству графини Белавиной. У нее даже иногда являлось желание относительно графа, который при всех его недостатках все же оставался знатным, богатым и красивым в глазах г-жи Ботт.

Тоном более нежели равнодушным она сказала графине:

— Послушайте... Не хотите ли вы меня уполномочить попробовать что-нибудь сделать для...

Она не договорила.

— Для чего? — спросила удивленно графиня Белавина.

— Чтобы спасти вашего мужа...

Графиня широко открыла глаза.

Она не прочла на лице подруги предательства или насмешки. Впрочем, она и не подозревала ее в этом.

С присущим графине чистосердечием и доверчивостью она увидала в этом предложении только желание доказать ей любовь и быть ей полезной.

По правде сказать, она не понимала, как г-жа Ботт могла спасти ее мужа?

В медицине известны средства, когда одна болезнь отвлекается другой, искусственно вызванной, но графиня не могла предполагать в своей подруге намерение прибегнуть к такому средству.

— Но что вы думаете сделать, чтобы спасти его? — спросила она с наивным, очаровательным недоумением.

Надежда Николаевна, конечно, не имела покамест готового проекта.

Она отвечала шутя, с грациозным жестом упрямого ребенка, который, однако, не сомневается в успехе.

— Это вы уже у меня спрашиваете слишком много. Я рассчитываю на непредвиденные обстоятельства. Это будет война, которую я объявлю ему. Я имею предчувствие, что останусь победительницей. Будете ли вы довольны, если я приведу к вам вашего мужа?

Графиня вздохнула.

Не умея лгать, особенно перед той, которую считала своим верным другом, она имела неосторожность ответить искренно.

— Столького от вас я даже не прошу. Мой муж — чужой для меня. Сделайте его только отцом Коры, и я вас буду благословлять.

Это были слова очень неосторожные, это была очень опасная доверчивость.

Надежда Николаевна задумалась, но не просила объяснить значения этих слов.

Она хорошо поняла их, и по приезде в Петербург — разговор этот происходил на вилле графини — истолковала их в свою пользу.

"Отдать отца Коре" — это совершенно успокоило остаток совести Надежды Николаевны.

"Она сделает графа Владимира хорошим отцом" — это развязывает ей руки, и она достигнет этого.

Разве она не хорошая мать?

Совесть говорила ей утвердительно.

Это была, впрочем, довольно покладистая совесть, которой обладают многие.

Она поддавалась обстоятельствам, благоприятствующим наклонностям ее обладательницы.

В Петербурге нравственность женщин довольно своеобразна.

Быть хорошей женой и хорошей матерью — это значит, чтобы муж не имел причин жаловаться на жену и чтобы дети не страдали от небрежности и неисправности матери, а затем она свободно может расточать свою благосклонность на всех по ее выбору.

Такова была и Надежда Николаевна Ботт.

Она не понимала, в чем и кому могла вредить ее свобода чувства, если доля этого чувства, которую от нее могли требовать муж и дети, была им отдана. Не была ли она свободна поместить остаток своей любви, как другие помещают свои сбережения.

Попробуйте сделать нравственными подобные существа.

Это все равно, что объять необъятное.

Если бы Надежда Николаевна умела размышлять над последствиями своих поступков, она, быть может, не решилась исполнить задуманное.

Но размышлять, как большинство женщин, она не умела.

Она, напротив, разжигала себя для того, чтобы придать себе энергии. Ей нравился граф Белавин, это была почва, на которой молодая женщина вырастила страсть к нему. Она не любила своего мужа и своих детей в той мере, как способна была любить вообще, а потому она и полюбила графа Владимира, тем более, что это чувство было свежее, сопровождалось тайной, риском и, наконец, затрагивало ее самолюбие.

Надежда Николаевна не останавливалась на полдороге.

Она быстро пошла к цели.

По приезде в Петербург она составила план нападения и тотчас же открыла огонь против противника.

Нельзя сказать о женщине самой легкомысленной и самой кокетливой, падет ли она?

Неизвестно никогда, в какой мере она запутается и попадется сама.

Надежда Николаевна сама не знала, к каким средствам придется ей прибегнуть, чтобы увлечь графа Владимира Петровича.

Он представлял из себя крепость, хорошо защищенную.

Баловень женщин, пресыщенный их ласками, которого не соблазнишь ни красотой, да ее у нее и не было, ни пластикой. Известно было, что он покинул даже красавицу Фанни. Каким образом могла рассчитывать на победу женщина, далеко не менее одаренная природой, нежели Геркулесова.

Однако Надежда Николаевна не унывала.

Она верила в свою звезду и рассчитывала на свое упорство.

Нечаянный случай с ее стороны, впрочем предусмотренный, свел двух противников лицом к лицу на одной из петербургских выставок.

Граф Владимир Петрович встретил Надежду Николаевну, одетую с необыкновенной элегантностью, и тотчас же почувствовал, что сердце его сжалось преступным желанием.

Несомненно, что он никогда не имел особого влечения к молодой женщине, он считал ее подругой своей жены и воспоминание о последней служило охраной близкого ей существа от грешных поползновений.

Графиня Конкордия была сама воплощенная чистота, и, конечно, доверяла только лицам, достойным ее.

В силу этого он считал г-жу Ботт, безусловно, честной женщиной и всегда почтительно говорил о ней.

Но в день встречи, при виде Надежды Николаевны в светлом платье декольте с открытыми руками, с восхитительной талией, у него мелькнула мысль пригласить ее завтракать в один из павильонов выставочного буфета.

Она была на выставке в качестве дамы-патронессы маленького приюта, изделия которого наполняли одну из витрин.

Задумано — сделано.

Надежда Николаевна без всякого жеманства приняла приглашение, дав ему согласие крепким пожатием руки.

— Кто вам внушил, граф, эту счастливую мысль, я умираю с голоду.

И действительно, у нее был великолепный аппетит, и она была чрезвычайно весела.

Пока они завтракали, граф взглядом знатока внимательно осматривал ее.

Он никогда не предполагал, чтобы эта дурнушка могла быть такой аппетитной, хотя в Киеве несколько лет тому назад, от нечего делать ухаживал за ней и даже ею увлекался.

Шея и руки были точно выточены из мрамора. Кожа была восхитительна и напоминала свежие лепестки камелии.

Это было для графа возбуждающее открытие.

Когда граф Владимир Петрович увидел, что Надежда Николаевна ничего не имеет против ее тщательного осмотра, он сделался несколько свободнее в выражениях.

Она со смехом отвечала ему в тон и таким образом поощряла

продолжать разговор, с присущим ей остроумием, давая ему даже материал.

Это привело его в восторг, и скабрезная болтовня казалась ему еще более пикантной на языке честной женщины, каковою он не мог не считать ее.

Это последнее для многих испорченных людей служит главной приманкой.

Граф теперь глядел на нее, и она даже не казалась ему некрасивой: глаза не были велики, но зато искрились задорным огоньком, рот был, напротив, велик, но зато с многообещающими губами, зубы были широкие, крепкие, ослепительной белизны. Нос несколько вздернутый, с раздувающимися, как у пантеры, ноздрями.

Эта первая встреча не должна была быть единственной.

Граф Владимир вошел во вкус и получил за завтраком же обещание обедать tete-a-tete у Контана.

Несколько недель спустя Надежда Николаевна Ботт исполнила обещание, данное ей графине Конкордии Васильевне: она вырвала графа Владимира из цепких лап петербургских кокоток и сделалась сама его любовницей.

Она поклялась быть последнею.

Это было бы чудо, но чудеса в этом смысле бывают.

Она любила графа Владимира не как женщина, преданная сердцем, а как самка, в которой пробудилась чувственная страсть.

Этим-то она и овладела им.

Достигнув лет, когда кровь остывает и успокаивается, он искал чувственной страсти, которая бы оживила его.

Эта женщина именно доставила ему это — пыл страсти, потухавший постепенно за последнее время, вдруг вспыхнул с новою силой.

Это сделало привязанность графа Владимира Петровича к Надежде Николаевне Ботт чисто животной.

Она, казалось, молодила его, а он не понимал, что эта кажущаяся молодость является только предвозвестницей полного истощения физических сил.

Он не понимал, что именно с этого момента он погряз в чувственном разврате и начал падать с головокружительной быстротой в пропасть порока без любви.

Граф Белавин был всегда человеком минуты и держался правила "хоть час да мой".

Час был действительно его, а о том, что за этим часом наступят дни, недели, месяцы и годы, он не хотел думать.

II

В ФИНЛЯНДИИ

На своей вилле в Финляндии графиня Конкордия Васильевна не знала ничего.

Она была вся поглощена другими заботами.

Ее дочь Кора умирала.

Приговор, висевший подобно дамоклову мечу над несчастной девочкой, исполнялся.

Чахотка — это убийственная болезнь, средство против которой, несмотря на колоссальные шаги, сделанные за последнее время медицинской наукой, еще не найдено.

Появился по ночам обильный пот, потеря аппетита, постепенное ослабление сил.

Но в этом первом периоде сохраняют еще надежду и не предаются отчаянию.

Мать и дочь были уверены, что это временное недомогание.

Графиня Конкордия удвоила свои заботы и ласки.

Она окружила своего ребенка такою любовью, которая, казалось, должна была бы обладать чудодейственною исцеляющею силою.

Кроме того, она так умела развлекать и занимать больную, что она не спрашивала об отсутствующем отце — вопрос, который всегда чисто физической болью отзывался в сердце графини.

Наконец, появились роковые симптомы.

Однажды вечером, после приступа кашля, девочка вдруг вскрикнула.

Это был крик отчаяния.

Она поднесла к губам носовой платок, и на нем оказалось кровавое пятно.

Маленькая Кора залилась слезами и бросилась в объятия матери.

— Мама, мама... кровь, это кровь. Я очень больна.

О дивные сердца истинных матерей, кто в состоянии описать вашу скорбь, кто может выразить на человеческом языке слова молитвы, исходящей из этих сердец.

Графиня Конкордия Васильевна имела настолько силы, чтобы удержаться в присутствии дочери от слез, которые жгли ей глаза.

Она засмеялась, но в этом смехе были слышны рыдания.

Она стала утешать девочку, уверяя ее, что кровь не есть еще признак серьезной или опасной болезни, и достигла своей цели.

Маленькая Кора утешилась.

Выбрав удобную минуту, графиня Конкордия вскоре

удалилась в свою комнату и там перед иконой Божьей Матери предалась своему горю, с рыданиями моля Пречистую Заступницу не отнимать у нее единственное утешение в жизни.

"Впрочем, да будет Святая воля Твоя!"— закончила она свою молитву.

Это был величайший пример истинной христианской покорности.

Бедной женщине не оставалось более никого и ничего, из тех и из того, как она любила и о чем мечтала.

Вся ее любовь и все мечты разрушались.

Маленькая Кора — ее единственная отрада, была центром ее домашнего очага, целью ее жизни, и она обречена лишиться ее.

Хотя небо и не присудило ее принести эту жертву собственными руками, с ней все же повторялась библейская история Авраама, приносящего в жертву Богу своего единственного сына.

"Да будет Святая воля Твоя!"

Жертва патриарха была испытанием. В последнюю минуту Бог сжалился над огорченным отцом. Здесь же несчастная мать знала, что только чудо может спасти ее дочь, но что она недостойна чуда.

Болезнь, которая съедала хрупкий организм бедной девочки, была из тех, которые не щадят никого и никогда и против которых нет спасения.

Но несмотря на голос холодного рассудка, в сердце человека всегда живет надежда.

Графиня Конкордия вела ожесточенную и упорную борьбу с развивающейся болезнью дочери.

Казалось, сама смерть должна была покориться этой необычайной нравственной силе матери.

Увы, чудные минуты надежды были кратковременны в сердце графини Белавиной!

Маленькая Кора быстро угасала.

Она слабела день ото дня и с улыбкой на устах, с возрастающими надеждами на будущее приближалась к тому миру, где нет ни печали, ни воздыхания.

Весной она снова стала кашлять кровью, и силы ее стали падать с ужасающею быстротой.

Она в окно улыбалась цветам и птицам, лежа на покойной кушетке.

Когда наступило лето, жары, хотя и не особенно сильные в той местности, стали утомлять ее.

— Мама, — раз сказала она, — что делает папа? Сколько времени, как мы уже не видали его.

Бедная мать отвечала, что он уехал по делам, которые, видимо, его задержали.

Чтобы успокоить свою дочь, она обещала напомнить графу, чтобы он поспешил своим приездом.

У графини, таким образом, явилась двойная тяжелая забота: скрывать перед лихорадочными глазами ее дочери свое собственное горе и вместе с тем изыскать средства заставить графа посетить умирающую дочь.

В это время она еще ничего не знала о вероломной проделке Надежды Николаевны Ботт.

"Современная подруга" продолжала изредка навещать ее и говорила совершенно равнодушно об ее муже.

Она даже сообщила ей, что наполовину исполнила порученную ей миссию.

Граф Владимир остепенился, почти порвал все с "полусветом", живет сравнительно скромно, но, конечно, в несколько месяцев нельзя требовать, чтобы он совершенно изменил свои привычки, и что настанет скоро, по ее мнению, то время, когда он раскаявшийся вернется к жене и дочери.

Вскоре, впрочем, г-же Ботт стало трудно играть двойную роль. Ее посещения прекратились вовсе. Она испытывала в присутствии Конкордии Васильевны то же чувство, которое должен испытывать преступник, приведенный перед лицо своей жертвы.

Кроме того, Надежде Николаевне и без графини было много хлопот, чтобы удержать около себя графа Владимира Петровича.

Вот все, что узнал относительно бедной покинутой женщины Федор Дмитриевич Караулов, но этого было достаточно, чтобы она сделалась для него еще дороже.

Действительно, он не только теперь чувствовал любовь к графине Конкордии, но и страдал вместе с ней ее незаслуженными страданиями.

Он почти возмущался несправедливостью неба.

Но и в его сердце жила надежда, что все еще обойдется, что в конце концов она будет счастлива, что она завоюет себе это счастье, принадлежащее ей по праву.

Быть может, он судил по себе, человек энергии и труда, который шаг за шагом завоевал себе сначала знание, а затем и славу.

Однако и он при этих условиях не был счастлив, жизнь его не была полна, а сердце, великодушное и доброе сердце, было лишено радостей.

У графини Конкордии в начале ее жизни было все, исключая одного.

Точно в сказке, где одна из обиженных неприглашенных фей на праздник по поводу рождения дочери царя, в то время, когда остальные феи уже отдали свои дары, является и изрекает суровый приговор.

Молодость, красота, богатство, знатное имя — все будет иметь новорожденная, но она не будет знать супружеской любви, и последнее сделает все дары других фей ничтожными.

Страстное почти непреодолимое желание видеть графиню Белавину порой появлялось у Караулова, и как это желание ни было естественно и скромно, он боялся поддаться ему.

Он считал это со своей стороны непростительным малодушием.

"Она, Вероятно, совершенно позабыла обо мне, а может быть еще хуже, она презирает меня, как друга ее недостойного мужа!" — думал он.

Эта мысль, подобно капле раскаленного свинца, жгла ему мозг и заставляла невыносимо страдать.

Сколько раз он намеревался ехать в Финляндию, сколько раз принимался он писать письмо графине, но всякий раз останавливал себя и рвал написанное.

Ехать в Финляндию — не будет ли это походить на признание.

Писать, но кто дал право ему писать к ней: переписку должна начинать женщина.

Деликатный, воспитанный человек ни при каких обстоятельствах не должен нарушать правила приличия, особенно относительно женщины.

Такие Доводы приводил он самому себе, чтобы сдержать порывы своих желаний.

Между тем, повторяем, он страшно страдал.

Молчание в продолжение стольких лет со стороны женщины, которую он обожал и доверием которой он когда-то пользовался, это молчание, особенно теперь, когда она в горе, было для него томительно и невыносимо.

Он готов бы был отдать свою жизнь, чтобы принять хотя малейшее участие в ее жизни и доставить ей, хотя мгновение не Счастья, а лишь спокойствия, а между тем он был осужден быть безучастным зрителем ее несчастий.

Это желание парализировалось припоминанием последних слов Фанни Викторовны относительно единственной возможности утешить покинутую мужем женщину.

Фанни Викторовну он встречал довольно часто, грациозно полулежавшую на подушке изящной коляски, запряженной кровными рысаками, на набережной по дороге на острова.

Не то, чтобы Федор Дмитриевич фланировал по Петербургу, нет, видимо, сама судьба покровительствовала этим встречам, или же бывшая содержанка графа Белавина рассчитывала свои выезды таким образом, чтобы встретиться с человеком, в которого она была влюблена.

Чаще всего он встречал ее на Караванной, куда переехал, сняв небольшую и скромную квартирку.

Без фатовства Федор Дмитриевич мог подумать, что именно

она ищет с ним встречи. Это было видно по красноречивым взглядам ее прекрасных глаз, бросаемым на него при встречах.

Однажды поздно вечером, возвращаясь к себе домой пешком по Караванной, он услыхал произнесенным свое имя.

Он оглянулся.

Из окна маленькой двухместной каретки высунулась дама, назвавшая его по имени.

Это была Фанни Викторовна Геркулесова.

Он вежливо подошел к ней, снял шляпу и с почтением, которым обязан всякий порядочный человек всякой женщине, пожал ее дрожащую от волнения руку в перчатке с бесчисленным количеством пуговиц.

Она заговорила со смехом, сквозь который, впрочем, явственно слышались слезы.

— Я никогда бы не осмелилась остановить вас днем.

— Это почему же? — спросил он с улыбкой.

— А потому, что вы человек серьезный, и я не взяла бы никаких денег компрометировать вас.

— А теперь?..

— Теперь — это разница. Теперь темно, и улица почти пуста. Нет никого, кто бы сказал, что доктор Караулов разговаривает с известной Фанни, которая влюблена в него.

И прежде чем Федор Дмитриевич успел отдернуть свою руку, она прильнула к ней горячим поцелуем.

— Что вы, что вы! — воскликнул он.

— Послушайте... — заторопилась она. — Сделайте для меня одну великую милость.

— Я весь к вашим услугам.

— Садитесь в мою карету и прокатимся на острова.

С минуту Караулов колебался.

Это, впрочем, не показалось ему особенно предосудительным.

Он исполнил ее желание и, открыв дверцу кареты, сел рядом.

Дверца захлопнулась.

Только внутри кареты, на мягких шелковых подушках, он понял, что сделал большую неосторожность.

Нельзя рисковать безнаказанно оставаться в атмосфере, пропитанной женскими духами и желаниями.

В продолжение почти двух часов Федор Дмитриевич невыносимо страдал от этого tete-a-tete'a, но зато из разговора, который начала Фанни Викторовна, он узнал многие подробности о жизни графа Белавина.

Он узнал, что граф почти удалился от веселящегося Петербурга и почти исправился.

Он устроил себе квартиру на холостую ногу и ведет почти скромную жизнь.

Конечно, были люди, которые находили странным, что

семейный человек живет вдали от жены и дочери, но большинство, более снисходительное, не видело в этом ничего особенного, это так часто случается в наше время.

Впрочем, Караулов узнал также от Фанни Викторовны, что графа Владимира посещает одна дама из общества.

Он не допытывался об ее имени.

"Таким образом, — думал Караулов, — последняя страсть графа Владимира превратилась в привычку". Лучше ли для него это — вот вопрос?

Мысли Караулова всецело сосредоточились на графе Белавине.

Прошел уже целый год со времени их разрыва, и граф Владимир, видимо, подчинялся суровому приговору своего друга.

Он не искал возобновить их отношения.

Он покорился и примирился с потерею друга.

На другой день после этой прогулки с Фанни Викторовной в числе писем, полученных Федором Дмитриевичем Карауловым, одно обратило его особое внимание.

Адрес на конверте был написан женской рукой.

Сперва он подумал, что это послание его вчерашней неожиданной собеседницы, поспешившей излить на бумаге все свои чувства, которые она не успела выразить во время их свидания накануне.

Каково же было его удивление и волнение, когда он, распечатав письмо и взглянув на подпись, увидел, что писавшая письмо была не кто иная, как графиня Конкордия Васильевна Белавина.

Письмо заключало в себе лишь несколько строк.

Молодая женщина уведомляла его, что будет у него в два часа дня.

Караулов спрашивал себя со страхом, смешанным с радостью, о цели предстоящего свидания.

Какая важная причина приводит к нему графиню?

Он знал графиню Конкордию, знал, что она корректна до мозга костей, и что без особенно серьезного повода не поступится своим достоинством и не рискнет скомпрометировать себя необдуманным шагом.

Он стал ждать с нетерпением назначенного часа.

Время тянулось, казалось ему, черепашьим шагом.

Графиня Конкордия Васильевна была аккуратна.

Ровно в два часа дня раздался звонок, и графиня, вся в черном, появилась в приемной доктора Караулова.

Он встретил ее с почтительным смущением.

Она также, видимо, была смущена.

Быстрым взглядом окинула она простую и небогатую

206

обстановку жилища доктора, — этого убежища скучной и трудовой жизни.

— Мне необходимо было вас видеть, но вы не подавали признака жизни, и я решилась приехать к вам, — сказала она.

Он отвечал с поклоном дрогнувшим от волнения голосом:

— Едва ли я заслужил упрек в том, что подчинялся уважению, а не чувству.

Этими фразами между ними было сказано все.

III

С ГЛАЗУ НА ГЛАЗ

Федор Дмитриевич провел графиню в свой кабинет и, усадив в покойное кресло, сам остался стоять.

На несколько секунд наступило молчание.

Графиня Конкордия Васильевна прервала его первая.

— Много воды утекло со дня нашего последнего свидания, — грустно сказала она, — вы заработали славу, которую вполне заслужили... Довольны ли вы, по крайней мере, своей судьбой?

Он отвечал не сразу, так как почувствовал, что его горло сжимало точно железным ошейником.

— Я был бы неблагодарным, если бы жаловался на свою судьбу, при условии, однако... чтобы все близкие мне и любимые мною люди были счастливы. Верьте мне, что пожелание этого счастья вам, графиня, ни на минуту не покидало моего сердца...

Она не выдержала и поднесла затянутую в черную лайковую перчатку руку к своим глазам.

Слезы градом покатились из ее глаз, а затем, она вдруг неудержимо зарыдала.

— Вот чего я опасался! — воскликнул Караулов, бросаясь к столику, на котором стоял графин с водою и стакан. — Вы страдали и страдаете до сих пор...

Он подал ей воду.

Она отпила несколько глотков.

— И я буду страдать, мой друг! — с отчаянием в голосе сказала она.

Он посмотрел на нее удивленно-вопросительным взглядом.

Графиня Белавина поймала этот взгляд и рассказала ему,

задыхаясь и останавливаясь от подступавших к ее горлу рыданий, всю свою жизнь со дня окончательного разрыва с мужем.

— Рука карающего Провидения, тяготеющая надо мной со дня моего замужества, готовится нанести мне тяжелый последний удар... Моя дочь... моя единственная дочь, понимаете ли вы, — продолжала она, ломая руки, мое единственное утешение, мое единственное сокровище, моя единственная цель в жизни умирает на моих глазах... Вот уже несколько месяцев каждый день, каждый час, каждую минуту я смотрю на стрелку часов, которая ежесекундно приближает момент нашей вечной разлуки. Несколько уже месяцев я удерживаю свой рассудок от сумасшествия, я защищаю свою дочь от смерти, но чувствую, что смерть должна победить...

Он глядел на графиню ошеломленный, уничтоженный, так как есть зрелище горя, которое парализует всякую силу воли, всякую духовную мощь.

Он понял, что эту несчастную мать привела к нему надежда неосновательная, безумная надежда.

Она пришла просить у него чуда, чуда, которого не в силах сделать человеческая наука.

Он и не ошибся.

— Я пришла к вам! — продолжала она дрожащим голосом. — Мне можно простить это безумство! Разве мать, которая теряет дочь, не должна изыскивать все средства... Вы врач, даже знаменитый врач. Всюду говорят о вас, вся Россия полна вашим именем. Я вспомнила прошлое, вспомнила те ужасные часы, в которые я познакомилась с вами под Киевом. В эти часы, вы после Бога, спасли мою дочь, мою Кору.

— Графиня... — с жестом протеста пытался перебить ее Федор Дмитриевич.

— Вы ее спасли... — не дала ему она продолжать и возвышая голос. — Вы наш друг, позвольте в особенности назвать вас моим другом... Я верю, что дружба может сделать еще больше... Быть может, это нехорошо с моей стороны, но я все-таки скажу, мне казалось, что вы настолько любите мою дочь и меня, чтобы сделать это чудо любви.

Она встала с кресла и молитвенно сложила свои руки.

Ее глаза, на ресницах которых блестели слезы, были с мольбой устремлены на него.

Они, казалось, говорили ему: никогда, никогда наша любовь не пойдет далее этих слез, и когда я в эти минуты безысходной скорби изливаю перед тобой мою душу, ты должен понимать это, как единственный возможный для меня ответ на твое чувство.

Федор Дмитриевич так и понял этот устремленный на него взгляд.

Он сделал шаг назад, скрестивши руки, и несколько секунд

смотрел на нее с нескрываемым благоговением: он преклонялся перед глубокой верой матери-христианки.

— Я прежде всего благодарю вас, что вы не усомнились в преданности моего сердца и в знании моего ума... Но не обольщайте себя надеждою, так как разочарование будет еще тяжелее того горя, с перспективой которого вы уже свыклись... Я даю вам слово употребить все мое знание, чтобы вырвать вашу дочь из пасти смертной болезни, но это далеко не ручается за счастливый исход.

Графиня Конкордия Васильевна вскрикнула и упала в кресло.

Он бросился к ней.

— И вы такой же, — с горьким упреком начала она, несколько успокоившись, — как и ваши собратья! И вы не нашли ничего сказать мне, кроме этого безжалостного приговора... Вы не понимаете, что для меня, как для матери, нужно нечто другое... Вы разве не видите, что я требую от вас чуда, слышите требую, так как только в этом чуде мое счастье, моя жизнь...

Караулов был в отчаянии.

Что мог он ответить ей?

Где было ему найти слова утешения для этой несчастной женщины.

Позволительно ли врачу лгать, в особенности тогда, когда он знает всю бесполезность этой лжи?

Впрочем, — неслись его мысли далее, — он знал болезнь маленькой Коры только со слов ее матери.

В случаях чахотки врач не может заочно произнести приговор.

Он должен видеть больную, исследовать все, что делали предшествовавшие ему врачи, лично проверить их выводы, выслушать и осмотреть больную.

При таких только условиях можно получить правильный диагноз.

Значит теперь еще он может, не кривя душой, дать несчастной матери искру надежды, в которой она так нуждается.

Быть может затем ему придется снова отнять у нее утешение этой надежды и быть свидетелем ее полного отчаяния.

— Вы правы, графиня, я поспешил своим приговором... Возможно, что мы выйдем победителями из борьбы... Я готов вам помогать и отдаюсь в полное ваше распоряжение... Смотрите на меня не только как на врача, но и как на друга, и я буду вам за это вечно признателен... Я, повторю, употреблю все мои знания и благословлю небо, которое доставило мне случай доказать вам мою глубокую преданность...

Луч радости скользнул по лицу графини.

Глаза ее высохли от слез.

Она восторженно улыбнулась Караулову и вдруг протянула ему обе руки.

— Вот именно этого я ожидала от вас, теперь вы именно такой, каким я представляла вас всегда! — воскликнула она с радостным волнением. — Теперь я могу надеяться, теперь я могу верить... Вы не знаете, как много вы для меня этим делаете, сколько сил даете моей ослабевшей воле...

Караулов молчал.

Он обрек себя на новую жертву, вероятно, бессильной борьбы с болезнью существа, в котором заключается вся жизнь любимой им женщины, это будет с его стороны новым доказательством безграничного его чувства к ней, чувства, которого он не смел выразить перед нею даже вздохом.

— Когда мы едем, графиня? — спросил он после продолжительной паузы.

— Когда вы найдете это для себя возможным? Но ради Бога не стесняйтесь, если у вас есть неотложное дело, или что-нибудь удерживает вас в Петербурге. Я могу подождать...

— Меня ничто не удерживает... Я поеду, когда вам будет угодно...

— Тогда сегодня вечером...

Они расстались.

Графиня Белавина поехала сделать некоторые покупки, а Федор Дмитриевич стал готовиться к поезду.

Вечером он уже был на станции Финляндской железной дороги.

Оба были молчаливы и грустно настроены.

Для Караулова, впрочем, это путешествие было упоительным.

Оно ему напоминало другое путешествие, тоже грустное, когда он провожал графиню Конкордию Васильевну с выздоравливающей дочерью и теткой в Киев.

Теперь, кроме того, он не расстанется с графиней, как тогда. У них одна цель путешествия. Они останутся друг подле друга и будут вместе бороться против общего врага.

Он будет жить с ней под одной кровлей, дышать с ней одним воздухом, вот все, что ему позволено, да он и не мечтал о большем, он был доволен.

Поезд между тем мчался, станции сменялись станциями.

Федор Дмитриевич сидел в углу вагона и не спускал глаз с сидевшей против него графини, погруженной, видимо, в невеселые думы, о чем можно было судить по нервным судорогам, нет-нет да пробегавшим по ее прекрасному лицу.

Он мог насмотреться вволю на дорогие для него черты этого лица.

Они казались ему прекрасными, как никогда.

Ни заботы, ни горе, ни грусть матери не уничтожили блеска ее красоты, не затемнили ее чистоты.

Графиня Конкордия Васильевна действительно не была никогда так красива, как в то время: лета только сделали эту красоту более блестящей, они дополнили то, чего ей недоставало в юности.

Это было не только существо идеальное, это была женщина обольстительная.

Впервые такая грешная мысль появилась в уме Караулова.

Наконец, поезд остановился у станции, в нескольких верстах от которой лежала вилла графини Белавиной.

Лошади, запряженные в покойную коляску, ожидали их.

— Что барышня? — с тревогой в голосе спросила графиня Конкордия Васильевна кучера.

— Ничего, ваше сиятельство, по-прежнему.

— Ей не было хуже?

— Никак нет, слава Богу, ваше сиятельство.

Караулов и графиня сели в экипаж.

Кучер тронул вожжами.

Коляска покатила.

Через полчаса Федор Дмитриевич Караулов входил вместе с графиней Белавиной на ее прелестную виллу.

IV

ПОЛИЦЕЙСКИЙ ПРОТОКОЛ

В Петербурге время летело своим обычным чередом. Приближался, впрочем, для графа Белавина момент рокового конца.

Граф Владимир Петрович буквально весь отдался своей новой страсти.

Надежда Николаевна Ботт положительно его околдовала.

Она была создана быть любовницей, она принадлежала к числу тех женщин, к которым имеют страсть вопреки рассудку.

Утонченность и изобретательность ее в ласках были лишь результатом ее дурно и односторонне направленных мыслей.

Она отдавалась без любви, но со страстью, не знающей границ.

Она была воплощением чувственных пороков — порождение конца нервного века.

Нельзя сказать, чтобы она была совершенно испорчена.

Она не терпела лишь обязанностей, как дикая лошадь не переносит узды.

Она искренно сочувствовала бедным людям, непритворно плакала над брошенным на произвол судьбы ребенком, охотно протягивала руку помощи неимущим и сиротам, а между тем совершенно не любила своих собственных детей, бывших подруг маленькой Коры Белавиной.

Она любила бега и скачки не для лошадей, а для тотализатора и возможности блеснуть нарядами.

Она обожала цирк, состязания атлетов, потому что вид мужских мускулов доставлял ей чувственное раздражение.

Далеко неправда, что все падшие женщины похожи одна на другую — тогда бы они не были причиной упадка нравственности в человечестве, вариации такого падения делают то, что эти падения в большинстве случаев являются привлекательными.

В театрах она плакала над драмой, нервно смеялась над фарсом. Образованная и начитанная, она любила двусмысленности и слегка газированную пикантность.

Корректная по внешнему виду, она жила только мыслью о способах невоздержания.

Когда она приходила к графу Владимиру, он находил ее всегда иной, всегда не только страстной, но и вызывающей страсть.

При этом она была ловка и расчетлива.

Незаметно для самого себя граф Владимир Петрович отдал в ее распоряжение свои доходы, кроме тех ценных подарков, которых она не просила, но умела делать так, что он сам об этом догадывался.

Такова была эта женщина, под влияние которой окончательно подпал граф Белавин.

Его нельзя было назвать умным человеком, но он не был и глуп, а между тем со времени его связи с Надеждой Николаевной он стал неузнаваем; куда девался его прежний апломб, особенно в отношении женщин, его остроумие, веселость — он казался приниженным, забитым, подавленным.

Эта женщина дурачила его на каждом шагу, а ее ласки были для него губительно-сладостны.

Это была буквально женщина-вампир, высасывающая кровь, а с ней и силу несчастного графа Владимира.

Граф Белавин погиб.

Ему оставалось еще, впрочем, спасение. Цепь не была закована. Не было совместного сожительства. Надежда

Николаевна продолжала жить с мужем. Можно было порвать. Но уже для этого не хватало сил.

Было начало мая.

Граф Владимир Петрович переехал на хорошенькую дачку-особняк на Каменном острове.

Здесь и разыгралась катастрофа, решившая участь их обоих.

Граф назначал часы, в которые ожидал свою возлюбленную. Она являлась аккуратно, и тут-то в домике, с почти всегда опущенными шторами, происходили оргии, описать которые было бы бессильно перо Ювенала.

Сил человеческих не хватало, и граф, по наущению своей подруги, прибегал к искусственным средствам их восстановления.

Это еще более разрушало организм несчастного.

Конечно, они оба тщательно скрывали свои оргии и принимали все меры предосторожности, но как всегда бывает, эта-то таинственность и обратила всеобщее внимание.

Однажды утром Карл Генрихович Ботт проснулся с просветленными глазами. Как муж, он догадался, по обыкновению, последний, но догадался.

Это причинило ему непривычное волнение.

Подобно лучу солнца, проникшему в это утро в его спальню, ревность кольнула его в сердце.

Это не была кипучая, непреодолимая ревность, обуреваемый которою Отелло убил Дездемону, нет, это просто было чувство неприятное, раздражающее, которое выбивало из колеи привыкшего к порядку артиста-дилетанта; оно не отняло у него, однако, ни на минуту ровности духа, и он мог сообразить и начертать план мщения.

У людей, подобных Карлу Генриховичу, благоразумие всегда одерживает верх над порывом.

Он ничем не обнаружил свою роковую догадку.

Он остался так же добр и нежен с женою, как и прежде, так же доверчив, как обыкновенно.

Он даже почти поощрял ее к изменам своей недогадливостью, граничащею с глупостью.

Но ежедневные отлучки жены слишком красноречиво стали подтверждать его догадку.

Он решился, наконец, проследить за женой и сделал это чрезвычайно удачно.

Извозчик, на котором он ехал в приличном отдалении от пролетки, на которой сидела Надежда Николаевна, привез его к даче графа Белавина.

Он видел собственными глазами, как его супруга прошла по аллее, усыпанной песком, в домик, стоявший в глубине сада, и затем имел удовольствие созерцать свою супругу лично опускающую штору у окна дачи.

Есть люди, которые бы нашли достаточными доказательства измены и накрыли бы неверную жену тотчас на месте преступления.

Но Карл Генрихович Ботт был не таков.

Он всюду любил быть точным, аккуратным и осмотрительным.

Он хотел во всем всегда удостовериться обстоятельно.

Он отпустил извозчика и прошел пешком несколько шагов.

Как раз вблизи помещался ресторан Фелисьена.

Он зашел туда, сел в один из кабинетов, окна которого выходили на шоссе, а не на Неву.

Из этого окна видна была хорошенькая дачка, занимаемая графом Белавиным, где находилась в это время его супруга.

Он приказал себе подать кофе и ликеру.

Лакей, расторопный малый, оказался чрезвычайно словоохотливым.

— Кто занимает эту дачку, которая виднеется отсюда? — спросил его Карл Генрихович. — Ты не знаешь?

— Как не знать-с... — ухмыльнулся лакей. — Там живет наш постоянный гость, его сиятельство граф Владимир Петрович Белавин.

— А-а!.. — протянул Ботт.

— Еще недавно был он страшный кутила, а теперь живет почти отшельником, и только свету в окне, что ездит к нему одна дамочка, говорят, замужняя.

— Но насколько я знаю, он человек женатый, этот граф Белавин.

— Женатый, женатый, и его жена просто красавица, а вот видите же, околдовала его баба, у которой, с позволения сказать, ни кожи, ни рожи.

Карл Генрихович поморщился от этой аттестации лакея, данной его жене и матери его детей.

— Да и что такое женатый в наше время господин, разве это к чему-нибудь обязывает, или от чего-нибудь останавливает... Да ничуть...

Выпив свой кофе, обманутый муж не стал дожидаться окончания свидания своей жены и отправился домой.

Два дня он посвятил на обсуждение дела и, наконец, решился так или иначе получить удостоверение.

Сопровождаемый двумя друзьями, местным полицейским приставом с несколькими городовыми, он явился на дачу к графу Белавину и накрыл его и свою жену на месте преступления.

По обстановке, в которой их застали, не могло быть сомнения в их отношениях.

Составлен был полицейский протокол.

Факт прелюбодеяния был установлен.

Карл Генрихович ограничился лишь тем, что потребовал с него копию, заявив, что возбудить дело в духовном или уголовном суде будет зависеть от его усмотрения.

Он не начинал ни того, ни другого.

Этим он заслужил одобрение всех, знавших о его несчастье — не было слов, которыми бы ни восхваляли его великодушия.

Одна Надежда Николаевна, знавшая хорошо своего мужа, угадала, что скрывается под маской этого великодушия.

Артист-дилетант жаждал крови.

Он послал вызов графу Белавину, и тот принял его.

Секунданты обоих условились довольно быстро относительно дуэли.

Граф Владимир Петрович соглашался на все, лишь бы поскорей кончить эту глупую историю.

История эта казалась ему действительно только глупой.

Граф не предвидел такого исхода своего увлечения.

И как можно предполагать, что Надежда Николаевна такая ловкая, предусмотрительная, не сумела принять меры, чтобы отвратить подозрение своего мужа.

Можно ли было, кроме того, думать, что существо такое безличное, каким казался муж г-жи Ботт, вдруг превратился в мстителя, алчущего крови оскорбителя своей чести.

Обольстители не всегда встречают на своем пути розы, на нем зачастую чувствуются и шипы.

Светский кодекс узаконивает своеобразную нравственность: он разрешает обманывать жену, бросать ее с детьми на произвол судьбы, нарушать обязанности мужа и отца, оправдывая все это даже народной мудростью, выразившейся в пословице: "быль молодцу не укор".

Но в то же время тот же светский кодекс требует, чтобы соблазнитель был прежде всего джентльменом и принимал бы на себя всю ответственность за совершенное.

Ты сделал дурно, женщина без тебя осталась бы добродетельною супругой и уважаемой матерью. Если муж выгоняет свою жену по заслугам, то на тебе, разрушителе своего собственного семейства, лежит обязанность принять эту женщину и обеспечить ее существование.

Таков один из законов света.

То же самое произошло с графом Владимиром Петровичем Белавиным.

Возмездие начиналось, так как грех сладок до тех пор, пока можно избегать за него ответственности.

Граф находил восхитительными любовные интриги, пока они его не связывали.

Он был уже в таких летах, когда благоразумие волей-неволей вступает в свои права — он был страстно привязан к Надежде

Николаевне, пока эта связь была тайной, пока каждую минуту она могла рушиться, да он и был далек от мысли увековечить ее.

Теперь произошла огласка, и оскорбленный муж отказался от своей жены в пользу графа.

От такого подарка последний только поморщился.

Дуэль состоялась через несколько дней.

Она произошла на пистолетах.

Граф Белавин был ранен в левую ключицу с раздроблением ее.

Эта рана приковала его на шесть недель к постели и к Надежде Николаевне, которая была с ним неразлучна.

Она сидела день и ночь у его изголовья и, надо ей отдать справедливость, честно и внимательно исполняла должность сиделки.

Дуэль не получила огласки.

Знакомый доктор, лечивший графа, был молчалив, хотя и не бескорыстно.

Он предупредил своего пациента, что его рана не опасна, но излечение будет продолжительно.

Граф принял все меры, чтобы никто не знал о происшедшей дуэли, и в особенности весть о ней не дошла бы до графини Конкордии Васильевны.

Надежда Николаевна не могла не желать того же, так как очень хорошо понимала, что графиня по справедливости может за нее презирать свою бывшую подругу.

Уличенная жена сама затворилась ото всех и постаралась, чтобы никакие известия извне не достигали их убежища на Каменном острове.

Письма, которые присылались на имя графа, уничтожались нераспечатанными.

Это не было распоряжением Владимира Петровича.

Надежда Николаевна делала это с намерением.

Она теперь боялась потерять власть над своим возлюбленным, который сделался ее товарищем по преступлению.

Он увлек ее, соблазнил ее, слабую, беззащитную; он должен о ней один и заботиться. Какое дело может быть ему до других?

Она не задавала себе вопроса, в какой мере он виновен во всем происшедшем, — он должен быть виновен и только.

Праматерь Ева, как известно, ни слова не сказала, что она виновата одна, а что Адам был только слаб и подчинился ей.

Надежда Николаевна недаром была дочерью Евы.

Она пошла еще далее.

Она во всем обвинила графа, благо он был тут, около нее и даже безответен.

Сама лично она не чувствовала ни малейшего угрызения совести, вообразив себе и даже уверив себя в том, что она жертва хитро сплетенного обольщения современного Дон-Жуана.

V

КЛЕВЕТНИЦА

Не то происходило в душе графа Владимира Петровича.

Прикованный к постели, оскверненной беспутством, он испытывал мучительные угрызения совести.

По мере выздоровления он благословлял первые часы, когда физическая боль заглушала нравственную.

Рана тела парализовала рану души.

Но когда рана зарубцевалась, и, плечо перестало болеть, граф Белавин сразу почувствовал, что все его прошлое надвигается на него всею тяжестью его заблуждений.

Это прошлое в ряде картин, включая картину последнего объяснения с Карауловым в отдельном кабинете ресторана Кюба, неслось перед ним, и он с ужасом видел, какую гнусную роль играл он в этих картинах.

Он искренно возмущался до глубины души, и как человек бесхарактерный, искал причины своих несчастий, как он называл свои собственные ошибки, и остановился, как это делается всегда, на ближайшей — на Надежде Николаевне.

Он стал почти ненавидеть ее.

Когда она подходила к его постели, он закрывал глаза и притворялся спящим.

Но все же он чувствовал дыхание этой женщины, ее заботливые взгляды, устремленные на него.

Он не мог не отдать ей справедливости в неустанных о нем попечениях, но эти попечения приносили ему одни муки, и это потому, что он теперь с полной очевидностью понял, что не любит эту женщину, никогда не любил ее и любить не будет.

Одиночество казалось ему раем сравнительно с присутствием этой женщины.

Благодаря невольному воздержанию, граф Владимир получил положительно отвращение к тому, в чем видел еще недавно наслаждение.

Душа, очищенная страданиями тела, сбросила с себя грязную одежду греха и стала стремиться к идеалу. Она жаждала света и чистоты.

Несчастный граф внутренно боролся с самыми противоположными чувствами.

Иногда ему казалось невозможным возрождение, а иногда его сердце посещала надежда.

Ценою каких бы то ни было жертв, но он добьется прощения.

Конкордия добра и великодушна.

Он, наконец, обратится к посредничеству дочери и в конце концов, в крайнем случае, он отыщет Караулова, строгого к его недостаткам, почти жестокого, но который не оттолкнет его.

Он сжалится над ним, он примет во внимание его раскаяние.

Он, граф, бросится к его ногам и скажет ему с мольбою:

"Будь моим судьею, будь моим палачом, бичуй меня, но не отнимай надежды".

Первым делом после его выздоровления надо отослать от себя эту ненавистную женщину, из-за которой он погиб.

Ему нечего ее стесняться, не в чем перед нею оправдываться.

Это было бы глупо после всего случившегося.

Что касается ее самой, то пусть она устраивает свои дела как хочет, пусть, наконец, она раскается также, как и он, тем более, что они вместе совершили преступление, значит им надо вместе нести и наказание.

Карл Генрихович Ботт — человек добрый и мягкий, он простит жену, и все прекрасно устроится.

Так мечтал граф Владимир Петрович, лежа с закрытыми глазами на своей постели.

Виновные с легкомысленными характерами все легко утешаются и надеются.

Впрочем, порой его разгоряченный думами ум представлял себе другую картину, приводившую его в трепет.

В его памяти восставал Караулов, каким он видел его последний раз, жестокий и неумолимый, уставший снисходить и прощать. Он отстранял его повелительным жестом.

Далее появлялся образ жены — графини Конкордии Васильевны.

Вид обманутой им женщины заставлял его трепетать.

Бледная, с сухими глазами, в которых уже не было слез, так как их пролито было слишком много, молодая женщина смотрела на него строго, неумолимо, и он нигде не мог укрыться от ее взгляда.

Иногда его болезненная фантазия представляла ему его жену, одетую в глубокий траур с плерезами, а у ног ее стоял гроб.

Руки ее были подняты с угрожающим жестом, и на ее губах он читал роковые слова: "никогда".

Эти кошмары сопровождались бредом.

В полузабытьи и во сне он говорил без сознания.

Язык выдавал его тайну и направление его мыслей.

Надежда Николаевна, безотлучно находившаяся около него, всегда бодрствующая и внимательная, не упускала ни одного слова.

По обрывкам иногда почти бессмысленных фраз она угадывала настроение духа ее сожителя и как в открытой книге читала в его тоскующей душе.

218

"Он хочет исправиться, вернуться к своей жене! — неслось в ее уме. — Но допустить этого нельзя, это будет для меня срам, позор и разорение".

Кроме того, хотя она и не была способна на продолжительное чувство, но все же привязалась к графу.

Это была чисто животная привязанность, которая часто бывает сильнее духовной связи.

Она желала сохранить графа для себя. Он был ей необходим, он был нужен для ее существования.

Она решилась с ним объясниться первой.

Выбрав удобную минуту, когда он, почувствовав себя лучше, попросил перевести его на кресло к открытому окну, чтобы, как он говорил, насладиться последними осенними днями.

Осень в тот год стояла действительно чудная, в воздухе была прохладная свежесть, деревья почти не пожелтели.

— Какая чудная погода! — сказала она. — Я так люблю осень, для нас с тобой это время года должно быть вдвойне дорого, так как осенью мы познакомились с тобой в Киеве... Не правда ли, мой друг?..

Он ответил после некоторой паузы, глубоко вздохнув, с искаженным грустью лицом:

— Я не поэт, и притом осень не приносит мне счастья.

— Счастья! — задумчиво сказала она. — Может быть, ты и теперь не считаешь себя счастливым?.. Ты хочешь свободы?

Граф снова вздохнул.

Ироническая улыбка появилась на ее губах.

— Первый я бы тебе этого не сказал, — начал он, — но раз ты это угадала, мне ничего не приходится, как сознаться, что это так.

Надежда Николаевна встала со стула, стоявшего рядом с креслом больного, и стала нервными шагами ходить по комнате.

— Я положительно вижу теперь, — заговорила она голосом, в котором слышались свистящие ноты, — что ваша жена знала вас лучше всех, знала вам цену.

Она вдруг перешла с ним на "вы".

— Вот как вы заговорили! — с нескрываемой насмешкой уронил граф Владимир Петрович.

— Да именно так! — злобно продолжала она. — Когда я была лучшим другом вашей добродетельной жены, — она особенно подчеркнула эпитет, — она удостаивала меня своим доверием. Часто она высказывала о вас откровенное мнение. Она считала вас человеком без сердца, развратным животным и даже нечестным человеком, так как, по ее словам, вы жили на ее счет.

Граф Белавин вспыхнул, а затем побледнел до синевы.

Графиня Конкордия действительно бросила ему в глаза такой упрек.

Караулов также осуждал его в этом смысле.

219

Даже Фанни, его содержанка, дала ему с усмешкой ясно понять то же самое.

Он все перенес.

Но слышать это от женщины, которая увлекла его в последнюю измену, было свыше его сил.

Он горячо возразил.

— Конкордия вам никогда этого не говорила, слышите ли, она вам этого не говорила. Я слишком хорошо знаю мою жену, чтобы хотя на минуту предположить, чтобы она могла иметь с вами подобный разговор о своем муже, каким бы он ни был.

В голосе его слышалось почти звериное рычание.

Надежда Николаевна разразилась смехом.

— Значит, я лгу?.. Благодарю за любезность.

— Дело не в этом, — холодно ответил он, — но есть предметы, до которых вам не следует касаться. Не нам быть судьей, особенно тех, которые неоспоримо чище и выше нас нравственно.

Она со злобою глядела на него.

Он продолжал:

— Заметьте, если я сказал "нам", то это единственно из вежливости, так как я тут ни при чем... Вы первая произнесли имя графини Конкордии.

Смех, которым встретила последние слова графа Надежда Николаевна, походил на свист.

— Пусть будет так! Вы хотите разрыва... После ваших слов, я сама хочу его... Но позвольте вас спросить не для того, чтобы оправдаться, а во имя справедливости, почему графиня Белавина, до которой, конечно, дошли слухи о вашей дуэли и ране, до сих пор даже не прислала узнать о вашем здоровье... О я знаю ответ и очень легкий... Это происшествие вывело окончательно из себя эту добродетельную женщину, это была капля, переполнившая чашу... Но это не оправдание для воплощенной добродетели, для совершенства, каким старалась казаться графиня Конкордия.

Она остановилась, чтобы перевести дух или, лучше сказать, для того, чтобы нанести решительный удар.

Граф Владимир Петрович смотрел на нее бессмысленным взглядом. Он ощущал какую-то странную, чисто физическую боль, точно в ожидании этого удара.

— Между тем говорят иное, — начала Надежда Николаевна, — на каждый роток не накинешь платок! Уверяют, что прекрасная графиня, обманувшись в супруге, который ей причинил столько горя и страданий, решилась, наконец, отдать естественную дань своей молодости и красоте, так как только роль матери ее не удовлетворяла, а утешение в Боге она не сумела найти...

— Надежда, перестань!.. — воскликнул, задыхаясь от негодования, граф Владимир Петрович.

— Зачем перестать... Я намерена вам раскрыть глаза окончательно, выложив всю правду.

— Не сумевши, сказала я, найти утешение в религии и в материнских обязанностях, она нашла его в объятиях вашего друга Федора Дмитриевича Караулова... Она...

— Презренная гадина! — вдруг вскочив с кресла, крикнул граф Белавин, бросившись на Надежду Николаевну и схватил ее за горло.

Она несколько времени отбивалась, а затем лишилась чувств.

Он отшвырнул ее на пол, а сам бросился к двери и как сумасшедший выбежал на двор.

— Клеветница! Клеветница! — повторил он. — Жало змеи, если не убивает жертву, но все же отравляет ее...

Такова сила клеветы.

VI

ПРЕД УГАСАЮЩЕЙ ЖИЗНЬЮ

Борьба самых противоположных чувств происходила в душе Федора Дмитриевича Караулова во время его путешествия вместе с графиней Конкордией Васильевной по железной дороге.

Насладившись всецело чувством высокого, чистого наслаждения — быть вместе с любимой женщиной, он перешел к разрушающему анализу, в силу которого его умственному взору стали представляться картины мрачного будущего.

Его стала пугать эта предстоящая ему жизнь под одной кровлей с предметом его многолетней любви.

Он чувствовал, что эта любовь разгоралась в его сердце с новой силой, силой, пред которой может померкнуть ее чистота.

Караулов с ужасом наблюдал, что его чувство к графине начинает граничить со страстью, а сидевшая против него двадцатишестилетняя женщина в полном расцвете своей красоты, конечно, не могла служить успокоительным зрелищем.

Федор Дмитриевич переносил страшные муки, незнакомые большинству современных мужчин.

Это большинство не имеет понятия о любви, хотя и говорит о ней с красноречивым пафосом.

Смешивая вспышки чувственности с чувством, они

осмеливаются называть любовью свое животное влечение, при котором женщина играет роль самки.

Платоническая любовь недоступна их понятию. Они смеются над борьбою между телом и духом, именно той борьбою, которую выдерживал несчастный Караулов.

По прибытии на виллу Караулов и графиня нашли маленькую Кору полулежащей в своем кресле в гостиной.

Она ждала их и потому приказала перенести сюда свое кресло.

При появлении Федора Дмитриевича девочка приподнялась и протянула ему обе руки.

Она узнала его, несмотря на прошедшие годы.

Черты лица лечившего ее в Киеве доктора врезались в память ребенка.

— Наконец-то, доктор, вы приехали... Я так ждала вас. Лучше поздно, чем никогда. Не правда ли, вы меня вылечите? — сказала она тем слабым грудным голосом, который указывает на сильное поражение легких.

Караулов смотрел на нее, и сердце его надрывалось от сознания своей беспомощности — он опытным глазом врача читал смертный приговор на изможденном лице несчастной девочки.

В его медицинской практике он, конечно, видел много тяжелых картин, но к одной из них он не мог привыкнуть — это к смерти ребенка.

Такая смерть казалась ему явлением нелогичным, ненормальным, ему казалось, что такая смерть нарушала закон гармонии природы.

Он отказывался понимать, для чего ребенок, только что начавший жить, должен умереть.

Зрелище, которое он видел теперь перед своими глазами, подтверждало эту роковую, хотя и бессмысленную, по его мнению, необходимость.

Перед ним сидела дочь любимой им безумно женщины, несомненно обреченная на скорую смерть.

Девочка была похожа на мать, она была высока для своих лет — видимо рост был болезненный.

Длинные белокурые волосы, светло-голубые глаза, с тем поэтическим таинственным, не от мира сего выражением, придавали ей вид неземного существа.

Она принадлежала и теперь скорее небу, нежели земле.

Это-то впечатление и вынес Караулов.

Он не выказал его ни словом, ни жестом, ни даже выражением лица, но материнское чутье обмануть трудно.

В тот же день вечером, когда маленькая Кора легла спать, графиня Конкордия спросила Федора Дмитриевича голосом, в котором слышалось рыдание:

— Значит нет никаких средств и никакой надежды?

Караулов вздрогнул.

Он не ожидал такого вопроса, или лучше сказать, он не ожидал его в такой категорической форме.

Графиня обратилась к доктору, не поднимая на него глаз.

Он понял, какие сильные страдания она переживала, и счел своею обязанностью ободрить несчастную мать.

Он через силу улыбнулся, постарался придать выражению своего лица спокойствие и начал говорить слова утешения и надежды.

Прямой и откровенный человек, он не умел лгать даже тогда, когда вполне применимо правило, что ложь бывает во спасение.

Он говорил слова, но эти слова не были убедительны.

Графиня Конкордия поняла все.

Она была бесконечно благодарна доктору за нравственную ломку, которую, она видела, он делал над собою, но при этом убедилась, что он не имел ни малейшей надежды.

Таким образом, последняя надежда несчастной матери, надежда на "чудо", которое совершит врач-друг, врач любящий, уже раз спасший ей ее дочь — рухнула.

Болезнь развивалась со страшной силой — конец был близок.

Чахотка в этом возрасте недаром называется скоротечной, она поражает сразу все нежные органы больного и с каждой минутой усиливает свое разрушительное действие.

Недели через две, вечером, несмотря на принятые доктором Карауловым всевозможные средства, с больной сделались сильнейшие приступы лихорадки.

Федор Дмитриевич понял, что это начало конца.

Он ничего не сказал графине, и не от него она узнала об этом.

Бедную девочку как бы осенило свыше откровение о скором окончании ее земных страданий.

Однажды утром, когда, по обыкновению, маленькая Кора поместилась в своем кресле таким образом, чтобы видеть в окно море, она вдруг вскрикнула несколько раз от восторга, точно впервые увидала эту картину.

Графиня подошла к ней, и дочь стала ласкаться к матери и целовать ее.

— Мама, — заговорила она, — ведь в это прекрасное небо, которое расстилается над морем, улетают к Богу души тех, которые умирают?..

Конкордия Васильевна была не в силах сдержаться.

Слезы брызнули из ее глаз. Она привлекла к себе дочь и прижала ее к наболевшему сердцу.

— Не надо плакать, мама, — снова ласкаясь к матери, начала Кора. — Видишь ты, я не думаю, чтобы можно было бы очень кого-нибудь любить на земле... Так и я, исключая тебя, папы и...

Девочка остановилась, как бы колеблясь, и затем продолжала:

— И доброго Федора Дмитриевича... Мне никого не жаль... Да и относительно вас у меня есть утешение, что я увижусь с вами.

Нечего говорить, что такой разговор был страшно тяжел для несчастной матери, между тем как маленькая Кора задавала вопросы и ждала ответов.

Она, однако, заметила, что ее мать почти обезумела от горя и умолкла, не высказав всего.

В тот же день после обеда Кора около часу молчаливо созерцала то же море и небо.

Эта молчаливая сосредоточенность дочери встревожила графиню.

Она сидела немного сзади Коры и с беспокойством наблюдала за ней.

— О чем ты думаешь, моя дорогая? — ласково спросила графиня.

Девочка повернула к ней свое исхудалое личико.

— Я думаю о том, когда я буду причащаться...

— Великим постом, моя крошка, как и в прошлом году...

Девочка грустно покачала головой.

— Нет, это слишком поздно... Надо раньше...

— Раньше? — упавшим голосом повторила Конкордия Васильевна.

— Да, раньше, в течение этих двух недель...

— Почему же двух недель? — удивилась графиня.

Маленькая девочка протянула к ней ручки.

Конкордия Васильевна подвинулась ближе к дочери и наклонилась к ней.

— Потому, мама, — сказала спокойно Кора, — что через две недели меня не будет с тобой...

Графиня отшатнулась от нее, вся дрожащая, бледная.

— Что ты говоришь?

— Правду, мама, правду...

Конкордия Васильевна заключила свою дочь в объятия и залилась слезами.

— Не плачь, мама, не плачь, мне будет хорошо там, — говорила девочка.

Мать обещала дочери пригласить священника, когда она этого пожелает.

Кора задремала, и графиня Конкордия, позвав прислугу, вышла в залу, где в глубокой задумчивости ходил взад и вперед Федор Дмитриевич Караулов.

Конкордия Васильевна передала ему только что происшедший разговор между ней и ее дочерью.

— Ужели это предчувствие? — с дрожью в голосе спросила она.

Он ответил ей чуть слышно коротким:

— Да.

— И ей жить осталось только две недели?

Она смотрела на него с надеждой, что он будет отрицать, но он только печально наклонил голову в знак того, что предчувствие умирающей девочки не обманывает ее.

Описать состояние духа графини Конкордии Васильевны в эти страшные две недели невозможно.

К довершению ее мучений вопросы об отце со стороны Коры учащались и стали настойчивее и настойчивее.

Несколько раз графиня, по настоянию дочери, телеграфировала и писала мужу.

Но увы, мы знаем, что письма и телеграммы в это время не могли доходить до графа Владимира Петровича.

Он лежал раненый, под строгим надзором г-жи Ботт, которая, как известно, уничтожала, не читая, всю получаемую корреспонденцию.

Графиня Конкордия негодовала на мужа.

Что он совершенно забыл ее — это она понимала, но забыть свою дочь — это было выше ее понимания.

Она терялась, какие давать ответы на беспрестанные, полные грусти вопросы Коры.

Бедная девочка, чувствуя приближение конца, ежедневно спрашивала раздирающим душу голосом, с глазами, полными слез.

— А что же папа! Отвечал ли он? Скоро ли будет?

Однажды под впечатлением напрасного ожидания Кора воскликнула с гневом, если только гнев имел доступ к чистой душе ребенка.

— Мама, разве существуют на свете отцы, которые допустят умереть дочь, не дав ей прощального поцелуя?..

Графиня Конкордия вздрогнула при этом полном отчаяния вопросе.

Чтобы не допустить умирающую дочь проклясть своего отца, мать стала уверять ее, что ее отец скоро будет у ее изголовья.

Роковой момент между тем приближался.

Доктор Караулов видел это по учащенному биению сердца и по ослабевающему пульсу больной.

Больная исповедовалась и причастилась и по окончании церемонии снова спросила об отце.

— Он приедет, он приедет... — смущенно отвечала графиня, между тем как ее сердце положительно разрывалось на части.

Девочка приподнялась на постели с искаженными чертами лица и с глазами, полными слез.

— О если бы я не была так больна, — с рыданием воскликнула она, — я бы сама поехала за ним.

Конкордия Васильевна стояла молча, сдерживая готовые вырваться из ее груди рыдания.

Федор Дмитриевич взял руку больной, с чувством пожал ее и произнес:

— Вы правы, Кора... Надо за ним съездить... Я поеду с первым отходящим поездом, и завтра ваш отец будет здесь, вместе со мною...

— Благодарю вас, доктор, — сказала Кора, прижав руки к сердцу, — за это я люблю вас еще больше...

Караулов быстро собрался в дорогу.

Прощаясь с графиней, он сказал:

— Я не знаю, как и где я найду Владимира, но будьте уверены, что я сделаю все возможное.

Графиня верила, безусловно, в Федора Дмитриевича, и поездка его за графом Владимиром была в ее глазах равносильна тому, что граф непременно будет около дочери.

Она с чувством пожала ему руку.

— Во всяком случае телеграфируйте мне завтра, а может быть и послезавтра, на мою квартиру, о состоянии здоровья больной!.. — сказал доктор.

Он уехал на железную дорогу с тяжелым сердцем и горькими думами.

Он уехал в Петербург разыскивать человека, который когда-то был его лучшим другом, а теперь в его сердце не находилось для него даже сочувствия, так как Федор Дмитриевич был из тех людей, которые никогда не возобновляют прерванные отношения, так как разрыв у них всегда имеет серьезные причины.

Он должен будет явиться к человеку, которому он объявил, что он для него умер, исполняя тяжелое поручение — заставить его прийти к постели умирающей дочери.

Но это было не все.

Федор Дмитриевич искренно и сердечно привязался к маленькой Коре. Он полюбил ее чисто отцовской любовью, заботился о ней с нежностью, уступавшей лишь нежности матери. Сердце его было полно отчаяния, что эти его заботы были бесполезны, но он все же хотел принять последний вздох этого ангела. Но именно тогда, когда эта минута была близка, он должен был покинуть свой пост у постели умирающей, чтобы исполнить совершенно естественное и законное желание ребенка — видеть в последний раз в жизни своего отца.

"А если он опоздает? Если смерть наступит раньше, нежели он разыщет и привезет графа Владимира?"— мелькала у него в голове роковая мысль.

VII

ПРОЗРЕВШИЙ

Граф Владимир Петрович, захватив второпях первые попавшиеся шляпу и пальто, выбежал как сумасшедший из-под крова жилища, стены которого были свидетелями его преступной любви.

Хотя сообщение женщины, к которой он чувствовал теперь чисто физическое отвращение, об измене графини Конкордии и его бывшего друга Караулова, было неправдоподобно и гнусно, но оно все же жгло ему мозг.

Еще не освободившийся от понятия о жизни, как о ряде чисто плотских наслаждений, он судил по себе о других, и это отчасти поселило в его больном мозгу вероятность отвратительной клеветы.

Эта-то кажущаяся вероятность мучительно отзывалась в его сердце.

Нет людей безусловно и окончательно испорченных.

Как низко ни пал человек, он не может окончательно заглушить теплящуюся в нем искру Божию.

Поклонение идеалу в той или другой форме сохраняется в душе самого порочного человека.

Возьмите падшую женщину, превратившуюся в жертву общественного темперамента, которая имела счастье быть матерью.

Она расскажет вам с восторгом о своем сыне или дочери, которых воспитывает вдали от себя, на деньги, добытые грехом.

При воспоминании о ребенке она преображается. Перед вами мать, в полном святом значении этого слова.

Она скажет вам, что ее ребенок не будет таков, как его мать.

Попробуйте усомниться в этом громко, она не простит вам этого, хотя за минуту простит какое угодно оскорбление ей лично — она привыкла к отношению к себе, как к животному.

Ребенок и материнство — ее идеал.

Идеалом графа Белавина было уважение к жене и другу.

Змея ужалила его в самое больное место, яд сомнения проник в его душу.

И это произошло именно в то время, когда он только что начал надеяться на прощение жены и друга. Он готов был принять от них всевозможные условия и испытания.

Он любил своих судей и хотел видеть их безупречными.

Даже в аду он бы не проклинал своих богов — Конкордию и Караулова.

И вдруг все изменилось.

Святотатственная рука уничтожила разом двойную святыню его погрязшей в пороке души, низвела его божества с пьедестала на землю, разбила его единственные идеалы.

Граф вдруг сделался, в свою очередь, судьей.

Это ему казалось более чем странным.

Эта новая роль его пугала, она была ему не по силам.

Он был виноват, он был осужден, он это знал, он, подобно падшему ангелу, сохранил на вечное мучение себе в своей душе некоторое впечатление светлого неба — он это чувствовал.

Он мог бы ненавидеть Конкордию и Караулова, но видеть их падение было для него невыносимо.

Он шел по аллее Каменного острова в кое-как надетом пальто с надвинутой на лоб шляпой.

Редкие, встречавшиеся здесь в этот час, прохожие с любопытством смотрели на него.

Он это заметил.

Чтобы скрыться от любопытных взглядов, он повернул в более глухую аллею и замедлил шаг.

Аллеи островов ранней весною и поздней хорошей осенью очаровательны, но графу Белавину было не до красоты природы.

Он несколько пришел в себя под влиянием свежего благорастворенного воздуха, и первый вопрос, который появился в его уме, был: "Куда он идет"?

"Искать Караулова, — ответил он сам себе после некоторого раздумья".

Он вышел на набережную Большой Невки, где ему, наконец, попался извозчик.

Он сел, не торгуясь, и велел ехать ему на Малую Морскую.

Он подумал, что Федор Дмитриевич продолжает жить в гостинице "Гранд-Отель".

"Какой сегодня день?" — вдруг промелькнуло в его уме.

Он силился припомнить, но не мог, и обратился с этим вопросом к извозчику.

Тот обернулся, довольно подозрительно оглядел седока и отвечал:

— 20 сентября.

— 20 сентября! — повторил граф, и это полученное им сведение, казалось, привело в порядок его мысли.

Он обратил внимание на яркий солнечный день, на снующий по тротуару народ.

Ненависть и гнев, с которыми он вышел из дому, исчезли.

Странное чувство овладело им. Ему стало казаться, что чем дальше удаляется он от своего дома, тем в более тонкую нить растягивается его связь с Надеждой Николаевной, и вот скоро,

скоро, когда лошадь сделает еще несколько поворотов, она совершенно порвется.

Он ликовал в предвкушении свободы и освобождения от гнета тяготевшего над ним преступления.

Он начал даже почти спокойно рассуждать о возможности, что в сообщении Надежды Николаевны о графине и его друге есть доля правды.

"Все мы люди, все мы грешны... — неслись далее его мысли. — Вина у нас обоюдная".

Решительно это была для него новая роль, роль обиженного, великодушно извиняющего своих обидчиков.

Он не заметил, как тихо ехал извозчик, не ощущал толчков пролетки при переездах рельсов конно-железной дороги и очнулся только тогда, когда извозчик остановился у подъезда "Гранд-Отеля".

— Доктор Караулов? — спросил граф у швейцара.

— Он выехал...

— Куда?

Швейцар справился по книге и сказал адрес.

На том же извозчике граф Владимир Петрович поехал в Караванную.

— Дома доктор? — спросил он у отворившего ему дверь лакея.

— Приехал вчерашний день, но сейчас только что уехал.

— Как приехал вчерашний день?.. Разве он не был в Петербурге?

— Нет, вот уже с месяц, как он пробыл в Финляндии.

— Не около ли Гельсингфорса?..

— Так точно-с...

Слова Надежды Николаевны подтверждались.

Несмотря на только что посетившие его мысли о взаимном прощении, кровь бросилась в голову графа Белавина, а сердце томительно сжалось мучением ревности.

Он, однако, быстро овладел собою.

— Вероятно у графини Белавиной?

— Точно так-с... Графиня приезжала сама за доктором, и он ездил туда лечить ее дочь от опасной грудной болезни...

— Что ты говоришь? — воскликнул граф, побледнев.

Причиной этой бледности была уже не ревность.

Иное чувство, чувство отца проснулось в несчастном. Страшное беспокойство о дочери овладело им.

— А не знаешь ты, — спросил он, задыхаясь, имеет ли доктор надежду на выздоровление дочери графини Белавиной.

— Не могу знать... Я знаю только, что вчера по приезде он посылал меня в адресный стол справляться о местожительстве графа Владимира Петровича Белавина, и вчера же вечером ездил к нему, но не застал его дома... Вернувшись, он несколько раз повторял про себя: "кажется невозможно привести этого отца к последнему вздоху его дочери".

Граф Владимир Петрович пошатнулся.

Лакей подхватил его под руки, ввел в переднюю и посадил на стул.

— Что с вами, господин?

— Он это сказал... он это сказал... — лепетал между тем граф, ломая в отчаянии руки. — Да знаешь ли ты, что это я граф Белавин, что это умирает моя дочь.

Лакей смотрел на него с почтительным сожалением.

— И... где его найти... где его найти в эту минуту?..

— Мне, кажется, ваше сиятельство, — заметил лакей, — доктор поехал теперь именно к вам... Таково, по крайней мере, было его намерение... И вам бы следовало...

— Ты прав, — встал со стула граф и сунул в руку лакея первую попавшуюся ему в кармане кредитку, — я поеду домой. Когда доктор вернется, попроси его, чтобы он тотчас приехал ко мне, я буду его ждать целый день и целую ночь. Чтобы непременно приехал.

Он выбежал как сумасшедший из квартиры доктора и, бросившись в пролетку извозчика, приказал ему как можно скорее ехать на Каменный остров.

Не обращая внимания на удивленные взгляды, бросаемые на него снующей по панели публикой и встречными, граф, закрыв лицо руками, неудержимо плакал.

Он первый раз ощутил горе и горе безысходное.

В первый раз почувствовал он настоящее раскаяние.

Только выехавши на Каменноостровский проспект, он несколько успокоился.

Федор Дмитриевич Караулов, действительно, только что приехав в свою квартиру, послав лакея в адресный стол и получив нужную справку, помчался на дачу графа Белавина.

На его звонок ему отворил дверь лакей с дерзкой, почти наглой физиономией. Оглядев его с головы до ног, впустил его в переднюю и отправился с его карточкой во внутренние комнаты.

Через несколько минут он вернулся с той же карточкой в руках.

— Его сиятельство отдыхает... По предписанию доктора, который его лечит, не приказано его беспокоить... Кроме того, мне приказано сказать, что если господин думает, что он у графа Белавина, то он ошибается.

— У кого же я? — спросил Караулов с нескрываемым удивлением.

— Вы у г-жи Ботт.

Надежда Николаевна действительно перевела дачу на свое имя.

— А-а-а... — протянул Федор Дмитриевич. — Но не могу ли я видеть г-жу Ботт.

— Барыня не принимает.

Караулов, конечно, более не настаивал в этот вечер, но приехал на другой день, через какие-нибудь четверть часа после бегства графа Владимира Петровича.

Не блуждай последний по глухим аллеям Каменного острова, они бы встретились.

На этот раз он был принят Надеждой Николаевной.

Она вчера не приняла его, надеясь этим отвадить его совершенно и дать понять, что ему не следует являться вновь.

Но Караулов, видимо, не хотел этого понимать.

Он снова явился к ненавистной ему женщине, чтобы видеть отца дочери женщины, им боготворимой.

Г-жа Ботт заставила его подождать около получаса и встретила его надменно и холодно.

Она только что оправилась от происшедшей сцены с графом Владимиром Петровичем, и, конечно, эта сцена не могла хорошо повлиять на расположение ее духа.

— Чем могу служить? — спросила она, жестом указав на кресло и садясь сама на диван в гостиной.

Караулов сделал вид, что не заметил ее приглашения и остался стоять.

— Могу я видеть графа Белавина?

— Его нет дома.

— Как нет дома, когда мне вчера сказали, что он болен...

— Действительно, он был болен, но сегодня вышел в первый раз.

— И это правда?

— Милостивый государь!..

— Получал ли он за это время письма и телеграммы?..

— Доктор запретил ему передавать их.

— Но теперь, по выздоровлении, надеюсь ему их подали?..

— Это похоже на допрос, милостивый государь...

Федор Дмитриевич понял все и холодно, почти резко отвечал:

— Я не скрываю, что это допрос, виновных всегда допрашивают, а я считаю вас виновной.

Она встала с жестом протеста, но он, не обратив на это внимания, продолжал:

— Теперь мне совершенно ясны причины упорного молчания графа на письма и телеграммы его жены о тяжкой болезни его дочери... Они были скрыты вами... Вы глубоко виноваты перед человеком, который вам доверился, и вы ответите за это перед Богом...

Он холодно поклонился и вышел.

Вернувшись домой, он узнал от своего лакея, что без него был граф Белавин и, отправившись домой, просил его тотчас же приехать к нему.

Караулов, не снимая пальто, тотчас же поехал обратно к графу.

VIII

АНГЕЛ ОТЛЕТЕЛ

Мы сказали, что граф Владимир Петрович несколько успокоился, въехав на Каменный остров.

Он был в состоянии соображать.

Он понял всю ложь и коварство Надежды Николаевны, скрывавшей от него письма и телеграммы, и еще более, если только это было возможно, возненавидел эту женщину.

Первый вопрос, который он задал ей, влетев, как бомба, на свою дачу, был:

— Где мои письма, мои телеграммы? Что вы с ним сделали?

Пойманная врасплох и неприготовленная к ответу, она смутилась и заговорила с несвойственной ей кротостью:

— Но ты был так болен, что доктор приказал тебя ничем не беспокоить...

— Но теперь я здоров, отдайте мне их.

Она отдала ему последнее письмо и телеграмму, которых еще не успела уничтожить.

Он с жадностью прочитал их и скорее упал, чем сел в кресло.

И письмо, и телеграмма выпали из его рук.

Он зарыдал, как ребенок.

— Моя дочь, мое умирающее дитя зовет и звало меня, чтобы простить меня и смыть с меня позор моих преступлений своими чистыми, ангельскими поцелуями... И я ничего не знал и оставался здесь, подозревая мою жену и моего друга и веря этой...

Он бросил на сидящую поодаль Надежду Николаевну взгляд, полный непримиримой ненависти.

— О презренная женщина, — вскочил он с кресла, на какое преступление ты не способна!.. Уйди с глаз моих, или я не ручаюсь за себя!

Надежда Николаевна быстро вышла.

В это время раздался звонок.

Граф Владимир Петрович сердцем угадал, что это был Караулов.

Федор Дмитриевич сразу увидал состояние души своего друга.

Ни одного упрека, конечно, не сорвалось с его языка, а напротив, он почувствовал к нему искреннюю жалость и даже потребность утешить его.

Он видел страдания несчастного: искренность его раскаяния не подлежала сомнению.

Бог жестоко поразил виновного, и люди уже не имели права прибавлять ему наказания.

Караулов, по-прежнему, дружески обнял графа Владимира Петровича.

Последний дрожал как в лихорадке и, положив голову на плечо Федора Дмитриевича, рыдал как безумный.

Последний был глубоко тронут.

— Увези меня отсюда, — сквозь рыдания говорил граф, — умоляю тебя, увези меня, я не могу, я не хочу здесь больше оставаться...

Этого только и хотел Караулов, но пожимая руку графа, он понял, что у Владимира Петровича начинается сильная лихорадка; зрачки глаз его были сильно расширены.

— Нет, не теперь, по крайней мере сегодня тебе уехать нельзя... Ты не в состоянии перенести путешествия... Отдохни эту ночь, а завтра утром с первым поездом мы уедем... Я приеду за тобой.

— Нет, нет, поедем сегодня.

— Нельзя, я тебе говорю это как доктор...

Граф должен был уступить благоразумному совету друга и отменить свое решение.

Он заставил рассказать себе подробно о жизни графини, о болезни маленькой Коры.

Федор Дмитриевич постарался это сделать, смягчив краски, чтобы не беспокоить и без того больного, разбитого человека.

Наконец, он уговорил графа лечь и отправился домой.

Лакей подал ему телеграмму.

Какое-то тяжелое предчувствие наполнило сердце Караулова, когда он взял сложенную аккуратно бумажку, заключающую в себе порой радость, порой горе.

Он развернул ее, прочитал и прочитавши не мог удержаться на ногах.

Он сел на первый попавшийся стул и еще несколько раз перечитал эти строки, написанные равнодушной рукой телеграфиста.

"Сегодня в два часа ночи наш ангел отлетел.

Конкордия".

233

Таково было роковое содержание телеграммы.

Первая мысль Федора Дмитриевича была об отце, так рано взятого смертью ребенка, об отце, искренно раскаявшемся и ожидавшем получить прощение жены и дочери.

Он понимал, что смерть Коры вырыла еще большую пропасть между графиней и графом — эта пропасть была могила дочери, которой отец отказал в последнем поцелуе.

Раскаяния графа, значит, было недостаточно.

Он не был прощен.

Сердце доктора Караулова сжалось невыносимой болью. Он закрыл лицо руками и первый раз в жизни заплакал.

На другой день в назначенный час он был у графа Белавина.

Он застал его совершенно одетым по-дорожному, маленький чемодан стоял в передней, но состояние его было хуже вчерашнего.

Цвет лица его был совершенно багровый, он весь дрожал, не попадая зуб на зуб.

— Поедем, поедем! — воскликнул несчастный при виде входящего Караулова, встал с кресла, но не мог устоять на ногах и снова сел.

Федор Дмитриевич с отчаянием во взоре смотрел на него.

В таком состоянии ему нельзя было ехать.

Да и к чему теперь послужит эта поездка?

— Мы не поедем, Владимир! — сказал Караулов.

— Не поедем, почему? — простонал граф.

— А потому, что ты в таком состоянии, что не можешь ехать...

Граф Белавин горько улыбнулся.

— Вот как, но это пустяки... Ты ошибаешься!.. Ты увидишь, что как только я выеду из этого дома, я буду чувствовать себя очень хорошо. Поедем, поедем, мы опоздаем, поезд уйдет... Поедем скорее.

Он все время силился приподняться с кресла и встать, но не мог.

— Мой друг, ты не можешь стоять на ногах... как же ты поедешь. Повторяю, тебе нельзя ехать... Ты, надеюсь, имеешь ко мне доверие... я тебе говорю, что сегодня тебе ехать немыслимо.

— Сегодня! — воскликнул граф Владимир Петрович, поднимая с отчаянием руки. — Но тогда когда же? Не сказал ли ты, что часы Коры сочтены, что дорога каждая минута... Разве ты можешь, находясь здесь, отсрочить ее последний вздох.

Караулов грустно склонил голову.

Граф Белавин начал догадываться о грустной истине.

Он схватил руки своего друга.

— Это не то!.. Ты лжешь, Федор! Есть что-то другое, что ты скрываешь от меня... Моя Кора!

Караулов молчал.

— Отвечай, отвечай же, несчастный! — умолял обезумевший отец.

Доктор склонился к нему и горячо поцеловал его.

— Будь тверд, Владимир... Никто, как Бог!

Расширенные зрачки графа остановились на Караулове.

Граф Владимир понял.

Он схватился за голову, истерически захохотал, с перекосившимся лицом и диким стоном вскочил с кресла и в ту же минуту ничком упал на ковер.

Глаза его вышли из орбит, зрачки остановились.

С ним сделался нервный удар.

Федор Дмитриевич с помощью лакея перенес его в спальню, раздел и пустил кровь — старое средство, но в иных случаях спасительное.

Это принесло больному некоторое облегчение, но по учащенному пульсу и пылающей голове доктор Караулов понял, что болезнь только начинается.

В спальню вошла Надежда Николаевна с напускною важностью, Федор Дмитриевич обратился к ней, указывая на больного.

— Ему угрожает смерть... Вы одна виновница этого... Ваша совесть сумеет, надеюсь, указать вам ваши обязанности.

— Я их знаю... Уже послано за доктором, — надменно, но все же с дрожью в голосе, отвечала она.

Федор Дмитриевич вышел из спальни своего бесчувственного друга и уехал домой.

По приезде он тотчас же послал телеграмму на имя графини Конкордии Васильевны Белавиной следующего содержания:

"Владимир при смерти. Как только будет возможно, приезжайте. Ваше присутствие необходимо.

Караулов".

IX

ДОЛГ ПРЕЖДЕ ВСЕГО

Графиня Конкордия Васильевна Белавина на своей вилле изнемогала под тяжестью постигшего ее горя.

Бывают минуты отчаяния, такого всепоглощающего уныния,

что в душе человека гаснет последний луч надежды, и он чувствует себя окруженным непроницаемым, беспросветным мраком.

В таком положении находилась и несчастная женщина.

Она чувствовала себя совершенно беспомощной, разбитой и физически, и нравственно.

В это-то время она получила телеграмму Караулова и хотя прочла, но не поняла ее.

Все ее думы тогда были сосредоточены на дорогих останках, покоящихся в гробу.

Маленькая Кора лежала, как живая, в белом платье, вся усыпанная цветами. Какая-то точно радостная улыбка застыла на маленьких губках.

Казалось, она сладко спала.

Телеграмма была брошена на письменный стол будуара.

Лишь через два дня, после того как все было кончено, когда гроб вынесли из дома и после отпевания опустили в могилу на сельском кладбище, и могила была засыпана, несчастная мать могла начать что-либо соображать.

Она взяла вновь телеграмму Караулова и перечитала ее.

Теперь она только поняла, что ее вызывали в Петербург.

Зная доктора Караулова за человека осторожного и благоразумного, графиня сообразила, что вероятно действительная опасность болезни ее мужа заставила его послать ей этот вызов в первые дни ее траура.

Она все же не поехала сразу, а послала Федору Дмитриевичу телеграмму с вопросом, должна ли она ехать сейчас?

На нее она получила короткий, но выразительный ответ:

"Да, без замедления".

Графиня быстро собралась и поехала с первым поездом.

Дорогой она все время думала над вопросом: сам от себя или же по поручению ее мужа вызывает ее Федор Дмитриевич?

При этом она не могла не заметить, что со смертью Коры последняя ее связь с человеком, которого она называла своим мужем, порвалась.

В ее измученном сердце не было жалости к умирающему графу Владимиру.

По приезде в Петербург она остановилась в "Европейской" гостинице и тотчас же, несколько поправив свой туалет, поехала к Караулову.

Федор Дмитриевич был дома и встретил графиню в передней.

Она прошла залу и вошла в кабинет.

Несколько минут они стояли молча друг против друга. У обоих из глаз катились слезы, которые были красноречивее всяких слов.

Им надо было хотя немного успокоиться, чтобы начать разговор.

Графиня начала первая.

— Скажите мне, зачем вы так настаивали на моем приезде сюда?

— Вы видели из первой телеграммы, что горе, которое вы только что пережили, не последнее для вашего сердца.

Графиня Конкордия не умела лгать.

— Мой друг, — отвечала она, — что касается до горя, то я его выпила до дна. Смерть моего ребенка была последним ударом, теперь я равнодушна ко всему. Вы писали, что мой муж умирает. Что же он, умер?..

— Нет, но он безнадежен.

Снова водворилось молчание.

Графиня опомнилась. Под влиянием неизмеримого горя она не сумела скрыть холодное равнодушие, с которым относилась к своему мужу. Этот человек, которого она любит столько лет и которого она уважает, осудит ее за это. Ей было больно.

Она заговорила:

— И вы думали, мой друг, что присутствие даже несчастной, обиженной жены обязательно у изголовья умирающего мужа, даже виновного перед ней? Это великая мысль. Это подвиг, на который не все способны. Благодарю вас за такое высокое обо мне мнение.

— Я это думал, — отвечал Федор Дмитриевич, — даже при условии, что для исполнения этого подвига вам придется прикоснуться к той грязи, которой окружил себя ваш муж.

Графиня Конкордия задрожала.

— Вы заставляете меня думать, что исполнение этой обязанности будет для меня тяжелее, нежели я предполагаю.

— Несравненно тяжелее, графиня! Я не должен это скрывать от вас.

— Но объясните мне, в чем же дело, мне надо знать положение вещей.

Федор Дмитриевич не имел причины смягчать истину и нарисовал ей обстановку, в которой находился граф Владимир Петрович Белавин.

— И нет средства вырвать его из логовища этой женщины? — воскликнула графиня.

— Теперь нет... Удар при известии о смерти Коры случился с ним при нем, и вот уже неделя, как я каждый день хожу навещать его... Он до сих пор не приходил в себя... Я его не лечу... Его лечит врач, приглашенный г-жею Ботт... Это человек знающий и серьезный, который, конечно, не позволит перенести больного... Я сам, признаюсь, несмотря ни на что, воспротивился бы этому... Болезнь Владимира тяжелая, не дающая надежды, но требующая большой предосторожности, у ней два исхода и оба ужасные: смерть или сумасшествие.

Снова воцарилось молчание.

Графиня сидела, опустив голову, но вот она подняла ее и посмотрела на Караулова.

Ее лицо было лицо страдалицы, лицо мученицы.

— Мой друг, — сказала она прерывающимся, полным слез голосом, и вы находите, что я должна выпить эту чашу срама? Ужели я обязана быть у изголовья моего мужа в квартире его любовницы?

— Графиня, — отвечал Федор Дмитриевич, — вот мое мнение. На вас не лежит никакой обязанности. Разрывая свою связь, которая вас соединяла, Владимир сам освободил вас от всякой обязанности.

— Так что я могу со спокойной совестью возвратиться к могиле моей дорогой дочери?

— По моему мнению, можете... — спокойно отвечал Караулов.

Молодая женщина посмотрела на него и вдруг неудержимо зарыдала.

— Боже мой, Боже мой, воскликнула она, задыхаясь от слез, — есть ли на свете кто несчастнее меня... Сколько лет я влачу жизнь, полную унижения и страдания, жертв и лишений... Сколько лет мое сердце надрывается от горя и оскорблений... После разлуки с мужем я испытала отчаяние матери, ребенок которой умирает на ее руках. Боже мой, ты взял у меня мое дитя, мое утешение, мою силу... Я чувствовала, что мое сердце упало в могилу вместе с прахом моей дочери... Но те слезы, которые я проливала, были чисты, они не покрывали меня бесславием... Сегодня, Ты, Боже, посылаешь мне и это. Я должна испытать стыд и позор... Этот человек, который разбил мою жизнь, заставляет меня терпеть унижение у своего смертного одра.

Она откинулась на спинку кресла, закрыла лицо руками и, казалось, замерла в припадке безысходного горя.

Прошло около четверти часа.

Федор Дмитриевич сидел неподвижно, из уважения к понятному для него состоянию души графини.

Она полулежала в кресле, тихо рыдая.

Караулову показалось, что его присутствие излишне, что ее следует оставить одну, дать ей выплакаться.

Он осторожно встал и направился к двери.

Но графиня Конкордия Васильевна не допустила его выйти из комнаты.

Она вскочила с кресла и загородила ему дорогу.

— Мой друг, — сказала она, — простите мне мою слабость. Она кончилась, слава Богу. Мои глаза прозрели, я вижу теперь все ясно, я понимаю значение ваших слов: никакие формальные обязанности не заставляют меня действовать так, но есть еще обязанности нравственные, которые должен исполнить человек, если он дорожит своим человеческим достоинством.

Она схватила обе руки доктора.

— Уже почти месяц мы живем одной жизнью, одним горем. Я боюсь подумать о том времени, когда мы, быть может, снова с вами будем в далекой разлуке, снова станем чужими друг для друга, и при этом я вас хорошо знаю и хочу быть достойной вас. Слушайте меня. Какова бы ни была болезнь, которой болен мой муж, на какой бы постели и где бы он ни лежал, я решилась за ним ходить... Я пойду туда с надеждой на его выздоровление и желанием этого выздоровления, жертвуя последний раз моим самолюбием, моими чувствами, моей любовью, самой святой. Теперь вы меня поняли, не правда ли? Мой дорогой друг, вы после Бога первый вдохнули в меня силу исполнить все то, что я решила! Скажите, довольны ли вы мной?

Она стояла перед ним с лихорадочным блеском в глазах и почти радостным, преображенным лицом.

Это было с ее стороны почти признание, первое признание.

Он пожал ее руки. Она не отнимала их.

Федор Дмитриевич преклонил перед нею колени и стал покрывать поцелуями ее руки.

— Вы святая! — задыхающимся голосом проговорил он.

Она высвободила от него свои руки и быстро подошла к зеркалу, чтобы привести в порядок свое лицо и волосы.

Он встал с колен.

— Дайте мне адрес, я поеду туда... — сказала она.

— Я вас провожу.

— Нет, мой друг, я от этого отказываюсь. Вы не знаете, до чего может дойти бесстыдство и злословие этой женщины.

— Вы правы, графиня... — согласился Федор Дмитриевич.

Он написал адрес и подал ей.

— Дай Бог вам силу исполнить ваш великий и трудный подвиг... — напутствовал он уходящую.

Несчастной, ни в чем не повинной жене теперь предстоял тот же путь, по которому неделю тому назад ехал преступный муж и отец, но чувства, наполнявшие их сердца, были различны.

X

У ПОСТЕЛИ БОЛЬНОГО

— Дома г-жа Ботт? — спросила графиня Конкордия Васильевна у отворившего ей дверь дачи лакея.

Он еще не успел ответить, как она уже прошла мимо него в переднюю.

Лакей почтительно посторонился.

Он догадался.

Петербургская прислуга всезнающа, от нее не могут укрыться никакие тайны дома, в котором они служат. Как бы тщательно от нее ни скрывали, она узнает всю подноготную. Лакей заметил давно, что барыня была всегда настороже.

Он знал, что барин — граф Белавин, а барыня — г-жа Ботт, знал также, что граф женат, но что его жена не живет в Петербурге.

Тревожное состояние барыни указывало, что каждый день может произойти катастрофа, или, по крайней мере, скандал.

Когда лакей увидел входившую красивую даму с благородной осанкой, всю в черном, то тотчас понял, что это пришла законная жена за своим мужем.

Еще раз почтительно поклонившись, он ввел ее в зал.

Если кто не ожидал видеть графиню, то это Надежда Николаевна.

Когда лакей доложил ей, что в зале ее ожидает дама, и она вышла, то при виде своей задушевной подруги, величественной и невыразимо прекрасной, она отступила, ошеломленная.

Графиня произнесла только два слова:

— Мой муж!..

Надежда Николаевна хотела ответить, но язык ей не повиновался.

Наконец, она с усилием произнесла хриплым голосом:

— Он очень плох!

— Я хочу его видеть! — сказала повелительно графиня.

Она двинулась к двери, у которой стояла Надежда Николаевна.

Та невольно посторонилась.

Графиня Конкордия откинула портьеру, отворила и вошла, сопровождаемая своею бывшей подругой, поступью королевы.

Это была комната больного, мрачная комната.

Шторы были спущены. Маленькая лампочка под густым зеленым абажуром полуосвещала комнату, отражаясь в зеркале над камином.

Атмосфера была спертая, пропитанная человеческими испарениями и запахом лекарств.

На постели, стоявшей посреди комнаты, лежал граф Владимир.

Цвет лица его был багровый, дыхание прерывистое, глаза его то открывались, то закрывались, ничего не видя, лоб был покрыт компрессом, а на выбритом темени лежал пузырь со льдом.

Жаль было глядеть, что сделалось с красивым лицом графа.

Правильные и тонкие черты лица исчезли, остался один обтянутый кожею череп с выдающимися скулами. Усы были всклокочены, щеки и подбородок покрылись жесткими волосами.

Лицо умирающего было ужасно.

Графиня Конкордия не могла удержаться от рыданий.

— Боже, что вы с ним сделали! — воскликнула она сквозь слезы, указав Надежде Николаевне на больного.

Та молчала.

Графиня подошла к своему мужу, опустилась на колени у его постели и начала горячо молиться со слезами, которые падали на его одеяло.

Вдруг с больным сделался припадок бреда.

Он стал невнятно произносить слова, но смысл их был ясен.

Он звал отсутствующих.

— Кора, дочь моя! Не уезжай, — стонал он, — мое милое дитя, подожди меня, я приду к тебе и соединюсь с тобою. Конкордия, Конкордия, если ты еще помнишь меня, удержи ее и не позволяй ей уезжать.

Графиня Конкордия Васильевна вскочила.

Она вспомнила свои обязанности жены-христианки.

Не обязана ли она была спасти душу своего мужа, а вместе с тем, быть может, и тело.

Его бред доказывал, что он раскаивается, что его душа стремится к ней, своей жене и к своей дочери.

Она взяла руку больного. Эта рука была горяча, как огонь.

— Я здесь, Владимир, я здесь, подле тебя! Узнаешь ли ты меня... Я твоя жена — Конкордия.

На лице больного отразилась мучительная напряженная мысль.

Наконец, его лицо на мгновение просветлело.

Мимолетная улыбка мелькнула на губах графа.

Он узнал молодую женщину.

— Конкордия! — прошептал он. — Конкордия, это ты?

Она прочитала в его на мгновение просветленных глазах радость и благодарность за это доказательство его прощения.

— Да, это я, Владимир, это я... Я пришла за тобой, чтобы увезти тебя.

В это время в комнату вошел лечивший графа доктор. Он с

241

удивлением, почти с ужасом созерцал эту сцену, которая осложняла и без того опасное положение его пациента.

— Да, Конкордия, я поеду, я хочу ехать с тобой. А Кора? — вдруг переменил он тон. — А Кора, моя дочь, где она? Отчего ее нет здесь, с тобой?

Графиня молчала.

— А ты не хотела привезти ее. Ты не хотела, чтобы она видела своего отца! — рассвирепел больной. — Презренная женщина! Ты хотела отомстить мне, наказать меня... или скорей, я тебя понимаю, я угадываю, ты сама ее убила, ты убила нашего ребенка, чудовище, бесчувственная мать...

Он говорил прерывающимся голосом, задыхаясь от ярости, с блуждающими, широко открытыми глазами.

Он схватил нежные руки графини Конкордии Васильевны и сжал их изо всей силы.

Бедная женщина не сопротивлялась и только шепотом повторяла:

— Владимир, приди в себя... Я, Конкордия — твоя жена, я пришла за тобой, чтобы отвезти тебя к нашей дочери.

Зрелище было невыносимо тяжелое.

Доктор не выдержал.

Он подошел к постели больного, силой вырвал графиню Конкордию из его рук и уложил его, а затем почти грубо обратился к молодой женщине:

— Кто вы такая и что вам здесь нужно?

Тон, которым был задан этот вопрос, возмутил графиню.

Она побледнела, как полотно.

— Я законная жена графа Белавина и пришла ходить за ним к его любовнице, если мне не позволят перевезти его ко мне.

Доктор почтительно поклонился.

— Простите меня, графиня, я не знал... Но при этих тяжелых обстоятельствах я должен говорить как врач. Я не могу ни в каком случае разрешить перевозить больного в том состоянии, в котором он находится. Вы и теперь сделали большую неосторожность, которая может чрезвычайно осложнить состояние вашего мужа. Вы не найдете, конечно, поэтому странным, если я категорически запрещу вам доступ к этой постели и в эту комнату до моего разрешения.

— Как, вы хотите запретить мне ходить за моим мужем? — воскликнула графиня Конкордия.

— Это необходимо, графиня! Это мера предосторожности...

— Будьте спокойны, доктор, — заметила Надежда Николаевна, — я хозяйка в этом доме и сумею отдать приказания и наблюсти за их исполнением.

— О презренная! — кинула по ее адресу графиня и вышла.

Через минуту она покинула тот дом, где умирал ее муж, а ей было запрещено переступать его порог.

В эту же ночь с графом Владимиром Петровичем случился второй удар, и к утру его не стало.

Это печальное известие принес графине Белавиной доктор Караулов.

Она приняла его сравнительно спокойно.

После пережитой ею муки у постели больного она точно окаменела.

Федор Дмитриевич смотрел на нее испытующим взглядом врача.

Он видел, что это состояние через несколько времени должно разразиться катастрофой.

Видимо, Бог послал ему еще не все жизненные испытания.

Графиня просила Караулова принять на себя все распоряжения по части похорон, с непременным условием похоронить графа в Финляндии, рядом с его дочерью Корой.

Законная жена вступила в свои права над трупом ее мужа.

Федор Дмитриевич выхлопотал разрешение перенести гроб с телом графа Белавина в церковь Старой Деревни, где служили панихиды, и на третий день произошло отпевание.

Сделаны были от имени графини публикации в газетах.

Несмотря на то, что сезон еще не кончился, масса народу собралась на похороны графа Владимира Петровича Белавина.

Тут было много представителей и представительниц петербургского "света", а в особенности представительниц "полусвета".

В числе последних была и Фанни Викторовна Геркулесова в глубоком трауре.

Конечно, всех этих лиц привело в церковь не желание отдать последний долг покойному графу, а романтическая сторона как его жизни, так и смерти.

В светских и полусветских гостиных Петербурга были известны все его романтические похождения, последнее приключение с Надеждой Николаевной Ботт, дуэль с ее мужем и, наконец, посещение его женою в квартире любовницы, за несколько часов до его смерти, вызванной потрясением при известии о смерти его дочери.

От этого тысячеглазого зверя, именуемого "обществом", как известно, ничто не может укрыться.

Одна Фанни Викторовна Геркулесова приехала отчасти по добрым воспоминаниям о покойном графе, а главное, чтобы насладиться мучительным для нее созерцанием доктора Караулова рядом с графиней Белавиной.

Фанни Викторовна похудела и побледнела.

Взором непримиримой ненависти смотрела она на роковую

для нее пару, но ни Федор Дмитриевич, ни графиня Конкордия Васильевна не заметили этого.

Им было не до того.

Графиня все продолжала находиться в состоянии почти столбняка, а доктор был весь поглощен думой о несчастной молодой женщине.

Надежда Николаевна Ботт на похоронах не присутствовала.

По окончании печальной церемонии завинченный металлический гроб поставили на дроги и повезли на вокзал Финляндской железной дороги.

За дрогами поехала только одна карета.

В ней сидели: графиня Конкордия Васильевна Белавина и Федор Дмитриевич Караулов.

XI

СТАРЫЙ ДРУГ

Проводив еще раз взором непримиримой злобы карету, последовавшую за погребальными дрогами, Фанни Викторовна Геркулесова, с искаженным от бешенства лицом, села в свою карету, крикнув кучеру хриплым голосом:

— Домой!

Карета покатилась.

Фанни Викторовна сидела в ней, как окаменелая.

Глаза ее были устремлены в одну точку, губы судорожно сжаты.

Только судороги, по временам пробегавшие по ее красивому лицу, указывали, что она переживала нечеловеческие душевные страдания.

Смерть графа Владимира Петровича Белавина поразила ее как громом.

Этой неожиданной, внезапной смертью были разрушены все ее последние надежды, которыми она жила, отказавшись от всех своих прежних знакомств, вдали от всех столичных удовольствий.

Она вся была поглощена своей безумною страстью к Федору Дмитриевичу Караулову, которая от встреченных ею препятствий разгоралась все сильнее и сильнее.

Она, повторяем, жила надеждой на победу.

Она хорошо понимала, что любовь доктора к графине

Конкордии Васильевне Белавиной была одной из главных причин того, что он безжалостно отталкивал ее, Фанни Викторовну, не только как жену, но и как любовницу.

Но она не верила и не могла верить в чистую, платоническую любовь.

Она думала, что он так же, как и она, надеется.

По рассказам графа Владимира Петровича и по слухам из других источников, Фанни Викторовна хорошо знала графиню Белавину, знала, что при жизни мужа, несмотря на разлуку с ним, как бы она ни была продолжительна, молодая женщина не сделает шага, который мог бы ее компрометировать.

"Федор Дмитриевич, — рассуждала она далее, — потеряв, наконец, всякое человеческое терпение, придет в ее объятиях искать забвения неудовлетворенному чувству".

Она этого и ждала, оставив мечту увлечь Караулова своей собственностью особой, своей красотой, как несбыточную.

Она с жадностью схватит и эти крошки, падающие со стола господ.

Смерть графа Владимира Петровича подкосила разом и эту надежду.

Графиня Конкордия была свободна и любила Федора Дмитриевича.

Препятствие к их браку было устранено.

Когда Фанни Викторовна прочла в газете публикацию о смерти графа Белавина, газета выпала из ее рук, и она воскликнула голосом, полным отчаяния:

— Проклятие!..

Она тогда же приняла решение поехать на похороны графа Владимира Петровича.

Она не была бы женщиной, если бы не позаботилась о траурном наряде.

Это ее несколько заняло и рассеяло.

Когда она ехала на похороны, в ее сердце еще теплилась надежда, что графини Конкордии Васильевны не будет на похоронах, хотя публикации в газетах и были сделаны от ее имени, что это сделал Караулов, который и будет один при гробе своего друга.

При входе ее в церковь и эта искра надежды потухла.

Она не только увидала Федора Дмитриевича рядом с графиней Белавиной, но зоркими глазами влюбленной женщины заметила, с какой восторженно-почтительной любовью смотрел на эту ненавистную для нее женщину кумир ее мечты.

Адские муки вынесла она за время исполнения церемонии и теперь ехала домой, подавленная обрушившимся на нее роковым ударом.

"Все кончено!" — шептали ее побелевшие губы.

Карета остановилась у шикарного подъезда ее дома.

Она вышла, быстро прошла к себе наверх и вошедши в гостиную, в ту самую гостиную, где принимала Федора Дмитриевича Караулова и где ей на мгновение даже показалось, что счастье было близко и возможно.

Не раздеваясь, как была в траурном платье и в шляпе с длинной креповой вуалью, она вдруг опустилась на колени перед креслом, на котором сидел во время своего первого и последнего визита доктор Караулов и которое она оберегала с тех пор, как святыню, опустила на него голову и неудержимо горько зарыдала.

Вошедшая за Фанни Викторовной горничная удивленно несколько минут посмотрела на свою барыню, а затем беззвучно удалилась.

Прорыдав около получаса, Фанни Викторовна встала.

Глаза ее были сухи и положительно метали искры.

Она окинула окружающую ее роскошную обстановку взглядом, полным презрения.

"Вот эта золоченая грязь, — вдруг заговорила она сама с собой, — из которой я не могу выкарабкаться и которая затягивает меня все глубже и глубже. Чем эта грязь лучше грязи притонов и Вяземской лавры?.." Нет, тысячу раз нет, не лучше она, а хуже и опаснее, а та отвратительна, и человек, не потерявший образ и подобие Божие, старается стряхнуть ее с себя, а засосанный ею, обратившись в скотское состояние — доволен и счастлив... А здесь? Как все это привлекательно, красиво, нарядно и между тем как все это отвратительно грязно по своему происхождению, как отвратительно грязны те деньги, на которые все это куплено... Каким зловонным комом нравственной грязи должна была показаться ему эта гостиная и, наконец, я сама, такая чистая, выхоленная, в эффектном наряде. А я, безумная, думала этим прельстить его!

Она опустилась на один из пуфов и задумалась.

Легкий стук в дверь заставил ее очнуться.

— Кто там?

Дверь отворилась, и на ее пороге появилась горничная с серебряным подносом в руках, на котором лежала визитная карточка.

Фанни Викторовна взяла карточку и вдруг неудержимо истерически захохотала.

— Этот является не для того, конечно, чтобы читать мне лекции о нравственности... — со смехом произнесла она.

На карточке стояло:

"Леонид Михайлович Свирский".

Горничная широко открытыми глазами смотрела на Фанни Викторовну.

Она еще никогда не видала ее в таком состоянии: за какие-нибудь полчаса она горько плакала, а теперь смеялась, что есть мочи.

— Проси, — сказала, наконец, кончив хохотать, Фанни Викторовна, — и приходи ко мне в уборную.

Геркулесова вышла из гостиной.

Через минуту в гостиную Фанни Викторовны вошел Леонид Михайлович Свирский.

Пролетевшие годы оставили на нем свою печать.

Он похудел и постарел, и на его жизнерадостном лице появилось выражение постоянной грусти.

Одет он был в скромный костюм, далеко не первой свежести.

Восхищенным взором художника оглядывал он окружающую его обстановку.

Каждая действительно сделанная артистически вещица приковывала надолго его внимание.

Он не заметил, как прошло более получаса времени, как вдруг в тот момент, когда он был занят рассматриванием древней урны-курильницы, сзади него раздался полунасмешливый, полуласковый голос:

— Это ты!

Он обернулся и положительно обомлел.

Пред ним стояла Фанни Викторовна, казалось не одетая, а охваченная волною тончайших кружев.

Таковое впечатление производил надетый на ней кружевной капот, совершенно прозрачный на груди и руках.

Он не мог выговорить слова от овладевшего им волнения.

— Не узнал? Переменилась? Не ожидал? — снова спросила она.

В тоне ее звучала уже явная насмешка.

— Признаюсь... — задыхаясь, наконец, мог произнести Свирский.

— Да и ты порядком изменился, и, не в укор тебе будь сказано, не к лучшему...

Он вздохнул и робко посмотрел на нее.

— Но ничего, старый друг все же лучше новых двух... Ты не робей, я приму тебя лучше, нежели ты принял меня последний раз... Садись.

Она протянула ему руку.

Он запечатлел на ней восторженный, страстный поцелуй.

— Садись...

Он пошел было к креслу, на котором сидел когда-то Караулов и сиденье которого было еще влажно от пролитых с час тому назад слез Фанни Викторовны, но последняя испуганно вскрикнула:

— Не туда, не туда, не на это кресло, садись сюда.

Она села на диван и указала ему на место рядом с собой.

Он сел.

— Рассказывай... Ты женат?

— Да! — печально ответил он.

— Вот как... — протянула она. — Ну да это ничего, домашние обеды не всегда кажутся вкусными, потому-то и существуют рестораны... И что же, ты счастлив?

— Нет!

— Впрочем, что же это я спрашиваю... Счастливым в супружестве не место у меня... Твоя жена изменяет тебе?

Он горько усмехнулся.

— Когда бы это могло быть! — воскликнул он.

Это восклицание было так неожиданно и так курьезно, что Фанни Викторовна не могла удержаться от смеха.

— А ты хотел бы этого?

— Конечно... Тогда бы я знал, по крайней мере, что она женщина.

— Это интересно... Расскажи...

Леонид Михайлович поведал ей грустную историю своей брачной жизни.

Он умолчал, конечно, о том восторженном настроении, в котором он был перед свадьбой и которое относится к тому времени, когда он писал письмо, читанное, если припомнит читатель, Карауловым с товарищем в анатомическом театре медико-хирургической академии.

Он рассказал лишь о том, что жена его через год после свадьбы обратилась в вечно брюзжащую бабу, наклонную к толщине. Миловидная и грациозная девушка заплывала на его глазах жиром и доводила небрежность своего туалета до того, что муж стал чувствовать омерзение.

Детей у них нет и не было.

Вместе с прогрессивным увеличением объема тела жена его впала в ленивую апатию, манкировала знакомствами в Одессе, где они прожили до прошлого года, и, видимо, сознавая свое увеличивающееся безобразие, стала, в довершение всего, безумно ревновать его без всякого повода и причины.

Она требовала отчета в каждом часе его отсутствия из дому, в каждой истраченной им копейке.

— У ней есть средства?

— Есть небольшие...

— А! Продолжай...

Он стал рассказывать дальше.

В конторе редакции одной из одесских газет, где он был постоянным сотрудником, появилась в числе служащих барышень миловидная брюнетка, обратившая на него свое внимание; далее нежных слов и еще более нежных рукопожатий дело у них, видит Бог, не зашло; но один из товарищей в шутку при жене рассказал о влюбленной в него конторщице, и этого было достаточно, чтобы его супруга явилась в редакцию, сделала там громадный скандал и категорически заявила, вернувшись, что они переезжают в Петербург.

Скандал в редакции, при котором супруга Свирского не остановилась даже в оскорблении редактора, делал этот отъезд и без того неизбежным.

Он убедился в этом в тот же вечер, когда получил от редактора письмо с приложением причитавшегося ему жалованья и гонорара и уведомлением, что он более не состоит сотрудником газеты.

Они распродали всю обстановку, хозяйство и переехали в Петербург.

Он здесь перебивался кое-какой случайной работой по редакциям, а дома продолжался тот же ад.

Он не выдержал и стал убегать из дома на целые дни, совершенно разумно рассуждая, что лучше выносить гром и молнии от супруги раз в сутки.

Пересматривая на днях от нечего делать, чтобы убить время, в одной из редакций адресную книгу Петербурга, он был поражен, увидавши в числе петербургских домовладельцев Фанни Викторовну Геркулесову.

Это имя подняло в его уме целый ряд самых светлых, самых отрадных воспоминаний молодости.

— Ужели это она? — думал он.

Его неудержимо потянуло к ней и вот... он явился.

Свирский кончил свою исповедь.

Фанни Викторовна несколько времени молчала, как бы что-то обдумывая.

Наконец, она заговорила:

— Ты явился как раз кстати... Тебе тяжело, мне тоже... Почему? Тебе нет до этого дела... У меня есть средства, мы будем развлекаться... Мы вспомним невозвратные дни нашей юности... Ну иди же, целуй меня по-прежнему крепко-крепко.

Она раскрыла свои объятия.

Леонид Михайлович, как сумасшедший, бросился в них.

XII

СМЕРТЕЛЬНЫЙ СОН

Весь веселящийся Петербург был в необычайном волнении. Толкам и пересудам не было конца.

Толки эти проникли, не говоря уже о "полусвете", где они положительно царили, и в петербургский высший "свет".

Только и разговоров было о колоссальных праздниках и лукулловских пирах, даваемых известной m-lle Фанни в ее роскошном доме на Фурштадтской.

Фанни Викторовна, действительно, точно обезумела, она сорила громадными суммами, как будто доходы ее считались миллионными.

Завтраки, обеды, ужины, балы, пикники следовали один за другим.

Сама хозяйка веселилась более всех, но в этом веселье было что-то болезненно-лихорадочное.

Леонида Михайловича Свирского она заставила расстаться с женой. Тот уверил свою толстую, неповоротливую супругу, что получил командировку от одной из редакций в Варшаву и уехал из меблированных комнат, отметившись в этот город.

Вместо Варшавы он, понятно, очутился на Фурштадтской.

Это было на другой день его первого визита к своей бывшей подруге.

Он положительно потерял голову от этой "шикарной женщины", а быть может, вернее, от полной, не бывшей доступной даже его фантазии, роскоши обстановки.

В то время, когда Свирский ушел от Фанни Викторовны для объяснений со своей законной половиной, она велела заложить экипаж и объехала своих подруг, забросила карточки некоторым из представителей веселящегося Петербурга и в тот же вечер за роскошным ужином, куда не замедлили собраться все приглашенные, представила своего нового избранника — Леонида Михайловича Свирского, плававшего, как выражается фабричный люд, в эмпириях блаженства и даже почти поглупевшего от счастья.

Каждый день в роскошный дом Геркулесовой собирался все больший и больший круг не только "полусвета", но прямо "погибших, но милых созданий", более низшего разбора, являвшихся со своими сожителями, именуемыми на их языке "марьяжными".

Фанни Викторовна, не ограничиваясь роскошными

250

угощениями, раздаривала гостям и гостьям свои платья, свои драгоценности, давала при первой просьбе деньги.

Леонид Михайлович Свирский ничего этого не замечал, как не замечал выражения лица своей бывшей подруги, минутами носящего на себе отпечаток такой безысходной грусти и отчаяния, которое далеко не гармонировало с ее наружным, каким-то ухарским весельем.

Отуманенный вином и страстью, разбитый физически от постоянных оргий, он сделался положительно каким-то полуидиотом, полуживотным и ходил, точно в полусне.

Так продолжалось два месяца, промелькнувшие для него незаметно.

Однажды, проснувшись, по обыкновению, часа в два дня, в роскошной спальне Фанни Викторовны, он увидал, что он находится в ней один.

Геркулесовой не было.

В эту ночь он лег сравнительно раньше и спал крепко.

Живительный сон несколько прояснил его ум.

Он подумал, что она находится в уборной.

— Фанни! — крикнул он.

Ответа не последовало.

Он повторил несколько раз зов, но с таким же результатом.

Леонид Михайлович быстро спустил ноги с кровати. В сердце его кольнуло какое-то предчувствие близкой беды.

В это же самое время дверь спальни отворилась и в нее вошел совершенно незнакомый Свирскому человек в костюме артельщика.

Леонид Михайлович вопросительно посмотрел на него.

— Вам письмо! — сказал вошедший и, подав Свирскому запечатанный конверт, вышел.

Леонид Михайлович вскрыл конверт и стал читать.

По мере этого чтения лицо его выражало все большее и большее недоумение.

Наконец, он кончил и воскликнул:

— Черт знает, что такое! Я ничего не понимаю!

Письмо заключало в себе следующее:

"Милый Леонид!

Когда ты будешь читать эти строки, меня не будет не только в моем доме, который мне уже теперь не принадлежит, а продан со всей обстановкой, но даже и в Петербурге. Не ищи меня! Все равно, во-первых, это будет безуспешно, а во-вторых, нам друг около друга делать нечего. Мы с тобой тряхнули стариной и помянули дни нашей юности почти двухмесячными непрерывными празднествами, на которые ушло все нажитое мною гнусным ремеслом состояние. В кармане твоего бумажника ты найдешь триста рублей на первое время. Перед тобой путь труда... Передо мной... да, впрочем, что тебе за дело, какой путь предстоит мне, на нем мы, даст Бог, не встретимся. Ты явился ко мне в ту минуту, когда я оплакивала мое прошлое и когда будущее представлялось мне одним сплошным мраком. Я обрадовалась тебе как другу все же лучших прежних дней и решила посвятить тебе последние дни моей старой жизни. Я так и сделала. Теперь я начинаю новую жизнь, начни и ты.

Прощай навсегда.

Твоя Фанни".

Леонид Михайлович бросился к своему сюртуку, вынул из кармана бумажник и действительно нашел в нем три радужных, кроме тех нескольких рублей, с которыми он пришел к Геркулесовой.

Вид этих денег, однако, не обрадовал его.

Они имели для него лишь значение тяжелого воспоминания о Фанни.

Пленительный образ этой женщины с особою рельефностью восстал перед ним и его потянуло к ней с неудержимой силой.

"Где она? Куда могла скрыться? Я разыщу ее, я увижусь с ней", — неслось в его уме.

Между тем он с лихорадочной поспешностью стал одеваться.

Пальто и шляпа оказались тоже в спальне.

Он вышел.

В остальных комнатах распоряжались какие-то совершенно посторонние люди.

"Новые хозяева дома!" — мелькнуло в его голове.

Он сошел с лестницы. Швейцар в подъезде даже не кивнул ему головой. Он, впрочем, не заметил этого.

Леонид Михайлович вышел на улицу.

Отошедши несколько шагов от подъезда, он остановился и оглянулся.

Не сон ли это был? Нет, это была действительность, но действительность минувшая, которая хуже пробуждения от чудесного сна.

"Куда идти? — неслись далее его мысли. — Домой, к жене."

Дрожь пробежала по его телу.

Перед ним восстала неуклюжая фигура Надежды Александровны — так звали его супругу — и рядом с ней — только что внезапно исчезнувшая от него грациозная, прелестная женщина.

"Домой, ни за что! Я разыщу Фанни!"

Он стал скитаться по Петербургу.

Искание Фанни Викторовны сделалось прямо пунктом его помешательства.

Привычка за два месяца быть постоянно навеселе также сделала свое дело: он заходил в рестораны, пока у него были

252

большие деньги, ночевал в гостиницах, в тех гостиницах, в которых без прописки видов на жительство пускают только вдвоем, потом спустился до низков трактиров и ночлежных домов.

Бродя по улицам, он пугал проходящих женщин, всматриваясь пристально в каждую из них.

Он искал Фанни.

Он не нашел ее.

Она исчезла. Некоторые утверждали, что встречали похожую на нее среди ночных фей, заполняющих по вечерам Вознесенский проспект, другие говорили, что видели ее на Сенной площади, выходящей из портерной в Таировом переулке.

"Кажется, это была она!" — заканчивали они свои рассказы.

Но наверное, однако, никто сказать не мог, что видел именно ее.

Исчезновение устроительницы "последних празднеств вакханки", как прозвали светские остряки последние дни Фанни, с неделю служило предметом толков среди петербургских "дам полусвета", "милых и погибших созданий" и их кавалеров, а потом Фанни Викторовна была забыта.

О ней этим дамам напоминали лишь изредка подаренные ею драгоценности и наряды.

Леонид Михайлович все продолжал ходить по Петербургу и искать.

Наконец, наступил день, когда в кармане у него не оказалось пятачка заплатить за ночлег.

Он бесцельно бродил ночью по улицам, перешел Троицкий мост и очутился в запушенном снегом Александровском парке.

Он пошел в самую глубь его и от усталости опустился на одну из редких, оставляемых на зиму, скамеек.

Кругом не было ни души, со стороны города доносился шум еще не успокоившейся столичной жизни, той чудной жизни вечного кутежа и разгула, которую он испытал в течение двух месяцев.

"Это был сон! — протянул он. — Смертельный сон... Все кончено, после всего пережитого жить не надо..."

На второй день в газетах в отделе происшествий было рассказано, что утром вчерашнего числа на одном из деревьев Александровского парка был усмотрен без признаков жизни повесившимся на помочах мужчина средних лет, одетый в сильно поношенную сюртучную пару и пальто. Шляпа самоубийцы валялась на снегу. При осмотре тела в кармане найден пустой бумажник с видом на жительство, из которого оказалось, что покончивший с собою был бывший студент Императорского С.-Петербургского университета Леонид Михайлович Свирский. Причина самоубийства неизвестна.

В одной из газет, щеголяющей большими подробностями

происшествий, было добавлено: "По полицейским справкам оказалось, что жена покойного уже с месяц как подала объявление об исчезновении своего мужа, найденного теперь так трагически покончившим с собою".

XIII

ОТВОЕВАННОЕ СЧАСТЬЕ

В то время, когда в Петербурге происходили последние праздники вакханки, а затем таинственное исчезновение бывшей содержанки покойного графа Владимира Петровича Белавина и, как последствие его, трагическая смерть ее бывшего сожителя, графиня Конкордия Васильевна была прикована к постели в страшной нервной горячке, и за нею, как врач и как сиделка, бессменно и неустанно ухаживал Федор Дмитриевич Караулов.

Стояли первые числа декабря месяца. Яркое солнце освещало запущенный снегом сад виллы и обыкновенными и отраженными лучами врывалось в окно обширной спальни графини, в которой только в этот день подняты были шторы.

Графиня Конкордия лежала на широкой постели.

В ее чертах, измененных тяжелой болезнью, видны были уже проблески жизненной энергии — этой предвестницы возвращения здоровья.

Даже при беглом на нее взгляде можно было заметить, что больная находится в том периоде, когда кризис миновал, опасность исчезла, а восстановление сил будет работой самого организма.

Улыбка, давно уже не появлявшаяся на печальных устах несчастной женщины, играла на них.

Она, видимо, с наслаждением любовалась в окна на освещенную ярким солнцем картину запущенного снегом сада и на даль моря, расстилающуюся за ним.

Она, видимо, примирилась с жизнью и находила ее прекрасной, несмотря ни на что.

Страдания прошлого довели ее до того, что ей была ненавистна эта жизнь. Разбитое сердце матери, поруганное чувство жены — все это привело ее к нервной горячке, к физическим страданиям, которые послужили как бы противовесом страданиям нравственным.

И вот теперь она пробуждалась к жизни.

Изнемогая физически, она перестала изнемогать нравственно.

Болезнь тела уничтожила болезнь духа.

Конкордия Васильевна, казалось, забыла о минувших страданиях.

Будущее, то самое будущее, которое она считала для себя не существующим, вставало перед ней, освещенным ярким солнцем надежды, подобно этому великолепному расстилающемуся перед ее окном саду, таким же чистым и светлым.

Мечты, давно не посещавшие графиню Конкордию Васильевну, роем вились над ее головкой.

Какое-то радостное чувство овладевало ею при мысли о том, что она избежала смерти, что жизнь чувствуется в каждой капле обращающейся в ней крови.

Она думала о Караулове.

С тех пор, как она пришла в себя, он аккуратно посещал ее два раза в день, ни больше ни меньше, несмотря на то, что жил с нею под одною кровлею.

Вот уже три дня, как он позволил поднимать в полдень на несколько часов шторы и любоваться видом сада и моря.

Завтра он разрешил ей встать и немного пройтись по комнате.

"Какой он добрый, внимательный, милый!" — прошептала она.

Прошло несколько дней.

Здоровье Конкордии Васильевны восстановлялось не по дням, а по часам.

Она чувствует теперь приток жизненных сил.

Постель ей становится тяжела.

Однажды, когда она сидела в пеньюаре перед зеркалом и уже вколола в свою прическу последнюю шпильку, в спальню вошел Федор Дмитриевич.

Увидав графиню, делающею свой туалет, он повернулся и хотел выйти, но Конкордия Васильевна остановила его.

— С каких это пор, — протянула она ему свою руку, — доктор не имеет права входить в комнату своей больной.

— С тех пор, — ответил он, — как больная чувствует себя настолько хорошо, что может обойтись без помощи доктора.

Он поцеловал ей руку.

Она удержала его руку в своей и нежно пожала ее.

— Вы в этом уверены, мой друг, — сказала она, улыбаясь, — что я не имею больше нужды в вас?

Она вдруг затуманилась и вздохнула.

— Я вас не понимаю, графиня; вот уже три месяца, как я лечу вас, несколько дней уже вы чувствуете себя хорошо, вы выздоравливаете, вы сами это знаете, так что...

Федор Дмитриевич не договорил.

Волнение сдавило ему горло.

— Что же "так что"? — спросила она, вставши с табурета, взволнованная не меньше его.

Он молчал.

Она смотрела на него вопросительно.

Наконец, он заговорил:

— Я должен вас прежде всего просить простить меня.

Глаза ее широко раскрылись, но она молчала.

— Тогда, в этот ужасный день, когда с вами сделалось дурно на могиле вашего мужа, я вас бесчувственную привез сюда. В то время я подпал под страшное искушение. Когда я увидел вас падающею в нервном припадке, угрожавшем вашему сердцу, я почувствовал трепет своего. Я остался при вас, графиня. Не в моих силах было восстановить дорогую вам и мне жизнь вашей дочери, но Бог мне помог сохранить вашу жизнь. Я вас внес в этот дом на моих руках, как похититель украденное сокровище, я вас спрятал от всех глаз, шаг за шагом я вас оспаривал у смерти, и вдруг я сделал роковое открытие: я с ужасом понял, что служа вам, заботясь о вас, спасая вас, графиня, я только служил моей любви.

Он умолк и стоял перед ней с поникшей головой.

— Что же из этого? — кротко и спокойно спросила графиня Конкордия Васильевна.

В этом вопросе было не только одобрение, но и поощрение.

— Я не мог, наконец, не сделать вам этого признания, как не мог бы удержать биение моего сердца. Вы, графиня, больше во мне не нуждаетесь. Позвольте мне уехать... Пребывание мое здесь в течение трех месяцев составит последние главы моего романа, последние вспышки моей заветной мечты.

При последних словах в голосе его послышались рыдания.

Графиня Белавина несколько времени молчала.

Вдруг она вздрогнула, положила свои руки на плечи Федора Дмитриевича и заговорила.

— Вы уезжаете, вы хотите меня покинуть... Впрочем, вы правы, — перебила она сама себя. — Мы расстанемся, но эта разлука будет последней... Я свободна, у меня нет ни мужа, ни детей... Время окончательно загладит раны, нанесенные прошлым... Вы сейчас сказали, что я ваше сокровище, что вы отвоевали меня у смерти... Если еще ваше сердце продолжает носить мой образ, поберегите его несколько месяцев и приезжайте за мной, как за женой, назначенной вам самим Богом, за вами отвоеванным счастьем.

Федор Дмитриевич упал перед ней на колени.

— Благодарю вас за это решение, оно врачует мое наболевшее сердце... Я уеду, сказавши: "до свидания", и буду с нетерпением ожидать дня, когда вы разрешите мне приехать... Я примчусь как сумасшедший от радости на призыв счастья. Я и сам не хочу, чтобы это счастье омрачалось горькими воспоминаниями, еще не исчезнувшими из вашего сердца, которое вы отдали мне, взамен моего, которое любит вас так давно, искренно, чисто, беззаветно.

Она стояла перед ним, радостная и улыбающаяся.

— Считайте сами дни. Мой траур не продолжится более полугода.

Федор Дмитриевич Караулов уехал из Финляндии женихом графини Конкордии Васильевны Бела виной.

"Через три месяца, через три месяца!"— шептали с радостной улыбкой его губы, когда поезд финляндской железной дороги мчал его в Петербург.

Ему пришлось прождать далее этого срока, так как только в половине апреля, на Красной горке состоялась их свадьба.

Венчание произошло в той же сельской церкви, где происходило отпевание маленькой Коры.

Были только необходимые свидетели из знакомых русских, живших в Гельсингфорсе.

По окончании обряда, после молебна, когда молодые приложились к местным образам, они оба, как бы побуждаемые одною мыслью, вышедши из церкви, направились на кладбище к могилам графа Владимира Петровича и Коры.

Горячо оба помолились они над этими могилами.

Это были могилы не только близких им обоим людей, но над этими могилами должно было начаться их счастье.

Летние месяцы они решили провести на вилле, а зимою устроиться в Петербурге, где Федор Дмитриевич решился снова начать прерванную описанными обстоятельствами практику и свои научные занятия.

XIV

ВМЕСТО ЭПИЛОГА

Мир, любовь и счастье воцарились на той самой вилле, где Конкордия Васильевна провела столько грустных и печальных лет.

Казалось, сбросивши с себя графский титул и ставши госпожой Карауловой, она вместе с тем устранила от себя причину всех невзгод.

Время действительно заживляет все раны прошлого, счастье — лучший врач души.

Время быстро летело.

Федор Дмитриевич довольно часто, в конце июля и в начале августа, стал ездить в Петербург.

Его призывали туда хлопоты по устройству зимней квартиры и, кроме того, разрешение вопроса о предлагаемой ему профессуре в медико-хирургической академии.

Однажды между станциями Удельной и Ланской, вблизи последней, поезд, в котором ехал Караулов, вдруг остановился.

Между пассажирами произошел переполох.

Большинство выскочило из вагонов.

Участившиеся за последнее время крушения на железных дорогах вызывали при каждом, даже незначительном происшествии, панический страх.

Увлеченный общим примером, выскочил из вагона на полотно дороги и Федор Дмитриевич Караулов.

Оказалось, что под поезд бросилась женщина.

Она выбежала быстро из лесу, опушка которого примыкала к полотну дороги, и легла на рельсы.

Машинист не мог остановить поезд сразу, и локомотив и два передних вагона переехали несчастную.

— Дачница? — спрашивали в толпе у тех, кто уже побывал около трупа.

— Какой там дачница... Просто нищая, одетая в лохмотья.

— Молода?

— А не разберешь, лицо такое опухлое, вероятно, от пьянства.

— Совсем убита?

— Конечно совсем... Пополам разрезало.

— Какой ужас!.. — послышалось восклицание какой-то дамы.

Федора Дмитриевича тоже потянуло посмотреть на самоубийцу.

В то время, когда он подошел, обе половины тела лежали уже в стороне от полотна, и кондуктор нес уже добытый им старый чехол с дивана вагона первого класса, чтобы прикрыть покойную.

Караулов взглянул и остолбенел.

В этом разрезанном пополам теле, одетом в невозможные лохмотья, в этом опухшем действительно от пьянства лице, он узнал еще несколько месяцев тому назад обворожительную и грациозную Фанни Викторовну Геркулесову.

— Пожалуйте в вагоны... Пожалуйте в вагоны... — раздались возгласы.

Публика стала усаживаться.

С поникшей головой вернулся на свое место и Федор Дмитриевич.

Раздался свисток обер-кондуктора.

Поезд двинулся далее.

Когда в глаза Караулова, в окно шедшего уже вагона, мелькнула прикрытая грязным полотном куча останков красивой, увлекательной и любившей его, по-своему, женщины, нервная дрожь пробежала по телу.

Целый день, несмотря на массу дел, скопившихся в этот его приезд в Петербург, перед его глазами стоял образ разрезанной пополам Фанни Викторовны, с обезображенным от пьянства лицом, носившем на себе отпечаток всех пороков и с широко раскрытыми, полными предсмертного ужаса глазами.

Он вздрагивал и старался отогнать этот образ, но последний неотвязно лез ему в голову.

Федор Дмитриевич переживал всю свою жизнь в точках соприкосновения этой жизни с жизнью покойной.

Он вспомнил свое студенчество, робкие ожидания золотошвейки Фанни на Литейной, нежные речи, сладостные надежды и горькое разочарование, когда он увидал молодую девушку под руку со старым ловеласом.

Встреча с Фанни в квартире Свирского — он не знал о его судьбе, так как во время тяжелой болезни Конкордии Васильевны ему было не до газет — восставала в его памяти.

Он увидал ее в качестве сожительницы своего товарища, уже достаточно вкусившей от петербургской жизни.

Наконец, последняя встреча с ней в ее доме и на Караванной, прогулка в карете — все это представлялось ему в живых, рельефных картинах.

Поразившая его роскошь обстановки ее жилища и, как контраст, куски тела среди дороги, прикрытые тряпкой, представлялись его уму.

"Такова жизнь! Таково возмездие на земле пороку и преступлению, как бы заманчивы ни были они по внешности, как бы ни казался счастлив временно человек, погрязший в них... Конец придет — ужасный конец".

Так резюмировал свои мысли о Фанни Федор Дмитриевич Караулов.

"И эту постигнет то же возмездие!"— вдруг перебросило его мысль.

Он ехал в это время по Загородному проспекту и навстречу ему попалась пролетка, в которой сидел Карл Генрихович Ботт и его жена — Надежда Николаевна.

Он и раньше слыхал, что супруги снова сошлись, но как-то не обратил на это внимания, забыв про их существование.

Сегодняшняя встреча напомнила ему о них.

Надежда Николаевна действительно сумела устроить так, что муж вернул ее к себе и даже был этим сравнительно счастлив.

Он был человек, искавший спокойствия, и, конечно,

отсутствие жены-хозяйки из дома и матери от детей не могло не нарушить домашнего равновесия.

Это лето они жили в Павловске и поражали всех знавших их нежностью взаимных отношений.

Было ли это на самом деле так, или являлось только казовым концом их жизни — как судить?

Послужила ли смерть графа Белавина уроком для легкомысленной петербургской "виверки", каковою по своей натуре была Надежда Николаевна Ботт, и она, действительно, с искренним желанием исправиться, вернулась к своему домашнему очагу, или же это было временное затишье перед бурей, которая вдруг шквалом налетает на подобных ей женщин и влечет их или к подвигам самоотвержения, геройства, или же к необузданному разгулу, в пропасть грязного, но кажущегося им привлекательным порока — как знать?

Искупит ли свои преступления Надежда Николаевна в этой жизни добросовестным исполнением до конца ее долга и будет судима там, где нет лицеприятия и где высшая справедливость, или же возмездие наступит в этой жизни, как пророчил ей Караулов — дело будущего.

Оба супруга живут еще до сих пор вместе и кажутся счастливыми.

Счастливы ли они на самом деле — это вопрос!

Чужая душа — потемки! Чужая жизнь — закрытая книга!

Только на третий день, вернувшись на свою виллу, Федор Дмитриевич около своей ненаглядной Коры стряхнул с себя окончательно петербургские впечатления.

Ему и его жене, он был уверен, не предстояло возмездия.

Оглядываясь назад, он не видал ни на своей, ни на ее жизни ни малейшего пятнышка, а лишь одно всепоглощающее страдание, которым ими обоими и заработано настоящее счастье.

"Отвоеванное счастье! — припомнились Караулову слова жены, когда она еще была вдовой графа Белавина".

Это счастье и не покидало их.

На зиму Карауловы переехали в Петербург в прекрасно и со вкусом меблированную квартирку на Моховой улице.

Федор Дмитриевич получил профессуру.

Практика у него росла с каждым днем, и имя его окружалось все большей и большей славой ученого и практиканта.

Образовавшийся около них кружок друзей и знакомых, людей серьезных и хороших, далеких, как небо от земли, от пустого светского круга знакомств графа и графини Белавиных, пополняли их жизнь, которая, впрочем, и без того была полна тихой и светлой любовью.

Но все это счастье было ничем в сравнении с радужным будущим.

Конкордия Васильевна носила под сердцем залог супружеской любви, и сладостные мечты о появлении через несколько месяцев дорогого для них существа заслоняли собой все остальные настоящие радости их мирной, безмятежной жизни.

Конец